10|18
12, avenue d'Italie — Paris XIIIe

Sur l'auteur

L'auteur américain Stuart Palmer (1905-1968) est célèbre pour les aventures d'Hildegarde Withers, célibataire new-yorkaise et excentrique, passionnée par les énigmes policières, qui n'est pas sans rappeler la Miss Marple d'Agatha Christie. Remportant un succès immédiat dès son inauguration en 1931 avec *Penguin Pool Murder*, cette série comporte quatorze épisodes et trois nouvelles, dont beaucoup ont été adaptés sur grand écran par l'auteur lui-même. Il a également écrit deux enquêtes présentant le personnage du détective Howard Rook ainsi que des scripts de cinéma et des séries policières pour la RKO, dans les années 1940.

L'ÉNIGME
DU PERSAN GRIS

PAR

STUART PALMER

Traduction de l'américain
de Marc Voline
revue par Éric Moreau

10|18

« *Grands Détectives* »
dirigé par Jean-Claude Zylberstein

Du même auteur
aux Éditions 10/18

▶ L'Énigme du persan gris, n° 3610
Quatre de perdues, n° 3611

Titre original :
The Puzzle of the Silver Persian

© Stuart Palmer, 1934. Tous droits réservés.
© Éditions 10/18, Département d'Univers Poche, 2004,
pour la traduction française.
ISBN 2-264-03698-2

REMERCIEMENTS

À un inspecteur de New Scotland Yard,
à un sergent sur le point de passer ses examens,
à un commandant de l'United States Naval Reserve,
et à tous ceux dont les récits ont rendu possible l'écriture de cette histoire, qui je l'espère leur paraîtra — ne serait-ce qu'à peu près — plausible...
Enfin, à tous les auteurs qui cherchent à trouver une nouvelle façon d'indiquer à leurs lecteurs que « Tous les personnages de ce livre sont fictifs ».

S. P.

*D'un trou de souris près de Penzance,
en Cornouailles.*

CHAPITRE PREMIER

Surprise!

À coups de griffes et de crocs, Tobermory tentait de s'échapper de la sacoche en simili-cuir qui le retenait prisonnier depuis une éternité ou presque. Le chat avait beau être habitué aux promenades, certains lieux lui plaisaient plus que d'autres. De temps en temps, il passait sa patte grise par la petite ouverture et poussait un miaulement bizarre.

Tobermory se trouvait de plus en plus malheureux à mesure que le mouvement du bateau s'accentuait. Depuis longtemps déjà, l'*American Diplomat* avait montré sa poupe à la grosse dame vert-de-gris représentant la Liberté dans la baie de New York et il se traînait maintenant sur les flots de l'Atlantique après avoir dépassé le bateau-phare *Ambrose*.

La porte de la cabine 50 s'ouvrit et quelqu'un commença à remuer les bagages. Tobermory sut que ce n'était pas sa maîtresse, l'Honorable Emily, car celle-ci sentait moins l'amidon, et davantage la lavande et la bruyère. Il miaula et entendit aussitôt qu'on ouvrait sa sacoche.

— Oh! le beau minet! dit Mrs. Snoaks sur un ton méfiant.

Tobermory sortit de sa prison en remuant sa splendide queue. Il ressemblait à la version miniature d'un tigre de Sibérie à pelage long. Les poils argentés de son dos étaient hérissés, et Mrs. Snoaks prit le créateur à témoin qu'elle n'avait jamais vu pareil chat.

Tobermory examina sans enthousiasme son environnement et prit aussitôt une décision. Une seule issue s'offrait à lui... une fenêtre ronde et fort tentante au-dessus de la couchette. Il fit un bond pour l'atteindre. Au moment où ses griffes s'agrippaient au rebord du hublot, une gerbe d'eau salée lui trempa les moustaches. Ses yeux d'ambre s'écarquillèrent lorsqu'il s'aperçut qu'au-dessous de lui il n'y avait rien d'autre que l'océan, immense étendue hostile. Tobermory se ravisa.

Déjà presque de l'autre côté du hublot, il pouvait difficilement modifier sa trajectoire. Ce fut au prix d'un grand effort et du sacrifice de sa dignité que Tobermory réussit à épargner ses neuf précieuses vies. Sans cela, cette histoire aurait pu avoir une fin toute différente, ou pas de fin du tout.

Tout ébouriffé mais en aucune façon déconcerté, le matou s'accorda le temps de recouvrer tout son sang-froid puis s'élança sur l'oreiller de la couchette d'en face. Alors il entreprit de se lécher les coussinets pour ôter la poussière de Manhattan qui s'y trouvait encore. Tout en faisant sa toilette, Tobermory observait Mrs. Snoaks d'un œil torve.

La femme de chambre se hâtait de déballer les vêtements d'Emily Pendavid, gênée par ces yeux implacables qui la fixaient. Elle suspendit le dernier tailleur de tweed à un cintre, rangea les derniers dessous en laine dans un tiroir, et sortit en secouant la tête.

Au milieu du corridor, elle croisa Peter Noel, le beau barman, dans son costume bleu impeccable. Il semblait posséder plus d'uniformes que le Vieux, même si bien sûr il portait moins de galons dorés que le capitaine Everett.

Mrs. Snoaks saisit la manche bleue du barman.

— Écoutez bien, commença-t-elle. Savez-vous quel jour nous sommes aujourd'hui ?

— Le 13 septembre, répondit Noel. Pourquoi ?

— C'est exact ! Et nous sommes vendredi. Ce chat à poils gris de la 50 le sait bien. Il a essayé de passer par-dessus bord dès que je l'ai laissé sortir. Et lorsque les chats quittent le navire...

— Les rats, rectifia Noel. Les rats, pas les chats.

Il dégagea son bras et poursuivit son chemin. Même en ce jour particulier, Peter Noel ne donnait dans aucune de ces superstitions qui obsèdent ceux qui voyagent en bateau.

Souriant toujours à la femme de chambre, il arriva au bout du corridor, qui donnait directement dans le petit salon de seconde classe du navire. En face de lui, un grand rideau marron portait l'inscription « Fumoir ». Derrière ce rideau étaient réunis quelques passagers, dont il entendait le ton impatienté.

Juste à sa gauche, sur une porte étroite, était apposé un sceau rouge imposant sur lequel figurait l'aigle des douanes américaines. Peter Noel le brisa et pénétra dans son domaine. Il ne se pressait pas, bien que l'*American Diplomat* fût à présent officiellement en pleine mer.

Au-dessus du comptoir, un simple store le séparait des clients. Noel s'assit sur son tabouret, respirant l'odeur des écorces d'orange, des gouttes de liqueur renversées çà et là, et l'arôme qui s'échappait d'une bouteille de Bacardi mal bouchée.

Il se tourna pour allumer une grosse lampe qui éclairait la vitrine. Puis il se mit à polir tranquillement ses ongles avec la paume de sa main. Dans son bar, il était roi — jusqu'à ce qu'il ouvre à nouveau la cloison pour redevenir laquais. Derrière lui, secouées par le roulis, les grandes bouteilles noires s'entrechoquaient dans leurs casiers, comme si elles se préparaient à l'action, mais Peter Noel, lui, prenait son temps.

Quelqu'un tambourinait à la séparation, et il entendit une forte voix de ténor chanter : « ... et ceux qui étaient devant la Taverne criaient : "Ouvrez donc la porte !..." »

— Imbécile ! dit Peter Noel.

Il se leva tout de même et, avec un haussement d'épaules, tira le crochet et souleva le store. En regardant de l'autre côté du comptoir, il vit tout de suite que ce voyage serait ennuyeux. La liste des passagers comprenait une cinquantaine de personnes, ce qui n'était pas mal pour le début de la saison creuse. Cependant, seulement sept d'entre eux aimaient assez boire pour se hâter de terminer leur repas afin de venir célébrer la coutume sacrée de l'ouverture du bar.

— Pas trop tôt ! dit l'impatient. Servez-moi donc un double rye !

C'était un jeune homme grand et fort, avec des cheveux bruns frisés, une grande bouche et une forte mâchoire. Il arborait une cravate rouge ; ses yeux brillaient.

— Que prendrez-vous ? demanda-t-il aux autres personnes assises au fumoir. J'offre la première tournée.

Le ténor exhortait les petits groupes à se rapprocher. Les premiers qu'il parvint à persuader furent un jeune couple ; Noel remarqua aussitôt qu'ils étaient vêtus comme des New-Yorkais et devina, d'après leur attitude, qu'ils étaient mariés. Très élégants, ils paraissaient un peu fatigués, agités et pressés de s'amuser.

— Mr. et Mrs. Hammond ?

Les yeux bleus de la jeune femme paraissaient plus marqués que son doux visage.

— Un Cointreau, dit-elle d'un ton aimable.

Tom Hammond ôta une pipe brune de sa bouche surmontée d'une petite moustache et déclara qu'il boirait volontiers un cognac.

Dans le coin le plus éloigné, deux jeunes filles gloussaient et se donnaient du feu.

— Que désirez-vous, Miss Fraser ? Et votre amie ?

Le jeune homme à la voix de ténor faisait partie de ces passagers qui passent les premières heures du voyage à apprendre les noms de tous les autres, et les dernières à noter leurs adresses.

— Merci beaucoup, dit Rosemary Fraser, d'une voix traînante et par trop affectée. Nous ne prendrons rien.

Tout le monde les regardait. Tom Hammond donna un petit coup de coude à sa femme :

— Ça alors, elles fument des cigares !

Loulou Hammond secoua la tête.

— Elles bluffent, lui dit-elle. C'est du papier à cigarettes portoricain marron.

Elle se retourna vers le bar, non sans avoir relevé les détails les plus intéressants concernant Rosemary Fraser. La jeune fille, âgée d'après elle d'une vingtaine d'années, avait les cheveux noirs, le teint pâle, et portait un joli manteau de petit-gris qui lui descendait jusqu'aux chevilles. Une écharpe bleu nuit ceignait son cou. Son visage ovale, doté de grands yeux gris et d'un nez droit, aurait pu être beau si ses lèvres trop charnues n'étaient venues en gâcher l'harmonie et lui donner un air enfantin.

« Ce n'est pas une beauté, se dit Loulou, même si à tous les coups Tom pense le contraire. Cependant elle a quelque chose... »

En revanche, l'autre jeune fille était magnifique. Son visage basané était presque aussi foncé que son papier à cigarettes. D'environ cinq ans l'aînée de son amie, elle lui ressemblait vaguement. Elle portait un tailleur de laine peignée bleu foncé et semblait digne de confiance. De même que Rosemary, elle avait l'air de s'amuser pour une raison connue d'elle seule.

Le ténor ne se découragea pas. Il s'approcha d'un couple assis sur le canapé, plongé dans la lecture de vieux exemplaires de *Punch*. La femme, âgée d'une quarantaine d'années et d'allure très chic, portait un monocle. Son compagnon, jeune, efféminé, était vêtu d'une chemise rose et d'une culotte de golf marron à pompons.

— Moi, je ne dis pas non, intervint l'Honorable Emily d'un air plutôt sec. Je prendrai...

Sur le point de commander un whisky-soda, elle se souvint que tous les Américains sont bourrés d'argent.

— Un cocktail au champagne, dit-elle.

Puis elle se retourna vers le jeune homme assis auprès d'elle.

— Et vous, mon neveu?

— Oui... pourquoi pas? dit Leslie Reverson avec un beau sourire. Voyons voir... un gin.

Ce furent quasiment les seules paroles qu'il prononça ce soir-là.

Noel posa les consommations sur le comptoir.

— Où est mon double rye? demanda le ténor.

— Je n'ai pas de rye, dit Noel. J'ai de l'écossais, de l'irlandais, du bourbon... mais pas de rye.

Le ténor commanda un gin-fizz en faisant la moue, et au bas de la note signa d'une écriture irrégulière : « Andy Todd ».

Ils burent en silence. Seuls les Hammond échangèrent quelques mots, mais ils s'interrompirent dès que la jeune fille au teint hâlé posa sa cigarette brune et s'approcha du bar.

— Deux crèmes de menthe, demanda-t-elle.

Elle inscrivit « Candida Noring » sur la note et emporta les deux verres avec précaution. Peter Noel réprima un toussotement derrière son comptoir.

— Tiens donc! s'exclama Andy Todd.

Loulou Hammond lui fit remarquer qu'il renversait du gin sur son pantalon. Tom Hammond sauva la situation en commandant un autre cocktail pour Todd et un cognac pour lui-même. Puis il s'assit et laissa le jeune homme lui raconter sa vie. En gros, elle pouvait se résumer ainsi : il avait entamé ses études à l'université de Washington à Seattle — tout en ayant le temps de pratiquer l'aviron et l'équitation, comme de participer aux activités du Phi Bêta Kappa, une association d'étudiants

—, et visait à présent un diplôme supérieur en tant que boursier de la fondation Cecil Rhodes.

— Et j'entends bien m'amuser pendant ce voyage, fit Todd pour enfoncer le clou. J'ai gardé le nez dans les bouquins assez longtemps comme ça.

À l'autre bout de la salle, Rosemary Fraser murmura quelque chose à sa compagne, et les deux jeunes filles se mirent à rire. Loulou Hammond devina que d'après Miss Fraser Todd aurait mieux fait de garder le nez en question caché dans ses livres. Miss Noring et Rosemary se levèrent. Cette dernière remonta son col de fourrure jusqu'aux oreilles.

— On se gèle, là-dedans, dit-elle en sortant.

« Elle aurait certainement plus chaud si elle portait quelque chose sous son manteau en plus de son pyjama », pensa Loulou Hammond, qui avait aperçu un pantalon de soie rouge sous le manteau de petit-gris.

— De sacrées bêcheuses, ces deux-là, s'indigna Andy Todd auprès du barman, qui ne répondit pas.

Il redressa sa cravate en suivant des yeux les deux jeunes filles.

Celles-ci arrivèrent dans le grand salon. C'était une pièce assez vaste, basse de plafond, située à l'arrière du navire. Elle était meublée d'un mauvais piano, d'un gramophone de bonne qualité, de dix tables de bridge et de deux fauteuils. Dans un coin, cinq vieilles dames assises à de petits secrétaires étaient occupées à noircir du papier à l'aide de stylos sans doute récupérés dans les bureaux de poste américains. De temps à autre, l'une d'elles se levait pour jeter d'épaisses enveloppes timbrées dans la boîte aux lettres, qui pourtant ne devait pas être ouverte avant l'arrivée à Londres.

Quelques tables de bridge étaient occupées, et une demi-douzaine d'enfants se pourchassaient en criant joyeusement. Un gamin replet de sept ou huit ans tailladait calmement un des pieds du piano, la langue pendante sous l'effet de la concentration.

— C'est d'un ennui, ici! se lamenta Rosemary Fraser. Candy, pourquoi n'avons-nous pas attendu le *Bremen*?

Candida Noring acquiesça.

— Pas un homme sur le bateau, ma chérie. Cet adorable petit Anglais est bien trop jeune, et Hammond est marié...

— Il faut le dire vite, si j'en crois son regard, commenta Rosemary en se retournant vers le fumoir. Mais je n'irais pas jusqu'à dire qu'il n'y a pas sur le bateau un seul célibataire qui mérite l'attention...

— Tu ne parles quand même pas du cadeau de Cecil Rhodes à Oxford?

— Lui! dit Rosemary. Il me dégoûte!

Elle se dirigea vers la porte.

— Allons faire un tour sur le pont, ensuite nous redescendrons pour décider qui va prendre la couchette supérieure.

Deux heures plus tard Rosemary battait vigoureusement son oreiller.

— Il a des yeux vraiment étranges! dit-elle à voix haute.

Candida Noring posa son livre et se pencha au bord de la couchette supérieure.

— Mais qui donc, pour l'amour du ciel?

— Tu ne l'as sûrement pas remarqué, dit Rosemary d'un ton tranquille.

Elle ouvrit son stylo à plume puis elle prit sous son oreiller un calepin relié de cuir, l'ouvrit avec une petite clé en or et pressa sa joue sur les pages crème rayées d'une fine ligne bleue. En haut de la première page, elle écrivit : « Vendredi 13 septembre ». Elle demeura pensive un long moment, et finalement commença : « Il y a un homme à bord, et lorsqu'il me regarde... »

Tandis que Rosemary couvrait les pages de son journal de son écriture ronde, Tom Hammond, de retour dans le petit fumoir, buvait son cinquième cognac. Les autres étaient partis et le barman, penché sur le comptoir, était en veine de parler.

— Vous disiez à l'instant travailler dans l'industrie chimique, dit Noel après avoir allumé son cigare. J'ai dû m'y coller quelque temps, à la chimie, lorsque j'étais dans la marine chilienne, en 1927 et 1928. Nous avions un seul croiseur, avec des pièces de trois pouces qui tombaient en ruine, bourrées de nids d'oiseaux pour couronner le tout. Il m'incombait, avec quatre contre-amiraux latinos, de préparer une charge assez faible pour que les canons n'explosent pas quand on tirait des salves. Nous venions juste d'y parvenir lorsque le gouvernement a été renversé. D'autres contre-amiraux ont pris le commandement du navire, j'ai été congédié et certains gars ont été réduits en miettes...

Hammond lui posa une question qui parut le flatter.

— Moi ? J'étais aussi contre-amiral. Il n'y avait à bord que des contre-amiraux, excepté deux capitaines et un cuisinier. Nous avions des épaulettes dorées et cent dollars mexicains par mois. C'était le bon temps !

Hammond paraissait un peu envieux.

— Vous avez pas mal bourlingué.

— Ça oui ! dit Noel. Ici c'est une solution d'attente. Je fais des pieds et des mains pour intégrer un corps d'aviation chinois en Mandchourie...

On frappa à la porte du bar. C'était la femme de chambre, Mrs. Snoaks.

— Deux autres gin-tonic pour les enquiquineurs de la 44, commanda-t-elle. Le colonel Wright demande si vous pourriez utiliser du Booth's au lieu du Gordon's, comme la dernière fois.

— Le colonel boira ce qu'on lui donnera, rétorqua Noel.

Il prit deux bouteilles de la rangée.

— ... et quand j'étais chez les Russes blancs, dans les services secrets...

Mais Tom Hammond s'en allait.

— À demain ! cria-t-il.

Le salon était désert. Il se promena quelques minutes sur le pont, mais le vent soufflait si fort que sa pipe chauffa trop, et il la tapota pour la vider. Il redescendit et suivit le couloir qui menait à la cabine C. C'était la meilleure du bateau — elle possédait une baignoire, quatre hublots et un grand lit. Deux canapés étaient placés contre le mur. L'un d'eux était parsemé de linge de nuit, d'où sortit un petit poing qui semblait menaçant. Tom Hammond marchait silencieusement pour ne pas s'attirer la foudre concentrée dans le petit corps de son fils de huit ans.

Loulou Hammond, enfoncée dans les oreillers du grand lit, lui dit en souriant :

— Si tu réveilles Gerald, tu me feras le plaisir de lui donner une fessée. Il a fait pour vingt dollars de dégâts sur le piano, ce soir.

— C'est toi qui as voulu l'amener ici, dit Tom en enfilant son peignoir de soie. Pour ma part, j'aurais préféré voyager avec une bique. Eh bien, tu paieras avec ton propre argent. Tu n'avais qu'à le surveiller.

— J'étais trop occupée à t'observer quand tu avais les yeux rivés sur cette bécasse au manteau de petit-gris. Tu as passé une bonne soirée ?

— Elle n'est pas revenue au bar, dit Tom, vivement. Mais je viens de l'apercevoir, étendue dans un pyjama rouge des plus gais...

Loulou se redressa d'un coup.

— Comment ?

— En me promenant sur le pont, je l'ai aperçue par le hublot. Le vent agitait le rideau.

Tom Hammond était prêt à se coucher. Loulou posa le *New Yorker* qu'elle lisait et qui lui servait de bible chaque fois qu'elle quittait la ville. Tom tendit la main vers l'interrupteur et l'ôta prestement comme si on l'avait pincé. Gerald sortit sa tête ébouriffée et triomphante de sous les couvertures et se mit à crier d'une voix de soprano qui résonna sur la moitié du bateau :

— Papa a vu un pyjama rouge ! Papa a vu un pyjama rouge !

Il s'arrêta pour reprendre sa respiration.

— Papa a vu...

Tom Hammond mit la main sur la bouche de sa progéniture au moment où, dans la cabine voisine, une impatiente demoiselle réveillée par le bruit frappait au mur pour réclamer le silence. Elle venait juste de s'assoupir, après avoir souffert huit heures du mal de mer, et voilà qu'elle était de nouveau réveillée et torturée par le roulis.

— Dire que ce devait être un voyage d'agrément ! grommela Hildegarde Withers.

Ce n'était pas tout à fait vrai. Après le meurtre mystérieux de l'île Catalina, auquel elle avait assisté à la fin de l'été, elle s'était retrouvée dans un état nerveux tel que son médecin lui avait interdit de retourner derrière son bureau de l'école Jefferson à la rentrée. Par bonheur, la récompense inattendue que lui avait versée le riche propriétaire de l'île lui permettait de satisfaire un vieux désir : voir l'Europe.

Elle prit un exemplaire fatigué d'*Alice au pays des merveilles* et entreprit d'oublier qu'il lui faudrait endurer encore huit jours l'hostilité de l'Atlantique avant d'atteindre l'embouchure limoneuse de la Tamise. Le livre s'ouvrit à la page où Alice assiste à un thé chez le chapelier. « Je ne savais pas que c'était votre table, dit Alice. Elle est dressée pour bien plus de trois personnes. »

Miss Hildegarde Withers fit une grimace et se demanda si elle pourrait s'asseoir une fois à table pendant le voyage.

En tout cas, au dîner suivant, sa place était encore

vacante. Cependant, le reste du petit groupe était au complet.

Le chef steward plaçait toujours les « petits jeunes » à la table du docteur Waite, plus une ou deux femmes plus mûres pour équilibrer le tout.

Le docteur, qui faisait un parfait maître de cérémonie, avait à sa gauche Emily Pendavid, puis son neveu Leslie, la hautaine Rosemary, Tom Hammond et Loulou — Gerald dévorait son repas en compagnie des autres enfants à une table près du mur, sous la surveillance de la femme de chambre —, puis Andy Todd ; à la gauche de ce dernier se trouvaient la chaise vacante de Miss Withers, puis Candida Noring.

Le docteur Waite causait ; il était encore plus bavard qu'Andy Todd.

— Que de monde, et quel voyage ! Nous avons dansé tous les soirs jusqu'à onze heures ou minuit.

Loulou Hammond évoqua les méfaits des rythmes modernes, mais Andy Todd voulut tout de même savoir où l'on pourrait danser sur ce bateau.

— Tirez le tapis sur un côté du salon, lui dit le docteur d'un ton narquois. Mettez le gramophone en marche et trémoussez-vous. Si les joueurs de bridge se plaignent, envoyez-les au Vieux. Il apprécie la jeunesse et serait bien capable de descendre sur le pont pour esquisser lui-même quelques entrechats.

— Dieu nous en garde ! s'exclama Candida Noring, qui avait rencontré le capitaine Everett sur le pont et constaté qu'il pesait plus de cent kilos.

Ce soir-là, malgré un léger roulis, il y eut un bal dans le salon. Au lieu de protester, les joueurs de bridge formèrent des couples tranquilles et se mêlèrent aux danseurs. De temps en temps, ils imposaient à Leslie Reverson, qui s'était désigné lui-même pour choisir les disques, une valse ou un one-step.

Les cinq vieilles dames à leurs secrétaires leur lancèrent des regards noirs, mais, au bout d'un moment, elles terminèrent leurs lettres et regagnèrent leurs cabines. Le docteur fit son entrée. Il dansa avec l'Honorable Emily, avec Loulou Hammond, et enfin avec Candida. Il chercha Rosemary, qui jusque-là s'était contentée d'observer en spectatrice, et la trouva en train de danser avec Tom Hammond dans le couloir. Leurs joues se touchaient, et le barman, qui manquait de clients, avait fermé son bar et les regardait.

Loulou Hammond était dans les bras de Leslie Reverson, qui dansait superbement mais d'une façon un peu froide. Quand la musique recommença, elle se retrouva presque étouffée entre les bras puissants d'Andy Todd.

Andy alla droit au but.

— Voulez-vous venir sur le pont admirer la lune? lui dit-il en lui faisant un clin d'œil. Ne vous inquiétez pas pour votre mari, il passe une très bonne soirée.

« Quel homme raffiné! » se dit Loulou.

Mais elle n'alla pas admirer la lune avec lui. Elle s'assit dans un fauteuil à côté du docteur. Il lui alluma une cigarette, manquant lui brûler les cils.

— Vous voyez, dit-il, comme c'est amusant de voir ce que les gens peuvent faire une fois à bord d'un bateau. On dirait qu'on leur a lâché la bride.

— Ils perdent la tête et dansent jusqu'à onze heures ou minuit, n'est-ce pas? convint Loulou.

Elle avait l'esprit ailleurs.

— Et il n'y a rien de tel qu'une histoire d'amour sur un bateau! poursuivit le médecin.

Andy Todd et le jeune Reverson vinrent solliciter Loulou pour la danse suivante. Leslie fut vaguement surpris et content de l'emporter. Hésitant, Andy fit volte-face et vit Rosemary Fraser qui s'approchait, seule. Elle avait l'air d'une princesse dans sa robe du soir lie-de-vin et portait son manteau sur le bras.

— Miss Fraser! s'écria-t-il de sa voix de ténor qu'il ne parvenait jamais à maîtriser. M'accorderez-vous cette danse?

— Je regrette, dit Rosemary, mais je ne danse jamais.

Elle s'échappa en hâte vers le pont, comme si elle allait à un rendez-vous. Le rouge gagna les oreilles de Todd. Loulou fut si peinée pour Andy qu'elle se montra gentille avec lui toute la soirée... et le regretta toute sa vie.

L'un après l'autre, les danseurs quittèrent le salon en bâillant. Le docteur et Miss Pendavid se retirèrent dans un coin de la salle et entamèrent une conversation sur les troubles nerveux. Elle se plaignait de crises de vertiges et avoua être inquiète au sujet de Leslie, qu'elle trouvait bien trop calme. Même Tobermory, disait-elle, avait eu des convulsions cet été-là.

— Il doit avoir des vers, dit sagement le docteur Waite.

Emily se demanda si Leslie avait des vers, lui aussi.

À minuit, la cloche du navire sonna huit coups. Loulou entama un rummy avec Candida. Soudain elle entendit un pas léger au-dessus d'elle et leva brusquement la tête. Mais elle se rassura aussitôt. Ce ne pouvait être Gerald; il dormait, enfermé dans la cabine pour plus de sûreté.

Andy Todd, qui allait et venait sur le pont, avait aussi entendu marcher. Nerveux, il fumait cigarette sur cigarette. Quelques instants plus tôt, il avait entendu un battement d'ailes au-dessus de sa tête, et un oiseau s'était lentement approché de lui, avait frôlé son visage et disparu dans la nuit. « Même les mouettes sont folles ce soir », murmura Andy. Il tourna le coin du bateau et faillit être renversé par un petit garçon qui arrivait effrontément en sens inverse. C'était Gerald : il s'était échappé, une fois de plus. Il saisit fermement le garnement par le bras.

— Que fais-tu ici? demanda-t-il. Les gamins de ton âge doivent être couchés, à cette heure-ci.

— C'est plus rigolo! cria Gerald en se débattant. Nous jouons à un nouveau jeu.

Un autre garçonnet apparut. Il serrait une lampe torche dans sa main.

— C'est Virgil, dit Gerald. Laissez-moi partir. Nous jouons à Attrape-les-Amoureux.

Andy Todd prit une pièce de vingt-cinq cents et la lui montra.

— À quoi ça consiste? demanda-t-il.

Gerald prit la pièce.

— Je vous le dirai pour un dollar.

Il reçut une tape sur l'oreille.

— C'est bon, dit-il. Voilà : nous essayons de trouver un couple qui s'embrasse. Virgil dit qu'il y en a beaucoup. Alors nous nous glissons tout près d'eux, nous braquons notre lampe sur eux et nous nous sauvons.

Todd avait toujours les oreilles un peu rouges. Il se pencha sur Gerald et lui donna quelques instructions qui auraient fortement déplu à la mère du jeune garçon.

— Un dollar, n'oublie pas. Je resterai dans le salon pendant une heure environ.

Il vit les deux gamins retourner sur le pont mal éclairé et entendit le chuintement de leurs semelles de caoutchouc. Content de lui, il descendit retrouver la charmante Mrs. Hammond, qui lui parut plus charmante que jamais.

Quelques minutes plus tard, la femme de chambre entra dans le salon et fit un signe au docteur Waite, qui se leva aussitôt et la suivit.

— C'est la dame de la 49, dit-elle, vous savez, cette vieille fille, une institutrice qui n'a pas le pied marin.

— Je n'y peux rien, dit le docteur.

Néanmoins, il frappa à la porte.

— Docteur, dit Miss Hildegarde Withers, est-il possible que le mal de mer donne des hallucinations? Croyez-vous que je délire?

— Le pouls est normal; la température à peine trop

élevée. Vous ne pouvez pas avoir déliré. Ce qu'il vous faudrait, c'est...

— Me remplumer un peu, termina-t-elle. J'ai déjà entendu cela. Mais si je ne délire pas, pouvez-vous m'expliquer comment un animal ailé a pu entrer par mon hublot et me réveiller en marchant sur ma figure ?

— Hein ? fit le docteur.

Il fit un pas en arrière, mais Miss Withers lui tendit, pour le convaincre, un exemplaire d'*Alice au pays des merveilles*. Sur les pages ouvertes, on distinguait nettement deux lignes parallèles d'empreintes d'oiseau, humides et ensanglantées.

— Bien sûr, vous allez me répondre que c'est un mauvais rêve, dit Miss Withers, mais ça fait un bout de temps qu'il dure.

Bien que l'institutrice fût loin de s'en douter, le cauchemar commençait à peine. Il allait fondre sur tous les passagers du petit navire, les hanter pendant tout leur voyage, planer au-dessus de leurs têtes quand ils descendraient sur la passerelle, et redoubler d'horreur dès qu'ils poseraient le pied sur la terre ferme. Ainsi commença le cauchemar des cauchemars.

Dans le salon, Loulou Hammond continuait de jouer au rummy avec Andy, Candida Noring et le jeune Reverson qui, ne souhaitant pas aller se coucher, venait de se joindre à la partie. On entendit frapper au hublot derrière elle, et elle se retourna pour voir qui avait frappé. Il n'y avait personne. Todd, en face d'elle, se leva subitement et laissa tomber ses cartes.

— Excusez-moi, je dois voir un ami, dit-il.

Quelques instants plus tard, il rentrait en hâte par la porte donnant sur le pont tout en rangeant son portefeuille.

— Tout le monde sur le pont ! cria-t-il.

Emily Pendavid reposa le *Punch* qu'elle était en train de lire.

— Des baleines ? s'enquit-elle avec enthousiasme.

— Allons, venez, dit-il — en silence.

Intrigués, les autres se décidèrent à le suivre. Candida Noring avançait la première, puis Loulou, Reverson et Emily. Lorsqu'ils arrivèrent sur le pont désert, ils furent enveloppés par un vent glacial.

— Quelle rigolade! dit Andy Todd d'un air mystérieux.

Loulou trouva son ton quelque peu hargneux. Elle suivit néanmoins...

En tête du petit groupe, il passa une longue file de transatlantiques repliés et montra du doigt un objet placé entre deux bouches d'aération de la salle des machines, et qui ressemblait à une grande boîte. Dans la semi-obscurité, Loulou avait pris le bras de Candida Noring. Elle sentit la jeune fille frissonner.

— On dirait un énorme cercueil, dit Candida.

— Mais non, répliqua Loulou. C'est le coffre où ils rangent les couvertures du bateau.

Andy Todd riait tout bas.

— Maintenant, regardez bien.

Il chuchotait, mais sa voix portait quand même.

Il tâtonna dans l'obscurité jusqu'à ce qu'il trouve un de ces grands disques en bois dont on se sert au jeu de palet.

— Quelqu'un a trouvé le cadenas ouvert et s'est glissé à l'intérieur. Mais, par un phénomène inexpliqué, le voilà de nouveau bien verrouillé. Regardez bien...

— Est-ce bien convenable? demanda Emily en ajustant son monocle.

Andy Todd avait lancé le disque de bois. Celui-ci vint frapper le fragile cadenas dans un grand fracas.

— Surprise! cria Andy Todd.

Mais la surprise fut pour lui. Rien ne se passa. Aucun diable — le couple affolé qu'il s'attendait à voir — ne jaillit de la boîte. Il pointa la lampe torche qu'il avait empruntée droit devant lui et aperçut le cadenas qui pendait à un morailllon cassé.

— C'est idiot ! dit Loulou Hammond.

Elle avait l'impression désagréable que c'était le premier chapitre d'un roman de gare et que le cadavre allait être découvert.

— Rentrons, ajouta-t-elle.

Mais personne ne désirait rentrer. Todd avança vers le coffre, l'ouvrit complètement et regarda les couvertures pêle-mêle.

— Ils sont partis ! fit-il tristement.

L'Honorable Emily avait escompté voir des baleines.

— Qui est parti ? demanda-t-elle.

Andy Todd ne répondit pas. En ce qui concernait Loulou Hammond, c'était inutile. La lampe torche montrait assez clairement une touffe de fourrure grise coincée dans une fente à l'intérieur du coffre.

CHAPITRE II

Quand la chair fait des siennes

— Mais, ma chérie, personne ne sait que c'était toi ! disait Candida Noring. Il y a des tas d'autres filles sur le bateau, et personne ne peut prouver laquelle c'était. Il y a une marge entre supposer et savoir.

Maussade, Rosemary Fraser était étendue sur la couchette inférieure, et ne faisait même pas semblant de lire.

— Si les gens se mêlaient de leurs oignons ! s'écria-t-elle. Si...

— Tu es à bord d'un navire, lui rappela Candida. Tu aurais dû t'en souvenir avant de laisser un homme te mettre dans une position aussi ridicule. Les passagers n'ont rien d'autre à faire que de bavarder et cancaner. Ce qu'ils ne savent pas, ils l'imaginent. Mais tout cela n'est qu'une tempête dans un verre d'eau. N'y pense plus, mais songe plutôt que dans trois jours — et même moins — nous serons à Londres et prendrons nos billets pour un voyage autour du monde !

Candida enfila un béret.

— Je m'en moque, répliqua Rosemary. Je ne descendrai pas dîner ce soir. Je mourrais de honte si je devais m'asseoir à table.

— Mais ce n'est pas un repas ordinaire, c'est le dîner du capitaine. Il y aura du vin, des ballons, des cotillons, des cadeaux...

— Le cadeau que je voudrais, dit Rosemary d'un ton morne, c'est la tête de Todd sur un plateau d'argent.

Candida garda son calme.

— Mais voyons, ma chérie, tu ne peux pas rester dans ta cabine pendant tout le voyage ! Même cette vieille institutrice à tête de cheval s'est aventurée sur le pont cet après-midi. La mer est aussi calme que l'eau d'une mare.

Rosemary secoua à nouveau ses boucles brunes. Candida prit un air suspicieux.

— Dis-moi, aurais-tu peur de croiser l'homme de la boîte ? As-tu peur qu'il fasse une remarque ?

— Lui ?

Rosemary rit d'un air moqueur.

— Bien sûr que non. Il n'oserait rien dire.

— À cause de sa femme ?

À ces mots Rosemary se fâcha.

— Candy ! Tu m'avais pourtant juré de ne plus chercher à savoir qui c'était.

Candida Noring s'excusa et referma doucement la porte de la cabine en partant. Elle marcha lentement jusqu'au salon. On était vendredi, une semaine jour pour jour après l'embarquement. Et Rosemary avait passé presque toutes ses journées cloîtrée dans sa cabine. « Si seulement elle avait eu l'idée de s'y enfermer plus tôt », songeait Candida. Si elle ne se montrait pas au dîner du capitaine, maintenant que la mer était redevenue aussi calme qu'un miroir, sa culpabilité ne ferait plus aucun doute dans l'esprit des passagers. Était-ce vraiment si mal de s'être glissée dans ce coffre avec l'homme de ses rêves ? Candida ne savait trop qu'en penser.

Si quelqu'un ne jetait jamais la pierre à personne, se fit-elle la réflexion, c'était bien elle.

N'ayant pas d'autre but, Candida entra dans le bar. Alors qu'elle franchissait le rideau, elle entendit la voix d'Andy Todd.

— Vous n'imaginez quand même pas qu'ils se sont cachés dans le coffre aux couvertures pour jouer aux échecs ?

Il revenait sans cesse sur ce petit scandale. Cette fois, il s'adressait à un groupe composé de Loulou Hammond, de l'Honorable Emily et de Leslie Reverson. Peter Noel rangeait son matériel derrière le comptoir.

— Je dois avouer que je n'y ai pas beaucoup songé, dit Loulou Hammond.

Mais Andy Todd ne s'avouait pas vaincu.

— Vraiment ? lui dit-il en ricanant.

Les dents de Loulou heurtèrent son verre et Emily tenta de changer de sujet.

— J'ai vu un marsouin, ce matin...

Puis elle aperçut Candida. Andy Todd murmura quelque chose à propos d'air frais et sortit.

— Ne vous interrompez pas pour moi, dit Candida Noring. Je viens juste chercher un paquet de cigarettes.

Peter Noel ouvrit une boîte et lui présenta un choix restreint. Cet après-midi-là, il était de bonne humeur.

— Il n'y en a pas de brunes, dit-il, un grand sourire aux lèvres.

— Nous allions commencer un bridge, dit Loulou. Voulez-vous être des nôtres, Miss Noring ?

Candida répondit qu'elle ne jouait qu'au poker. Cela fournit à Noel une occasion de poursuivre ses récits fabuleux.

— Le poker... Cela me rappelle le jour où j'ai réussi à me sortir du pire pétrin de toute ma vie.

Les quatre passagers se rapprochèrent. Ils étaient lassés de la traversée, et préféraient écouter que causer.

— Il y a cinq ans, j'étais parti en Alaska avec une équipe de chercheurs d'or. À la fin de la saison, je suis revenu à Nome avec ma troupe d'orpailleurs pour attendre le vieux *Victoria* qui devait nous ramener à Seattle. Un soir que nous étions réunis dans la maison du Français pour jouer au poker, un Russe, grand buveur de vodka, m'a donné une chance magnifique : il m'a passé une quinte flush à l'as. Oui, j'avais en main la combinaison la plus forte ! Je suis resté impassible et les mises ont commencé. Le Français avait apporté une assiettée de sandwiches au jambon et observait la monnaie qui s'entassait devant nous. Au bout d'un moment, les autres se sont retirés. Le Russkof a sorti tout l'argent qu'il avait dans ses poches, 2000 dollars en tout, et l'a posé au centre de la table. J'avais en poche l'argent de ma compagnie pour la paie des hommes, et je l'ai risqué. Que ne ferait-on pas quand on a la plus belle main ! Enfin, quand j'ai abattu mon jeu, il y a eu un long silence. Comme je ramassais l'argent, un autre Russe assis derrière le donneur s'est écrié : « Il a triché ! Il avait six cartes dans son jeu ! » Bien sûr, je m'y attendais. « Six cartes, mon œil ! » lui ai-je dit, et je leur ai montré toutes mes cartes. Alors ils m'ont accusé d'en avoir mis une dans ma poche. Ils s'imaginaient que j'allais perdre toute ma mise, selon la règle du jeu, à cause de cette carte supplémentaire. Bref, le Français, qui était réglo, les a aidés à chercher partout, sous la table et dans mes poches, mais ils n'ont pas trouvé la sixième carte que le Russe m'avait remise. Au bout du compte, ils y ont renoncé et j'ai ramassé le pognon tout en finissant tranquillement mon sandwich.

— Mais qu'était devenue l'autre carte ? demanda Leslie Reverson.

— Je l'avais fourrée dans mon sandwich.

Loulou Hammond poussa un long soupir, oubliant de palper son doigt là où pendant près de dix ans elle avait porté un beau diamant... jusqu'à ce jour.

— Tout cela mérite que nous buvions un petit verre, suggéra Emily.

Comme elle détestait signer les additions, elle demanda à son neveu :

— Leslie, allez chercher mon sac à main qui est dans ma chambre, sur la couchette. Et faites bien attention de ne pas laisser s'échapper Tobermory.

Peu après, le jeune Reverson était de retour, accompagné de Tom Hammond.

— Quelqu'un d'entre vous veut-il mettre à la poule, cet après-midi ? demanda Hammond.

Emily secoua la tête, et Candida Noring dit :

— Je n'ai jamais réussi à deviner si le bateau dépassait les cinquante milles.

— Il n'est pas question de la vitesse du bateau, dit Hammond. Il s'agit d'un pari qu'Andy Todd est en train d'organiser. Les serveurs, les marins, tout le monde participe. Il y a en ce moment un oiseau sur le pont, et le chat du bateau essaie de l'attraper. Celui qui, dans les quinze minutes, devinera le moment où l'oiseau sera tué gagnera la poule.

Loulou Hammond se leva et regarda son mari.

— Tu en es ?

— Oui, pour un dollar. Pourquoi pas ?

— Je crois bien que je te déteste ! lui dit-elle.

Elle sortit du fumoir, devancée par l'Honorable Emily. Elles traversèrent un groupe de passagers qui avaient les yeux fixés sur le pont inférieur. Un chat noir se promenait en feignant de ne pas remarquer un oiseau affolé qui voletait au-dessus de sa tête. Celui-ci venait sans cesse se poser sur une manivelle ou un bout de cordage, et chaque fois le gros matou tentait de s'approcher.

— Saligauds ! s'écria Emily, perdant son flegme habituel. Attrapez-le donc, cet oiseau ! C'est trop cruel ! Pauvre petite mouette !

Loulou Hammond observa le volatile.

— Mais c'est un rouge-gorge ! s'exclama-t-elle, comme s'il s'était agi de son oncle John.

31

Le docteur Waite, qui était parmi les passagers, se retourna vers les deux femmes.

— Ça ne sert pas à grand-chose de vouloir le sauver, dit-il. On en voit à chaque voyage. Beaucoup d'oiseaux terrestres sont chassés en mer par les orages, et ils volent jusqu'à ce qu'ils soient complètement épuisés ou aperçoivent un navire. Ils viennent se percher quelque part sur le pont en attendant que le chat les attrape, ce qu'il fait toujours. Quelquefois nous essayons d'en sauver, mais ils meurent assez vite.

— Eh bien, je veux sauver celui-ci ! annonça l'Honorable Emily.

Au milieu des protestations des parieurs et malgré les objections d'Andy Todd, elle descendit par l'échelle de fer, bien décidée à faire mentir la loi du plus fort. Loulou Hammond fit mine de la suivre, mais se ravisa aussitôt. Pendant une demi-heure, l'intrépide lady poursuivit le rouge-gorge sans réussir à l'attraper. Le matou noir s'était retiré et observait la scène à distance.

Finalement, Miss Pendavid vit le rouge-gorge s'envoler vers le mât de misaine et disparaître au milieu des cordages. Elle dut renoncer à sa tentative. La nuit commençait à tomber et, de toute façon, la poule avait été abandonnée. De mauvaise grâce, Andy Todd dut rendre leurs dollars à la vingtaine d'hommes qui avait voulu participer au jeu.

— Au diable les défenseurs des animaux ! pesta-t-il.

Tom Hammond reprit son dollar et rentra dans sa cabine, où il en fit cadeau à son vaurien de fils afin de pouvoir s'habiller pour le dîner. Depuis leur mariage, c'était la première fois que Loulou ne lui avait pas mis ses boutons de manchette.

Elle entra dans la cabine, déjà vêtue d'une jolie robe de velours noir. Le silence qui s'était installé entre eux depuis cinq jours continuait de régner. Tom jeta un faux col par terre et s'avança brusquement vers sa femme.

— Loulou !
— Oui ?
— J'aimerais savoir ce que tu as, en ce moment.
— Tu ne sais pas ? demanda Loulou Hammond tout en choisissant un rang de perles.
— Loulou, si tu crois que cette Fraser et moi... je veux dire, si tu veux savoir où j'étais le soir où vous attendiez tous la fameuse surprise sur le pont, pourquoi ne pas me le demander ?
— Ça ne m'intéresse pas.
— Eh bien je jouais aux dés avec Waite, le commissaire du bord et le second.

Loulou l'interrompit :
— J'ai vu Gerald se diriger vers le bar avec un billet d'un dollar. Il vaudrait peut-être mieux y aller et l'empêcher de se gaver de bonbons.

Elle referma la porte de la cabine derrière elle, et laissa son mari fixer lui-même son col dans le plus profond silence.

Dans la cabine voisine, Miss Hildegarde Withers examinait avec dépit les faux plis de son unique robe du soir en crêpe de Chine aubergine. Quelqu'un tambourina à la porte et l'institutrice, encore affaiblie par ses récents malaises, sursauta.

— Qu'est-ce que c'est ?

La porte s'ouvrit, et Emily Pendavid passa la tête. Elle avait l'air bouleversée.

— L'avez-vous vu ? demanda-t-elle. J'ai cherché partout. Je croyais qu'il s'était glissé dans votre chambre et qu'il dormait sous votre lit...

Les deux femmes se connaissaient de vue, étant donné que leurs cabines donnaient sur le même couloir. Bien qu'elle n'ait pas beaucoup croisé les autres passagers, Miss Withers crut comprendre de quoi il retournait et reprit son calme.

— Voyons, dit-elle, imaginez-vous votre neveu se

glissant dans ma cabine et venant dormir sous ma couchette ?

— Pas mon neveu ! dit l'Honorable Emily, agacée. Tobermory, mon chat persan. Il n'est pas ici ?

Les deux femmes regardèrent sous le lit. Pas de Tobermory.

— Quand je suis rentrée dans ma cabine, à l'instant, la porte était entrouverte et Toby parti. Ce ne sont pas les neveux qui manquent, mais il n'y a qu'un seul Tobermory. Il a visité avec moi l'Exposition universelle, et maintenant que nous sommes presque arrivés à la maison...

Elle sortit brusquement, sans plus s'occuper de Miss Withers.

L'institutrice secoua la tête et continua de s'habiller. Excepté la courte apparition qu'elle avait faite à midi sur le pont, c'était la première fois qu'elle se montrait à bord. Elle attendait l'heure du dîner avec impatience, car de tout le voyage elle n'avait pris que quelques repas frugaux dans son lit, qui ne lui avaient d'ailleurs valu que de violentes crampes d'estomac et des miettes dans ses draps. Cependant, elle espérait qu'il ne s'agirait pas d'un dîner de gala. Ce genre de cérémonie l'ennuyait à mourir.

Mais ce vendredi soir, personne ne s'ennuya au dîner du capitaine. En entrant dans la salle à manger, les passagers étaient accueillis par un tapage venant de la table placée près du mur, où l'infortunée Mrs. Snoaks essayait de se faire obéir de la jeune génération. Gerald Hammond, sa grosse bouille toute réjouie, soufflait sans discontinuer dans un petit sifflet de fer-blanc au son particulièrement horrible, tandis que d'une main il agitait des castagnettes discordantes et de l'autre essayait de percer avec une épingle les ballons de ses camarades plus calmes.

À la table du docteur, les convives s'assemblèrent

petit à petit. Comme toujours, le docteur Waite, vêtu de son plus bel uniforme, fut le premier. Ensuite arriva Emily, dans une amusante robe de taffetas rose. Elle ajustait son monocle en se lamentant à haute voix sur la disparition de Tobermory.

— Il reviendra, dit le docteur pour la rassurer.

Mais Miss Pendavid n'en était pas sûre.

— Toby a essayé de quitter le navire dès notre départ. Si j'étais superstitieuse, mais je ne le suis pas, bien qu'ayant eu une grand-mère écossaise...

Loulou Hammond se laissa tomber sur la chaise que lui avançaient deux zélés serviteurs. Elle examina la table, toute chargée de fleurs, de confettis et de serpentins.

— C'est superbe ! dit-elle.

Au bout d'un moment — assez long pour indiquer qu'ils n'étaient pas descendus ensemble — Tom Hammond arriva, vêtu d'un splendide smoking, mais avec une cravate qui pendait tristement. Il regarda le tas de ballons posé devant son assiette.

Leslie Reverson arriva d'un pas sautillant, sans se soucier du fait qu'il portait un pantalon de la plus jolie coupe. Il s'assit brusquement et son visage s'illumina dès qu'il aperçut les ballons.

— En voilà une idée amusante ! s'exclama-t-il.

Il en gonfla un et l'envoya promener dans la salle. Loulou Hammond l'imita, et leur jeu les absorba tellement qu'ils ne remarquèrent pas l'arrivée de Miss Hildegarde Withers. Avant de s'asseoir, l'institutrice examina la table avec curiosité. Le docteur Waite lui adressa les salutations d'usage.

— Je savais bien que vous alliez vous rétablir, ajouta-t-il.

Ensuite arriva Andy Todd. Il portait une jaquette qu'on aurait dite héritée de son grand-oncle, et un pantalon mal repassé. Loulou Hammond remarqua tout de suite que son nœud papillon noir lui avait été vendu tout fait avec un élastique pour le tenir. Todd semblait content de lui. Tous ses regrets au sujet de la poule avaient disparu et il jubilait intérieurement. Miss Withers le regarda avec curiosité. « Voilà un jeune homme qui mijote quelque chose », se dit-elle.

On commença à servir le potage aux autres tables, et les explosions de ballons se succédèrent.

— Devons-nous attendre Miss Noring ou commencer tout de suite ? demanda le docteur. Tout le monde est là, sauf elle.

— Et son amie, Miss Fraser ? demanda Loulou avec le plus grand calme. Elle sera sans doute avec nous ce soir ?

Chacun se regarda. Miss Withers comprit qu'il y avait un secret entre les convives.

— Croyez-vous que cette pauvre petite va venir ? demanda l'Honorable Emily.

Personne ne lui répondit. Aux autres tables, on tendait le cou pour voir. Candida Noring avait raison. Rosemary Fraser n'avait rien fait de mal. Mais à bord du bateau, les gens n'avaient rien d'autre à faire que cancaner. L'histoire de la surprise promise par Andy Todd le deuxième soir du voyage avait fait le tour du bateau.

D'un air tout à fait naturel, Tom Hammond mit un casque en papier sur sa tête blonde.

— Pourquoi ne viendrait-elle pas ? s'enquit-il. La mer est calme comme l'eau d'un bain.

Une femme se fraya un chemin entre les tables, frôlant les épaules du capitaine Everett au passage. Celui-ci s'entretenait avec un groupe de passagers plus âgés de la monotonie des voyages en mer et des joies qu'allait lui apporter son futur élevage de canards sur Long Island.

Cette femme, c'était Candida Noring. Son visage bronzé paraissait étonnamment pâle, peut-être parce qu'elle avait mis du rouge à lèvres pour la première fois ce soir-là, et aussi à cause de sa robe d'un beige un peu fade.

— Vous ne m'avez pas attendue, au moins? demanda-t-elle en s'asseyant à côté du docteur.

Cette question les renseigna sur ce qu'ils voulaient savoir. Rosemary Fraser ne viendrait pas, même pour le dîner du capitaine.

Le potage fut servi, et on versa du vin blanc sec dans les grands verres placés devant chaque convive. Todd paraissait étrangement agité...

— Maintenant, nous pouvons ouvrir nos cadeaux, proposa le docteur.

Il prit le paquet posé sur son assiette à pain, défit rapidement la ficelle et en sortit le traditionnel étui à cigarettes qu'il recevait à chaque traversée, et qui parut le laisser de marbre.

— Eh bien, dit-il, regardez donc ce que la compagnie de navigation vous a apporté pour Noël...

Andy Todd fut le second à déballer son cadeau. C'était un autre étui à cigarettes, en métal verni, sur lequel était peint un pont. Miss Withers et les autres dames trouvèrent des poudriers du même genre.

— C'est parfait! dit Emily.

Elle s'inquiétait toujours au sujet de son chat. Mais à la vue de la jeune fille qui s'approchait de la table, elle oublia Tobermory.

Rosemary Fraser, dans une toilette de soie blanche brillante, apparut comme un spectre. Elle sourit au docteur en réponse à son salut, puis regarda Candida comme pour lui dire : « C'est toi qui m'as demandé de venir. »

Il y eut un moment de silence, interrompu par l'explosion d'un ballon que Leslie Reverson avait trop gonflé.

Andy Todd avala son verre de vin et toussota. Rosemary Fraser l'imita mais ne toussa pas. Un garçon la resservit, et elle vida son verre une seconde fois.

Sans toucher à sa soupe, Rosemary fixa du regard le paquet posé devant elle.

— C'est un cadeau, dit Candida d'un ton enjoué. Ouvre-le, Rosemary !

Rosemary entreprit de dénouer la ficelle ; Todd voulut lui offrir son canif, mais elle le refusa. Elle défit lentement le nœud, et sortit le poudrier. Elle sourit vaguement et souleva le couvercle. À l'intérieur de la boîte, il y avait un autre petit paquet, et tout le monde se pencha pour voir. Rosemary, sans se douter de rien, l'ouvrit et trouva une petite clé de serrure Yale. Une carte était attachée à la clé... Rosemary était troublée par le vin, troublée et apeurée. Elle prit la carte et la lut à voix haute, sans même s'en rendre compte.

— *Utilisez cette clé, vous éviterez des frais de réparation. Avec nos compliments... la clé du coffre à couvertures...*

Tous les convives l'observaient. Elle comprit qu'elle devait dire quelque chose, n'importe quoi, pour que les yeux se détournent et qu'elle disparaisse sans qu'on s'en aperçoive.

— Quelle... quelle bonne idée ! dit-elle.

Andy Todd rit le premier, et sa voix de ténor résonna dans toute la salle. Puis ce fut le tour du docteur Waite, et progressivement un rire nerveux gagna toute la table. Leslie Reverson cacha son visage dans sa serviette, toussant et haletant, jusqu'à ce que sa tante, elle-même secouée par un fou rire, lui frappât sur l'épaule. Tom Hammond s'esclaffa, puis fut pris de convulsions silencieuses. Loulou Hammond se dit qu'elle ne devait pas, qu'elle ne voulait pas rire ; cependant elle entendit sa voix claire de soprano dominer celle de tous les autres.

À la table du docteur, seules deux personnes ne riaient pas — car Rosemary Fraser elle-même riait. Une certaine folie perçait dans son rire, mais personne ne le remarqua. Candida Noring se mordit les lèvres jusqu'à ce que le sang coule sous sa langue. Miss Hildegarde Withers, qui était peut-être la seule adulte à bord à ignorer le scandale, affichait seulement un air étonné.

Loulou Hammond, qui depuis cinq jours réprimait ses

émotions, ne pouvait maintenant s'empêcher de glousser, tout en se répétant : « Je ne rirai pas, je ne dois pas rire. » Elle s'enfonçait les ongles dans la paume de la main.

Le capitaine Everett cessa de parler de sa ferme et se tourna en souriant vers la table du docteur.

— Ça, il faut avouer que les jeunes ne s'en font pas ! dit-il d'un ton paternel. Le plaisir qu'il y a à voyager sur un petit bateau, c'est que tous les passagers se connaissent bien...

Il s'arrêta net lorsqu'une femme lui frôla les épaules, serrant dans sa main un poudrier laqué bon marché et une petite clé.

— Ces jeunes, dit-il, il n'y a qu'eux pour s'amuser comme ça !

Par les hublots ouverts de l'*American Diplomat,* on entendit une cacophonie de miaulements qui se fit de plus en plus forte puis s'apaisa.

— Le gros chat noir doit avoir des ennuis avec son rouge-gorge, observa le capitaine Everett.

Pour une raison ou une autre, le rire avait cessé d'un coup. Leslie Reverson envoya des ballons de différentes couleurs dans toutes les directions, et Tom Hammond se mit à parler très fort de l'effondrement du cours du dollar sur les marchés étrangers, des hôtels de Londres, et d'un tas de choses... Les autres se joignirent à la conversation avec un peu trop d'empressement, mais pleins de bonnes intentions. Seules Miss Withers et Candida demeuraient silencieuses. Quand on servit le dessert, elles avaient déjà quitté la table, Miss Withers pour aller sur le pont respirer l'air frais dont elle avait été privée pendant tant de jours, et Candida pour aller retrouver son amie.

Elle trouva la porte fermée à clé et frappa avec insistance, sans toutefois obtenir de réponse. Finalement Candida sortit sur le pont promenade et essaya de voir par le hublot. Elle écarta le rideau et vit de la lumière.

Au lieu de sangloter sur son lit, Rosemary Fraser était assise sur le canapé et écrivait dans un calepin relié en cuir.

— Rosemary ! Laisse-moi entrer !

Mais Rosemary continua d'écrire.

— Rosemary !

Enfin, la jeune fille en blanc releva la tête. Elle regarda fixement le visage effrayé de Candida Noring. Ses lèvres s'entrouvrirent et des mots incroyables en jaillirent.

— Sois maudite !... Oh, va-t'en !

Elle avait parlé d'une voix étouffée, mais ses paroles résonnèrent longtemps dans les oreilles de Candida. Cette dernière s'éloigna d'un pas rapide.

Emily la croisa dans le couloir, mais elles ne se parlèrent pas. Elle revint vers sa cabine en secouant la tête.

— Ah ! ces Américaines, dit-elle, avant d'ajouter : Pauvre petite !

Elle ferma sa porte et quitta en hâte son inconfortable robe de taffetas pour une chemise de nuit de flanelle.

— Je déteste les blagues, dit-elle finalement.

On gratta faiblement à la porte. D'un bond, elle se précipita pour ouvrir. Tobermory était là, sa fourrure d'argent en broussaille. Ses yeux d'ambre brillaient encore de l'ardeur du combat qu'il venait de livrer. Il entra tranquillement, portant dans sa gueule une touffe de plumes.

— Toby ! s'écria Emily.

Surpris, Tobermory laissa tomber les plumes, qui révélèrent un gros rouge-gorge. L'oiseau tomba devant lui et battit des ailes. Tobermory abattit la patte sur sa proie et regarda sa maîtresse.

— Il est à moi ! dit-il dans son langage de chat, sur lequel on ne pouvait se méprendre.

À l'évidence, Tobermory ne savait trop quoi faire de sa proie. Mais on eut vite fait de prendre une décision pour lui. Une main ferme le saisit par la peau du cou et le posa sur le lit. Emily Pendavid ramassa le pauvre rouge-gorge effrayé et le pressa contre sa joue.

— Pauvre petit oiseau ! le plaignit-elle.

Le rouge-gorge, qui était devenu complètement pessimiste, ne tenta même pas de s'envoler. Il serait aussi bien mangé par une grosse créature que par une petite.

Emily constata avec tristesse le faible battement de son cœur, son plumage arraché et les pauvres petites pattes meurtries par ses efforts vains pour s'agripper aux cordages.

Alors elle sonna avec acharnement pour appeler le steward. Quand il arriva, elle lui demanda d'apporter une cage.

— Je le sauverai ! dit-elle en s'adressant à l'oiseau. Je sauverai sa pauvre petite vie, qu'il le veuille ou non.

Le steward ne trouva pas de cage. Mais devant l'insistance de Miss Pendavid, il proposa de demander au menuisier du bateau d'en construire une le lendemain matin avec des morceaux de laiton et des bouts de cordes.

— Chips est très habile, madame, dit-il.

L'Honorable Emily jeta un coup d'œil autour de la cabine.

— Demain matin ? dit-elle. Soit, mais dites-lui de faire vite.

Elle aperçut Tobermory, fier malgré l'atteinte portée à sa dignité, qui l'observait assis sur la couchette. Tobermory avait pris ce rouge-gorge au matou du navire, qui avait commis l'erreur de sous-estimer son adversaire au poil soyeux et à l'air efféminé, et était maintenant en train de lécher ses plaies, se demandant ce qui lui était arrivé.

Emily eut une idée de génie. Elle tira de sous sa couchette la sacoche de voyage de Tobermory et y plaça le rouge-gorge, qui sautilla à l'intérieur, se trouvant aussi bien là qu'ailleurs. À présent, il redoutait le pire à chaque instant.

Les yeux de Tobermory flamboyaient de colère. Ç'aurait été différent si la dame avait mangé sa proie, mais la traiter ainsi était insultant pour lui. Il bouda sur son lit, sans ronronner.

Sur le pont, Miss Whiters se reposait dans un transatlantique. Le vent était fort et semblait venir du côté de l'Angleterre. Un séjour à Londres devrait s'avérer rudement intéressant pour compenser l'ennui de la traversée, pensait Miss Withers. Elle était vaguement peinée à cause du petit mystère qui avait gâché la soirée. Quelque chose dans l'attitude de la jeune fille en blanc la contrariait. Cette Miss Fraser avait eu peur de quelque chose.

Levant les yeux, Miss Withers aperçut la jeune fille à laquelle elle venait de penser. Rosemary Fraser, vêtue seulement de sa robe blanche et d'une espèce d'écharpe bleu-nuit, arpentait le pont. « Grand Dieu ! pensa Miss Withers, elle va attraper la mort ! »

Sa chaise longue se trouvant dans l'ombre d'un canot de sauvetage, la jeune fille ne la vit pas. Rosemary se pencha sur la rampe du garde-corps, et contempla d'un air songeur l'obscurité brumeuse. Elle fumait une cigarette brune dont la lueur brillait gaiement dans la nuit. « Je devrais lui dire de retourner à sa cabine chercher un vêtement chaud », se dit Miss Withers. Mais elle ne bougea pas. Après tout, les jeunes possédaient une résistance physique inconnue du temps où elle avait leur âge. Ils étaient capables de boire d'innombrables cocktails, de danser toute la nuit et de sortir en plein hiver avec des bas de soie et des vêtements très légers. « Nous sommes peut-être en train de développer une race qui aura une étonnante force physique, songea Miss Withers. Dix ans ou plus de prohibition tueront tous les faibles. » Elle se renversa sur sa chaise longue et ferma les yeux. « Je me demande s'ils ont la force morale que nous avons dû cultiver. Je me demande s'ils pourraient, s'ils peuvent... »

Sa rêverie fut interrompue par une voix féminine.

— Excusez-moi, dit Candida Noring, se penchant vers elle, je cherche Miss Fraser. Elle est venue ici... l'avez-vous vue ?

— Mais, dit Miss Withers, elle est là, accoudée à la rambarde...

Sa voix se fit hésitante, car Rosemary Fraser n'était pas près du garde-corps. Elle n'était ni sur le pont, ni ailleurs.

— Je suis montée par l'échelle, dit Candida d'une voix inquiète. Je ne l'ai pas croisée. Si elle n'est pas ici, elle doit être passée près de vous.

Mais Miss Withers n'avait pas entendu le bruit des hauts talons sur le pont de bois.

— Je suis sûre que non, déclara l'institutrice. Elle doit bien être quelque part !

Affolée, Miss Withers se leva. Candida Noring se rapprocha d'elle en tremblant.

— Rosemary ! cria-t-elle.

Seul le vent répondit, dans un langage qu'elles ne pouvaient pas comprendre. Mais Rosemary Fraser avait disparu.

CHAPITRE III

Les confettis emportés par le vent

— Elle a voulu se tuer ! cria Candida Noring.
Machinalement, Miss Withers consulta la petite montre épinglée à sa poitrine. Il était onze heures passées de quelques minutes. Elles se penchèrent toutes deux par-dessus le garde-corps, et ne virent que l'écume phosphorescente qui glissait le long du bateau.
 — Ils peuvent mettre un canot à la mer, dit Candida. Ils peuvent arrêter le bateau et...
Elle se mit à courir sur le pont, mais Miss Withers la rattrapa et la saisit par le bras.
 — Attendez, dit l'institutrice. Il faut en être sûr, d'abord. Je n'ai pas entendu de bruit de chute. Elle peut s'être faufilée discrètement dans l'obscurité ou s'être cachée ici derrière un canot de sauvetage jusqu'à ce que vous soyez passée. Je ne puis croire... Avait-elle vraiment des raisons de se tuer ?
Candida Noring secoua la tête.
 — Non, aucune bonne raison, bien sûr.
 — Vous allez la retrouver dans votre cabine en redescendant, dit l'institutrice. Allez voir, cela vaut mieux. Je vais regarder partout sur le pont.
Candida acquiesça d'un signe de tête, et commença à reprendre des couleurs. En partant, elle se retourna pour crier à Miss Withers :
 — Je vous rejoins ici !...

Miss Withers procéda à une inspection rapide mais minutieuse du pont. Elle regarda par la fenêtre de la salle de radio, où Sparks admirait sa collection de cartes postales françaises dans un halo de fumée bleue. Parfois, des passagers entraient bavarder avec lui, mais ce soir-là il était seul. Elle essaya de soulever le couvercle du coffre à couvertures, mais le trouva réparé et cadenassé avec soin.

Finalement, Miss Withers retourna près du garde-corps où elle avait vu se pencher Rosemary, son écharpe bleue agitée par le vent. Elle scruta la nuit, qui gardait son secret. Le vent avait fraîchi.

Elle attendit dix minutes... quinze peut-être. Candida ne revenait pas. Cela voulait-il dire qu'elle avait retrouvé son amie ? Miss Withers était gelée, à présent. Pensive, elle avança sur le pont. Y avait-il eu une chute dans l'eau ? Pouvait-elle s'être assoupie un moment, et ne pas l'avoir entendue ? Elle leva les yeux vers la passerelle et aperçut les larges épaules du capitaine Everett qui se découpaient sur le ciel. C'était lui qu'il fallait aller trouver pour ce genre de problème, pas elle. Devait-elle prendre en charge partout où elle allait les ennuis réels ou imaginaires de ceux qui l'entouraient ? Elle se sentait lasse.

Mais sa fatigue s'évanouit lorsqu'elle vit Candida Noring apparaître en haut de l'échelle. La jeune fille la dépassa en courant presque et grimpa rapidement à l'échelle de la passerelle. Miss Withers saisit la barre du garde-corps et écouta.

— Elle n'est plus là ! cria Candida. Stoppez le bateau, immédiatement. Faites demi-tour, je vous en supplie, faites demi-tour !

Quelqu'un donna un ordre bref.

Le signal de la chambre des machines émit un tintement mystérieux, et Miss Withers s'aperçut que les puissantes turbines ralentissaient leur mouvement.

À ce moment, huit cloches se mirent en branle pour sonner minuit.

— Pour l'amour du ciel, mademoiselle, cria le capitaine, que demandez-vous là? Votre amie est probablement dans une autre cabine. Je ne peux pas arrêter mon navire et perdre du temps pour satisfaire votre caprice...

Candida avait empoigné son uniforme.

— Je vous dis que je le sais! cria-t-elle. Justement parce que personne ne l'a entendue tomber...

Le capitaine Everett hésita puis, l'air résigné, donna l'ordre à l'officier de faire demi-tour.

Ils effectuèrent de rapides calculs, et le capitaine se retourna vers Candida.

— Quand avez-vous remarqué son absence?

— Oh!... je ne sais pas. Je cherche partout depuis un bon moment.

Au même instant, Miss Hildegarde Withers apparut sur la passerelle.

Le second, Jenkins, coupa les machines et prit la barre.

— On a vu la jeune fille quelques minutes avant onze heures, près du garde-corps, déclara-t-elle.

— Il y a une heure? Mais nous avons déjà parcouru dix-huit milles!...

Le capitaine semblait se décomposer. Il se tourna vers Jenkins.

— Vous pouvez remettre en marche.

Les cloches tintèrent à nouveau, et le ciel commença à se mouvoir.

— Mais il faut faire demi-tour! protesta Candida.

Le capitaine Everett secoua la tête.

— Nous ne pourrons pas retrouver l'endroit avant une heure. Aucun nageur au monde ne pourrait résister aussi longtemps dans ces eaux.

Il respira profondément.

— Et puis, vous faites sans doute erreur. Nous... je vais faire effectuer des recherches sur le bateau.

Il descendit l'échelle, et Miss Withers s'écarta pour le laisser passer. Candida suivait sans dire un mot.

— Cette jeune fille ne voulait pas se tuer, dit le capitaine Everett comme pour se rassurer. Elle était si gaie ce soir au dîner... vous avez tous bien ri et vous vous êtes bien amusés.

Candida ne dit rien.

— La demoiselle est certainement saine et sauve quelque part à bord. D'après ce que j'ai entendu, elle a l'habitude de se cacher dans des endroits bizarres.

Il avança sur le pont promenade, suivi de près par les deux femmes.

— Nous allons juste faire une petite inspection, dit le capitaine Everett. Inutile d'alarmer les passagers. Nous allons bien la trouver, n'ayez pas peur.

Le capitaine fit fouiller le navire jusqu'à ce que le soleil soit déjà haut à l'horizon. Il détacha quelques-uns de ses officiers aux recherches, mais Rosemary Fraser demeura introuvable. Cette fois, elle ne s'était pas cachée pour un rendez-vous amoureux dans un coin secret de l'*American Diplomat.*

« *Rosemary Fraser, dix-neuf ans* », écrivit le capitaine Everett d'une écriture appliquée sur son livre de bord, à la date du 21 septembre. Il ajouta : « *Disparition inexpliquée* », et posa sa plume.

Miss Withers resta longtemps assise auprès de Candida.

— Que son péché soit réel ou imaginaire, je conçois qu'elle ait pu avoir honte au point de vouloir se suicider, conclut l'institutrice.

Elle tenait sur ses genoux le calepin relié de cuir qui avait appartenu à Rosemary.

— Mais je ne comprends pas qu'elle se soit tuée sans laisser aucune lettre d'explication... ni pourquoi elle a déchiré la moitié des pages de ce calepin.

Candida Noring le savait.

— Rosemary a emporté avec elle tout ce qu'elle

avait rédigé, dit-elle. Naturellement, elle ne voulait pas que l'on sache ce qu'elle avait écrit, pour que l'on ne cherche pas à percer les secrets de son stupide cœur de jeune fille. Elle ne voulait pas que l'on sache qui était l'homme pour lequel elle avait perdu, selon l'expression consacrée, « sa réputation ».

Miss Withers tourna ses yeux bleus vers la jeune fille.

— Savez-vous qui c'était ?

Candida se contenta de secouer la tête.

— Je pourrais essayer de deviner, dit-elle, mais je ne veux pas.

Au même moment, Tom Hammond souleva sa tête ébouriffée de l'oreiller et vit sa femme Loulou qui se tenait debout, tout habillée, devant la porte.

— Je n'ai pas entendu le gong du petit déjeuner, dit-il d'un ton joyeux.

Il s'arrêta net lorsqu'il vit le regard de Loulou.

— Il vaudrait mieux que tu saches, dit-elle d'une voix inhabituelle, que Rosemary Fraser s'est jetée par-dessus bord la nuit dernière.

Tom ne répondit pas tout de suite.

— Je pensais que cela t'intéresserait, dit sa femme pour conclure.

Elle claqua la porte pour échapper au flot de questions de son mari. Hammond sauta du lit, se plongea la tête sous l'eau froide, et s'habilla sans prendre de bain. Ce matin-là, comme par miracle, le Vésuve du divan n'entra pas en éruption. Il était heureux que le démon Gerald fût encore endormi, car son père n'était d'humeur à répondre à aucune question.

La nouvelle parvint à l'Honorable Emily par le steward, qui, fidèle à sa parole, frappa à sa porte à neuf heures du matin, apportant une magnifique cage à oiseau que le menuisier avait fabriquée avec une vieille boîte en fer rouillée et quelques bouts de câble. Emily était si occupée à mettre son nouveau compagnon dans la cage improvisée qu'elle ne comprit pas tout de suite l'importance de l'événement. Tobermory, sur son oreiller, braquait des yeux maussades sur l'oiseau qu'il considérait comme sa propriété légitime. Le rouge-gorge attendait patiemment que le chat lui bondisse dessus.

Enfin, Miss Pendavid pensa à Rosemary Fraser. Inconsciemment, elle répéta les remarques qu'elle avait faites le soir précédent : « Pauvre petite ! » dit-elle tout haut. Puis : « Ces Américaines ! »

Elle les répétait encore lorsqu'elle sortit prendre son petit déjeuner avec son neveu.

— Je suis heureuse que tu n'aies jamais fréquenté une telle fille, ajouta-t-elle.

Le jeune Reverson lui dit que s'il n'avait jamais fricoté avec Rosemary, c'était la faute à Rosemary et non la sienne. Ni l'un ni l'autre n'eurent beaucoup d'appétit.

Le docteur Waite était lui-même incapable d'avaler quoi que ce soit. Il frottait constamment sa tête chauve et oubliait de rire.

— C'est étonnant, répétait-il sans cesse, elle n'avait pas l'air de ce genre-là !

Miss Hildegarde Withers se réchauffait avec une tasse de thé. Elle se retourna et le regarda par-dessus la chaise vide de Candida.

— Quel genre ? demanda-t-elle soudain.
— Eh bien... à se suicider
— Et si elle ne l'avait pas fait ? suggéra brusquement l'institutrice.

Elle quitta la table et sortit sur le pont, se promenant sans but sous le soleil brillant. Elle se dirigea tout d'abord vers l'endroit où elle avait vu Rosemary se pencher — un peu trop, d'ailleurs. Elle resta là un moment et redescendit sur le pont promenade. Elle marchait à longues enjambées le long des hublots.

« Il me semble que j'ai ce que les Français appellent une *idée fixe**, se dit-elle. Pourquoi ce suicide ne

---

* Les mots en italique suivis d'un astérisque sont en français dans le texte.

serait-il pas... un suicide ordinaire ? » Elle regarda une grosse vague se soulever et s'écraser. « Surtout, Miss Noring dit que la jeune fille avait une peur bleue que le colonel et sa femme, qui ont connu son père à Buffalo, ne révèlent le scandale et qu'on ne la rappelle ensuite chez elle. »

C'était évidemment un motif de suicide... surtout pour une jeune fille aussi sensible et émotive que Rosemary, qui échappait à la surveillance paternelle pour la première fois de sa vie. Pourtant...

Miss Withers fit demi-tour, tout en continuant à réfléchir tout haut, et s'arrêta brusquement. Un homme vêtu d'un uniforme bleu était penché au-dessus du garde-corps, près de la porte du salon. De petites choses blanches s'échappaient de ses doigts, et, emportées par le vent, disparaissaient dans le sillage du navire.

Elle s'approcha et reconnut Peter Noel. Il la salua.

— Vous nettoyez la maison ? demanda-t-elle d'un ton tout à fait naturel.

Noel hocha la tête.

— C'est un des avantages du bateau, dit-il. Tout ce dont vous n'avez pas besoin, vous pouvez le jeter par-dessus bord. Je viens de me débarrasser de quelques cartes à jouer... J'aurais déjà pu le faire il y a quelques semaines. Elles étaient devenues aussi maniables que des pancakes.

Il esquissa un sourire poli et rentra. Miss Withers demeurait accoudée au bastingage, regardant les remous formés par les puissantes hélices. Au loin, à l'ouest, se trouvait l'Amérique... et quelque part à l'horizon une jeune fille mince et orgueilleuse, vêtue de blanc, avait trouvé un tombeau glacé...

Miss Withers était pensive. Soudain elle aperçut un morceau de papier, plus petit qu'un timbre-poste, retenu par le vent contre un montant de métal. Elle s'en empara et retourna dans sa cabine.

Elle ferma aussitôt la porte à clé et commença à examiner le papier. Il en valait la peine. Jamais encore Miss Withers n'avait vu de fragment de carte à jouer en papier crème avec une raie bleue transversale. Jamais encore elle n'avait vu un morceau de carte portant les lettres « ... osem... » écrites à la main.

Pendant une demi-heure, elle essaya de trouver un mot, en anglais ou dans une autre langue, composé de ces lettres. Finalement, elle rangea précieusement le petit morceau de papier dans son sac à main et sonna Mrs. Snoaks.

La femme de chambre commença aussitôt à commenter la disparition de Rosemary Fraser, mais Miss Withers l'interrompit :

— Préparez-moi un bain chaud tout de suite, demanda-t-elle.

Au moment où la femme de chambre s'apprêtait à sortir, Miss Withers prit un billet craquant de cinq dollars dans son sac.

— Attendez, dit-elle. J'ai un petit service à vous demander.

Mrs. Snoaks aurait fait n'importe quoi, y compris allumer un incendie, pour cinq dollars. Elle ouvrit de grands yeux en entendant les instructions de Miss Withers, mais le ton de celle-ci lui ôta toute envie de poser la moindre question.

— Où que je sois et quoi que je fasse, insista l'institutrice, venez me le dire.

Mrs. Snoaks jura d'obéir et partit.

Une demi-heure plus tard, se sentant reposée malgré sa nuit blanche, Miss Hildegarde Withers sortit de la baignoire, s'essuya et mit un tailleur de serge. Puis elle monta sur le pont supérieur et frappa à la porte sur laquelle était apposée une plaque de cuivre portant l'inscription « Capitaine ».

Quel que soit son âge, le maître du navire est toujours surnommé « le Vieux » à bord. Ce jour-là, le capitaine

Everett justifiait son sobriquet. Assis à son bureau, les yeux cernés, il fixait ces deux mots fatidiques : « *Disparition inexpliquée.* »

Son visage ne s'anima même pas à la vue d'Hildegarde Withers.

— Qu'y a-t-il ? demanda-t-il d'une voix âpre.

Il avait à la main un télégramme des grands pontes de la compagnie à New York, que Sparks venait de lui remettre.

Faites tout votre possible pour éclaircir mystère Miss Fraser Stop Parents mécontents et très influents Stop Regrettable n'ayez pas fait demi-tour et envoyé canot de sauvetage Stop Faites rapport détaillé ici et Londres.

— Je voudrais faire une suggestion, annonça Miss Withers. Ne serait-il pas intéressant de savoir où se trouvait chacun des passagers au moment où l'on suppose que Rosemary Fraser est passée par-dessus bord ?

Le capitaine Everett eut le pressentiment que cette touche-à-tout avait à l'idée quelque chose d'invraisemblable et d'effrayant.

— Que voulez-vous dire ? Soupçonnez-vous... pensez-vous que quelqu'un soit mêlé à...

— Je ne soupçonne rien pour l'instant, mais si nous savions où étaient les passagers, nous pourrions éventuellement apprendre quelque chose sur la chute.

Le capitaine Everett secoua la tête.

— Cela ne fera qu'alarmer tout le monde, dit-il. Ils penseront qu'on leur demande un alibi et j'ai posé assez de questions pour aujourd'hui. D'ailleurs, si l'un d'eux avait entendu quelque chose, il serait venu me prévenir.

Il se retourna vers son bureau, mettant ainsi un terme à l'entretien.

— Il y a toujours plusieurs moyens de parvenir à ses fins, dit Miss Withers, presque à mi-voix.

Elle se retira, vexée.

Comme elle se tenait songeuse sur le pont, près de la porte du capitaine, elle entendit la cloche du déjeuner. Aussitôt une idée lui vint. Elle descendit en trombe et marcha si vite qu'elle entra dans la salle à manger en même temps que le docteur Waite, qui sortait juste de son cabinet au pied de l'escalier.

Miss Withers, au lieu de rester en retrait, participa activement à la conversation sur la tragédie de la nuit précédente. À mesure que les autres convives arrivaient, chacun donnait ses impressions. La plupart pensaient que poussée par la honte Rosemary s'était donné la mort ; et Leslie Reverson surprit tout le monde en formulant l'idée que la jeune fille était peut-être tout simplement tombée à l'eau.

— J'ai une idée, dit Miss Withers d'un air innocent.

Elle devait en finir au plus vite, avant que Candida Noring, le seul convive encore absent, ne vienne s'asseoir à table.

— Si chacun pouvait se rappeler où il était entre onze heures moins le quart et onze heures cinq — ce qui correspond à l'heure où la jeune fille a passé par-dessus bord — et si l'un de nous était près de la rampe de droite...

— De tribord, rectifia Tom Hammond.

— La rampe de tribord, merci... et si comme moi il n'a pas entendu de chute, cela prouverait que la jeune fille est tombée soit à un autre moment, soit de l'autre côté du bateau !

Toutes les personnes assises à la table du docteur se regardèrent. Au bout d'un instant, Loulou Hammond rompit le silence.

— Je n'ai rien entendu, déclara-t-elle, parce que j'étais dans mon lit et dormais profondément. Et notre petit Gerald faisait de même.

Leslie Reverson essaya de se rappeler ce qu'il avait fait, mais il resta très vague. Vers cette heure-là, il s'était rendu au bar mais à sa grande surprise l'avait trouvé fermé. Il avait pris un livre à la bibliothèque du salon et l'avait emporté dans sa cabine pour lire avant de s'endormir. Emily Pendavid mentionna que vers onze heures elle était descendue déranger le responsable des cuisines afin d'obtenir quelques miettes de pain pour son oiseau.

— Comme vous le savez, dit Miss Withers, je somnolais sur le pont, étendue dans un transatlantique. Miss Noring cherchait son amie et est montée sur le pont par l'échelle. Il était environ onze heures. Elle dit qu'elle n'a rien entendu.

Seul Tom Hammond n'avait pas encore pris la parole. Il regarda le docteur.

— Vers onze heures, j'avais déjà joué trois dollars, n'est-ce pas, docteur ? dit-il sèchement.

Le docteur Waite hocha la tête.

— Oui... je crois. Nous étions cinq ou six dans mes quartiers : le commissaire du bord, le premier lieutenant, Mr. Hammond et le colonel. Tard dans la soirée, Noel, le barman, est entré et a perdu deux dollars. Je crois que vous étiez déjà parti, dit-il en se tournant vers Leslie Reverson.

— Oh, oui ! dit Reverson. J'ai oublié de dire que j'étais descendu chez vous.

Il rougit légèrement. Waite comprit que Miss Pendavid n'approuvait pas les jeux d'argent et se hâta de trouver une excuse.

— Les mises étaient très faibles. C'était juste pour passer le temps. Les jeunes gens sont entrés et sortis jusqu'à une heure du matin environ, mais je ne peux vous fournir d'heure plus précise. D'autre part, nous étions trop absorbés par notre jeu pour entendre quoi que ce soit au-dehors.

Il avait terminé de déjeuner. Miss Withers se leva et sortit de la salle à manger avec lui.

— Je voudrais voir votre cabinet, dit elle.

Il lui ouvrit la porte et l'introduisit dans une pièce flambant neuve étonnamment bien équipée, dotée des instruments médicaux les plus modernes. Une armoire contenait des centaines de flacons soigneusement étiquetés.

Miss Withers tira la porte et constata qu'elle n'était pas fermée à clé.

— Vous en avez, des médicaments, commenta-t-elle.

— C'est nécessaire. Je ne peux pas faire préparer les ordonnances chez le pharmacien.

De chaque côté du meuble, deux hublots surplombaient l'épais tapis sur lequel les joueurs avaient risqué leur argent. Ces hublots se trouvaient à tribord, près de l'endroit où Miss Withers avait vu pour la dernière fois Rosemary, deux étages plus haut.

Devant l'insistance de Miss Withers, le docteur reconnut qu'à différentes reprises au cours de la partie des joueurs étaient sortis chercher des sandwiches ou du café à l'office situé à côté. Il ne pouvait donner aucune précision quant à l'heure, mais se rappelait toutefois que le jeune Reverson avait fait quelques allées et venues peu après dix heures.

— Le jeune homme semblait assez nerveux et préoccupé, se rappela le docteur Waite.

Miss Withers hocha la tête et montra les hublots solidement fermés.

— Étaient-ils ouverts, hier soir ?

— L'air frais est mauvais pour le jeu, expliqua Waite. Ils étaient comme maintenant. Nous n'aurions pas entendu une corne de brume à travers l'épaisseur de ces verres.

— Je suppose que... commença Miss Withers, qui s'arrêta en entendant frapper à la porte.

C'était Mrs. Snoaks qui lui apportait des nouvelles.

— Miss Noring prend un bain ! cria-t-elle, soulagée d'avoir enfin trouvé Miss Withers.

Mrs. Snoaks sortit, bientôt imitée par l'institutrice qui dissimulait mal une certaine nervosité.

Waite s'assit à son bureau et se prescrivit trois doigts de cognac. Il semblait perplexe. « Pourquoi diable Miss Noring ne pourrait-elle pas prendre un bain ? » se demanda-t-il tout haut. Il se passait quelque chose qu'il ne comprenait pas. Il sortit de son bureau et vit Loulou Hammond qui montait l'escalier. Sur un coup de tête, il lui annonça la nouvelle pour voir l'effet qu'elle produirait :

— Miss Noring prend un bain !
— Incroyable ! dit Loulou Hammond.

Et elle disparut.

Au même moment, Miss Hildegarde Withers, la passagère la plus respectable du bateau, se trouvait à genoux devant la cabine de Candida Noring. Elle s'était munie d'une épingle à cheveux tordue, mais sa propre clé tourna sans trop de difficulté dans la serrure. Miss Withers entra, referma la porte à clé derrière elle, et tira le rideau devant les hublots. Puis elle consulta sa montre. Il était deux heures, et elle avait environ quinze minutes pour accomplir sa tâche. Elle se lança sans plus attendre dans une fouille méthodique.

Elle examina d'abord les bagages de Candida et ceux de Rosemary avec la célérité d'un fonctionnaire des douanes, mais avec beaucoup plus de soin. Le résultat fut absolument nul, si ce n'est le constat que Rosemary aimait les fanfreluches et que Candida préférait les vêtements plus sobres.

Dans un casier au-dessus de la couchette de cette dernière se trouvaient quelques livres : *Du côté de chez Swann*, *La nurse qui disparut*, de Philip Macdonald, et un recueil de sonnets d'Edna Saint Vincent Millay. Dans le casier de Rosemary, il y avait *La Vagabonde,* de Colette, et un exemplaire d'*Histoire vraie*. Un bouquet de violettes séchées marquait une page du livre de Proust.

Miss Withers feuilleta les livres en vitesse. Elle souleva les matelas, regarda derrière les gravures et inspecta même le tapis. En dernier lieu, elle ouvrit le sac de Candida et n'y trouva qu'un paquet de cigarettes brunes, quelques billets et pièces de monnaie, et un briquet.

À présent, elle aurait pu jurer que les pages déchirées du journal de Rosemary n'étaient nulle part dans la cabine. Prise de remords, Miss Withers s'empressa de remettre les choses à leur place, sortit et referma la porte à clé derrière elle. Elle regarda sa montre. Il était deux heures seize.

Elle vit soudain une porte s'ouvrir. De la vapeur s'en échappa, et Candida Noring, dans un peignoir marron, s'avança vers l'institutrice. Ses cheveux noirs pendaient raides sur son front. La jeune fille semblait fatiguée, malade même.

— Ma pauvre petite, dit Miss Withers, vous feriez bien de demander un somnifère au docteur. Vous semblez complètement abattue.

— Vraiment? Je ne me suis pas couchée, car je savais que je ne pourrais pas dormir.

— Ce n'est pas raisonnable. Il ne faut pas vous tourmenter comme ça. Demain soir ou lundi matin nous serons sur la Tamise, et Scotland Yard aura vite fait d'éclaircir le mystère. Ils sauront bien...

— Scotland Yard? fit Candida, les yeux soudain agrandis, je ne savais pas...

— Le commissaire du bord dit qu'ils procèdent toujours à des formalités en cas de décès en mer.

— Oh! tant mieux, dit Candida, visiblement soulagée. Maintenant, tout ce qui m'inquiète c'est de savoir ce que je vais câbler à la famille de Rosemary. Je crois que je vais descendre demander au docteur de me donner quelque chose...

Elle se dépêcha de rentrer dans sa cabine, et Miss Withers retourna dans la sienne. L'institutrice s'allongea dans l'intention de se reposer tandis que son

57

esprit cherchait à deviner où étaient passées les pages du journal de Rosemary. Elle sombra bientôt dans un sommeil si profond qu'elle n'entendit pas la scène de ménage dans la cabine voisine — ni les monosyllabes haut perchés de Loulou Hammond, ni la voix bourrue de son mari, ni même les interventions stridentes de Gerald ne suffirent à l'en tirer. Elle dormait encore au moment du dîner et ne se réveilla que tard dans la soirée, quand un garçon lui apporta un potage et un toast. Elle alla alors se promener un moment sur le bateau désert. Personne n'avait envie de danser ou de jouer au bridge. À dix heures, faute de clients, le bar ferma ses portes; sous celle du docteur, aucune lumière ne filtrait.

Sur le pont, Tom Hammond, plongé dans ses pensées, tirait sur une pipe vide. Miss Withers sentait un léger brouillard lui caresser le visage, et elle distinguait avec peine le capitaine Everett accompagné de deux officiers, tandis que le navire silencieux et gagné par la mélancolie filait doucement vers Land's End et le Lizard.

Le grand silence dura encore tout le dimanche, malgré les vagues efforts de quelques passagers âgés pour chanter des hymnes lors du service religieux. Le son faible de leurs voix parvint aux oreilles de Miss Withers. Comme de coutume sur un navire, ils terminèrent par « Dans le berceau des profondeurs ». L'institutrice voulut y voir un chant funèbre tardif dédié à Rosemary Fraser. La jeune fille avait-elle trouvé le repos ?

Le soir, personne n'alla se coucher car le petit *American Diplomat* avait déjà passé les falaises de Douvres. Glissant à travers le brouillard, il avançait maintenant sur un fleuve étroit et Miss Withers découvrait l'odeur de la Tamise. Un peu avant minuit, le bruit des machines s'arrêta. L'ancre fut jetée dans un énorme bruit de chaînes, et par les hublots couverts de gouttelettes de pluie Miss Withers aperçut une gigantesque enseigne lumineuse vantant les vertus du bouillon Oxo.

— Tous les passagers au salon, s'il vous plaît ! criait un steward.

Il parcourait les couloirs en frappant sans arrêt sur un gong. Miss Withers ouvrit son hublot et vit une mince chaloupe noire descendre le fleuve, venant de la partie de la ville où les lumières étaient les plus brillantes. Elle arrangea ses cheveux et rejoignit les autres passagers, excités et nerveux.

Tout le monde voulait savoir s'il était possible de débarquer le soir même, et l'on dut répéter plusieurs fois à chacun que les douanes britanniques fermaient à six heures.

— Pas avant demain matin, disait le commissaire du bord.

— Pourquoi devons-nous attendre ici, dans ce cas ? s'enquit l'Honorable Emily.

Personne ne lui répondit, mais par la porte entrouverte sur le pont, Miss Withers entendit le ronronnement étouffé d'un puissant moteur. On causait sur le pont ; le bruit s'amplifia puis cessa, et le capitaine Everett entra dans le salon. Il semblait avoir regagné le poids qu'il avait perdu la nuit de la disparition de Rosemary Fraser. Il était suivi de Jenkins. Un homme grand et fort, affublé d'un chapeau melon et d'un imperméable pisseux, fermait la marche.

Malgré sa figure douce et innocente, ses cheveux blonds et lisses et ses demi-guêtres, Miss Withers comprit tout de suite qu'elle était en présence d'un inspecteur de la brigade criminelle. Elle le comprit aux yeux noisette qui regardaient une seule fois — et voyaient tout —, et aux chaussures noires bien cirées et déformées, typiques des hommes appelés à battre le pavé des villes.

Les trois hommes disparurent derrière le rideau du fumoir — le bar avait fermé dès l'arrivée du bateau dans les eaux britanniques — et il y eut un long silence.

— Je suis sujet de la reine, commença Emily.

Mais elle n'acheva pas sa protestation.

Les passagers étaient impatients, pourtant personne n'avait envie de parler. Le terrible Gerald lui-même était silencieux et ne cessait de regarder ses parents, qui ne souriaient pas. Andy Todd faisait semblant de lire, et fumait cigarette sur cigarette.

Enfin, le rideau s'ouvrit et l'on vit apparaître le capitaine Everett. Il fit signe à Peter Noel, qui se tenait tout près dans son plus bel uniforme, et lui murmura quelque chose. Noel répondit par un signe de tête.

— Miss Hildegarde Withers! cria-t-il.

Miss Withers entra. Les deux officiers étaient assis sur le canapé. L'homme de Scotland Yard, assis à une table de bridge, la dévisagea. Personne ne lui demanda de s'asseoir.

— Je vous présente Mr. Cannon, inspecteur principal à New Scotland Yard, dit le capitaine Everett d'un ton aimable. Il voudrait vous poser quelques questions.

Miss Withers s'apprêtait à prendre la parole, mais l'inspecteur se pencha vers elle.

— Vous êtes la dernière personne à avoir vu Rosemary Fraser? demanda-t-il.

Avant qu'elle ait eu le temps de répondre, il écrivait déjà dans son calepin. Et il lui fut impossible de raconter son histoire comme elle l'aurait voulu. Les questions succédaient aux questions, et en moins de cinq minutes elle avait dit tout ce qu'elle savait mais rien de ce qu'elle supposait au sujet de la disparition de Rosemary Fraser.

— Merci, dit Cannon, sans paraître prendre un grand intérêt à ce qu'il venait d'entendre.

Elle retourna au salon.

— Miss Candida Noring! annonça Peter Noel, après une autre intervention du capitaine Everett.

Candida se leva, écrasa sa cigarette et se dirigea vers le rideau comme Jeanne d'Arc vers le bûcher. Ses mains étaient plongées dans les poches profondes d'un manteau en poil de chameau, et ses genoux ne semblaient pas aussi solides que d'habitude. Quand Noel écarta le rideau à son intention, elle chancela un peu, et il lui sourit pour la rassurer; mais aussitôt le sourire disparut de son visage comme effacé d'un coup d'éponge.

Miss Withers le vit regarder furtivement les trois issues du salon. À chaque porte se tenait un officier. Noel reprit sa place près de l'entrée du fumoir, en fronçant les sourcils d'un air pensif. L'institutrice se demanda si c'était le visage terrifié de Candida qui avait gâté son innocent plaisir de remplir l'office de maître de cérémonie. Il mit une main dans la poche de sa veste et la retira vivement. Puis il tira sur sa cravate et attendit...

L'attente leur parut à tous interminable... Loulou Hammond regardait son mari; dès qu'il s'en apercevait, elle détournait la tête. Au bout d'un long moment, le rideau s'entrouvrit et Candida sortit. Tous les yeux convergèrent sur elle, cherchant à lire sur son visage, mais Candida Noring souriait. Elle tenait à la main une cigarette allumée.

Une autre pause suivit, puis le capitaine Everett réapparut. Il fit signe à Peter Noel, sans prononcer de nom. Soudain, Noel comprit.

Il respira profondément, redressa les épaules et entra dans le fumoir. L'épaisse tenture se referma sur lui, tandis que des murmures de surprise s'élevaient parmi les passagers. Miss Withers s'avança jusqu'au milieu du salon, mais elle ne put rien entendre.

À l'intérieur, l'inspecteur principal Cannon se tenait tranquillement debout. Il avait reposé son calepin. Le capitaine et le second étaient debout aussi.

— Alors? dit Noel.

L'inspecteur lui répondit aussitôt :

— Peter Noel, à la lumière des informations qui m'ont été données, je vous arrête pour le meurtre de Rosemary Fraser. Je dois vous avertir que, si vous êtes déclaré coupable, vous risquez la peine de mort.

Le beau visage de Noel revêtit un masque de surprise. Il ouvrit la bouche mais aucun son n'en sortit. Cependant, son cerveau travaillait vite.

— Avez-vous quelque chose à dire? Je dois vous prévenir que vous n'y êtes pas obligé, et que toute déclaration pourra être retenue contre vous.

Peter Noel éclata de rire. La peur sembla l'abandonner. Il avait la main dans la poche de sa veste bleue, et comme son rire dégénérait en quinte de toux il la porta devant sa bouche.

Cannon vit dans ce geste une note intéressante à porter sur son calepin. « L'accusé tente de faire disparaître les preuves en les avalant. »

Noel se mit à sourire et tendit les mains comme pour se faire passer les menottes.

— C'est absurde, dit-il. Emmenez-moi si vous voulez, mais je crois que quelqu'un vous a abreuvé de sornettes. C'est la première fois que j'entends parler de crime à propos de Rosemary Fraser.

L'inspecteur principal Cannon eut soudain un doute. Cette voix calme et confiante n'était pas celle d'un coupable, ni même celle d'un homme troublé.

— Je porterai plainte pour arrestation intempestive, et, croyez-moi, j'obtiendrai gain de cause, poursuivit Noel.

— Venez, dans ce cas, lui dit-on.

L'officier de police le soumit à une fouille sommaire.

Le capitaine Everett donnait des signes d'impatience et Jenkins protesta à haute voix :

— Je vous dis qu'il jouait aux dés avec le docteur.

Noel eut une nouvelle quinte de toux, plus naturelle cette fois. Il se dégagea des mains puissantes du policier.

— Attendez un peu, cria-t-il, attendez un peu !...

— N'essayez pas de ruser, jeune homme, gronda le détective.

Mais cette ruse de Peter Noel dépassait le pouvoir de Scotland Yard. Il saisit le rideau et chancela.

Les femmes se mirent à crier lorsque le barman, le visage décoloré et horriblement contracté dans une expression de surprise, vint s'écrouler au milieu du salon, mort.

CHAPITRE IV

Tous les démons de l'enfer

L'eau noire de la Tamise venait frapper en douceur la solide coque en fer de l'*American Diplomat,* et ses vagues portaient un léger reflet de lumière venant de l'est. Dans le petit fumoir du bateau, l'inspecteur principal Cannon feuilletait en soupirant les pages de son calepin recouvertes d'une écriture fine et serrée.

Devant lui se tenait un homme plus petit et plus âgé qui mordillait nerveusement sa moustache à la gauloise.

Le commissaire Harrington n'était pas de bonne humeur.

— C'est un regrettable malheur, dit-il à Cannon.

— Oui, monsieur, en effet, répondit l'inspecteur principal.

— Vous avez laissé se tuer un prisonnier placé sous votre responsabilité.

— Oui, monsieur.

Les deux hommes étaient seuls derrière le rideau du fumoir, mais Cannon soupçonnait le petit groupe d'hommes en uniforme et de détectives qui flânaient dans le salon de chercher à entendre la conversation. L'interrogatoire des passagers était terminé depuis longtemps, et ils avaient tous été renvoyés dans leurs cabines, sinon pour dormir, du moins pour méditer sur la promesse de Cannon qu'ils resteraient bien à bord jusqu'à ce qu'on les autorise à partir.

Harrington rabaissa son chapeau de feutre vert sur ses yeux et commença à mettre ses gants.

L'inspecteur principal s'anima un peu.

— Ce n'est pas vous qui allez reprendre l'enquête, commissaire ?

— Certainement pas. Le chef voudra un rapport détaillé sur cette affaire lorsqu'il arrivera au bureau à neuf heures. Tâchez de me téléphoner auparavant. Mais c'est votre enquête, Cannon.

Le commissaire était déjà à mi-chemin du rideau quand Cannon répondit :

— Laquelle ?

Harrington fit volte-face.

— Comment ça ?

— La disparition ou le suicide ?

— C'est une seule et même affaire ! cria Harrington, prêt à se fâcher. Vous ne voyez donc pas ? Vous étiez chargé d'éclaircir le mystère qui entoure la disparition de Rosemary Fraser, et le suicide de ce Noel est l'aveu de sa culpabilité. Il l'a jetée par-dessus bord et avait dans sa poche un poison tout prêt pour le cas où on l'arrêterait pour ce meurtre. Tout ce que vous avez à faire c'est d'assembler les pièces du puzzle.

Cannon articula quelques mots à voix basse, mais son supérieur poursuivit :

— Si vous voulez, prenez le jeune Secker pour vous aider et chargez-le de terminer les recherches au sujet de la disparition de la jeune fille. Il est temps qu'il ait quelque chose de plus intéressant à faire que de traînailler dans les commissariats. Et il ne peut pas être plus mauvais enquêteur que vous ne vous l'êtes révélé ce soir, Cannon.

Le commissaire disparut dans la direction du canot qui portait les initiales T.I., insigne de la brigade fluviale. Quand il se fut éloigné, Cannon respira à fond et sortit dans le salon.

De l'autre côté de la pièce, un jeune homme grand et

mince, vêtu négligemment d'un costume de drap marron, surveillait le cadavre de Peter Noel que l'on avait recouvert d'une couverture.

— Sergent ! dit l'inspecteur principal d'un ton bref.

Le jeune John Secker releva la tête et sourit.

— À quoi rêvassez-vous ? poursuivit Cannon. On dirait que vous n'avez jamais vu un mort...

— Justement, c'est la première fois, reconnut le jeune homme sans s'émouvoir. Vous oubliez, monsieur, que je suis détective depuis seulement huit semaines. Je me demandais seulement, monsieur, si tous les suicidés ont une telle expression de surprise sur le visage, comme s'ils s'étaient attendus à autre chose.

— Quoi ? dit Cannon. De toute façon vous allez venir avec moi. Vous aurez la possibilité de m'aider dans cette affaire. Ordre du commissaire. Maintenant nous allons voir si réussir aux examens fait de vous un bon policier.

La voix de Cannon dissimulait une grande amertume, car John Secker — de même qu'une douzaine d'autres jeunes gens de bonne éducation — était entré à Scotland Yard grâce au mode de recrutement mis en place par Lord Duggat, le nouveau préfet de police. Il avait accompli ses six mois de stage comme îlotier, passé brillamment les épreuves du concours pour être détective et portait maintenant les galons de sergent, que Cannon lui-même n'avait obtenus qu'après six ans de lutte acharnée. Cannon considérait secrètement l'introduction de ces « fils à papa » comme une tentative du gouvernement pour trouver des places à ces cadets qui n'avaient pas la possibilité d'entrer dans l'armée, la marine marchande, ou de partir aux colonies. Il se méfiait d'autant plus de Secker que celui-ci avait fait ses études à Cambridge.

— Entendu, dit John Secker en s'avançant d'un air joyeux.

— Nous ferions bien de découvrir où ce type a

dégotté son poison, déclara Cannon en s'élançant dans le couloir.

— Alors, vous ne pensez pas qu'il l'a apporté d'Amérique ?

Cannon se radoucit. Il se réjouissait d'avoir une si bonne occasion de montrer son sens du sarcasme.

— Non, dit-il, à moins que Peter Noel n'ait su avant son départ qu'il rencontrerait au cours du voyage une jeune fille qui remuerait ciel et terre — comme le prétend sa compagne de voyage — pour qu'il l'épouse, uniquement parce qu'il l'avait compromise dans le coffre à couvertures.

Le sergent Secker ne fit pas de commentaire. Cannon poursuivit :

— Nous pouvons parier que Noel s'est procuré du cyanure — que le médecin légiste a reconnu à l'odeur — afin de pouvoir devancer le bourreau au cas où il serait pris. Ce qui m'a frappé, justement, c'est que le médecin du bord...

Ils descendirent l'escalier principal et passèrent près de la cuisine, d'où s'échappait une bonne odeur de café. L'inspecteur principal s'arrêta devant une porte avec l'inscription « Cabinet du docteur » et frappa du poing.

Personne ne répondit. Il frappa une seconde fois et tourna le bouton. La porte s'ouvrit vers l'intérieur.

— Il y a quelqu'un ?

Une voix endormie lui répondit de la cabine située au fond de la pièce. La tête chauve du docteur Waite apparut dans l'embrasure d'une autre porte. Les yeux cernés de rouge, il serrait une robe de chambre de flanelle autour de son pyjama mauve.

— Nous voulons jeter un coup d'œil à votre cabinet, dit Cannon.

L'inspecteur principal se dirigea vers l'armoire placée entre les deux hublots et ouvrit la porte vitrée. Les flacons s'alignaient sur trois rangées.

Les symboles chimiques n'avaient aucune signification pour Cannon.

— Notez qu'il faut chercher à savoir si Noel possédait des notions de chimie ou de pharmacie, dit-il à Secker.

Le sergent noircissait déjà son carnet de remarques.

Derrière eux, on entendait le docteur Waite claquer des dents.

— Où se trouve votre cyanure? demanda Cannon.

— Quel cyanure? demanda le docteur Waite.

— Du cyanure de potassium, je suppose.

Le docteur lui désigna un flacon de forme allongée vers l'extrémité du deuxième rayon. L'inspecteur principal le prit délicatement entre ses doigts. Il était plein à ras bord. Waite se confondait en excuses :

— Vous n'imaginez pas que j'ai... que c'était... bien sûr nous avons toute une pharmacie à bord, mais...

L'inspecteur retira le bouchon de verre et respira le contenu avec précaution.

— Vous êtes prêt à jurer que ce produit est du cyanure de potassium?

Le docteur Waite lui montra le symbole « KCN » et ricana doucement.

— Si vous en doutez, vous pouvez y goûter, dit-il.

Cannon mouilla son doigt et prit une pincée de poudre blanche qu'il porta à sa bouche.

— Vous êtes fou! s'écria Waite.

Le sergent ne témoignait qu'un intérêt discret à ce qui se passait.

Cannon sourit et tendit le flacon au docteur Waite.

— Sel d'Epsom, conclut-il.

Waite, médusé, respira le flacon puis goûta le sel. C'était exact.

Le docteur prit une bouteille beaucoup plus volumineuse sur un rayon inférieur, et qui portait une étiquette caractéristique. Elle était à moitié vide.

— Vous pensez que quelqu'un a volé le cyanure et l'a remplacé par ceci ?

L'inspecteur principal écrivait dans son calepin. Il répondit par un hochement de tête las.

— Avez-vous l'habitude de sortir sans fermer cette porte à clé ? demanda-t-il.

Waite secoua la tête.

— J'ai dû être un peu troublé, avoua-t-il, avec tout ce qui s'est passé la nuit dernière. D'habitude je...

— Pas toujours ?

— Je la ferme toujours à clé, insista le docteur Waite, mais sans conviction.

— En tout cas, Peter Noel est venu ici et a volé assez de poison pour tuer tous les passagers du bateau. À votre connaissance, est-il venu ici ces jours derniers ?

— Depuis la mort de la petite Fraser ? ajouta timidement le sergent Secker.

Le docteur Waite affirma que non, puis ajouta :

— La seule fois où Noel est venu dans mon cabinet, c'est la nuit où Miss Fraser est tombée à la mer. Il n'est resté que peu de temps. Nous étions ici à quatre ou cinq, en train de jouer aux dés...

— Vous jouiez de l'argent, n'est-ce pas ? dit Cannon d'un air satisfait. Eh bien voilà. Noel a profité de l'intérêt que vous preniez au jeu pour voler le poison et l'a remplacé par la substance qui lui est tombée sous la main. Merci, docteur.

Cette explication ne convenait pas à ce dernier.

— Quand même, je l'aurais forcément vu...

— Puis-je vous poser une question ? demanda le sergent. Noel se trouvait-il dans votre cabinet avant ou après le moment où l'on a remarqué la disparition de Miss Fraser ?

Le docteur Waite affirma que Noel était venu avant.

— Alors il ne peut l'avoir pris, intervint le sergent, s'adressant à Cannon. À moins, comme vous le dites, qu'il ait su au préalable...

L'inspecteur principal émit un grognement.

— ... ou qu'il l'ait volé non pour s'en servir lui-même mais pour se débarrasser de la jeune fille, et qu'il ait ensuite changé d'avis.

Ils sortirent, laissant le docteur tout tremblant dans son cabinet. D'un air pensif, Waite frotta son crâne chauve et s'approcha de son bureau. Une ordonnance de trois doigts de cognac lui sembla tout à fait indiquée. Il prit une petite bouteille dans le tiroir supérieur et se servit un verre. Au moment où il l'approchait de ses lèvres, la porte s'ouvrit d'un coup, et le sergent Secker entra si précipitamment que le médecin surpris laissa tomber le verre et son contenu.

— Excusez-moi, dit le sergent, mais le chef m'a prié de vous prévenir que les interrogatoires auraient lieu demain après-midi, et que votre présence est nécessaire. En fait... votre présence est impérative.

La porte se referma.

Le docteur Waite avait prévu de passer tout autrement ses quatre jours à Londres — entre autres boire quelques bouteilles de cognac et rendre visite à une certaine dame qui habitait Maida Vale. Contrarié de voir ses projets ainsi dérangés, il remit la bouteille à sa place et retourna s'étendre sur sa couchette.

Dehors, sur le pont, l'inspecteur Cannon marchait de long en large, d'un pas délibérément lourd pour le plus grand plaisir des passagers qui pouvaient être encore endormis. Le sergent Secker était à ses côtés.

Il faisait grand jour, et le fleuve commençait à s'animer. Un convoi de péniches passa, et un cabot perché sur le toit d'une cabane se mit à aboyer. Un navire tout couvert de rouille et baptisé *Inchcliffe Castle* avançait vers la mer, tandis qu'un gros homme ventru remontait le courant sur une frêle embarcation en ramant de toutes ses forces. De chaque côté du fleuve, la ville s'éveillait, mais l'inspecteur principal Cannon ne s'arrêta pas pour admirer le spectacle.

Il retraçait rapidement toutes les étapes du drame telles qu'il les connaissait, plutôt pour son propre compte que dans l'espoir d'obtenir une aide quelconque du jeune homme qui trottinait à ses côtés.

— Voilà toute l'histoire, conclut Cannon. Noel en avait assez de la jeune fille. Elle le suppliait de l'épouser, peut-être même le menaçait-elle... Il l'a jetée par-dessus bord et s'est affolé.

— Mais vous dites que l'institutrice est certaine que Miss Fraser était seule à la rambarde. Comment Noel a-t-il pu la jeter par-dessus bord puisque les deux issues de cette partie du pont étaient bloquées, l'une par l'institutrice assoupie et l'autre par Miss Noring qui venait à la recherche de Rosemary ?

L'inspecteur principal estima que c'était une question intelligente et s'arrêta devant le garde-corps pour y réfléchir.

— Supposez qu'elle se soit penchée tandis que Noel était caché quelque part dans les agrès à l'étage supérieur. S'il avait jeté quelque chose pour l'atteindre, elle aurait basculé sur-le-champ, tête la première...

Cannon s'arrêta et secoua la tête.

— Trop facile, dit-il, il n'aurait pas risqué de la manquer.

Il regarda au-dessus de lui.

— Elle devait se tenir près de la rambarde, juste au-dessus de nos têtes, observa-t-il. De toute façon elle était à l'étage intermédiaire, et le pont inférieur, où nous sommes maintenant, était désert, d'après nos constatations. Supposez que Noel se soit tenu ici et l'ait attrapée avec une gaffe ou quelque chose du même genre, puis tirée vers le bas ?

Le sergent Secker se permit de remarquer qu'il n'avait jamais vu utiliser des gaffes sur les paquebots, pas même sur un petit navire comme l'*American Diplomat*.

Cannon fut obligé d'en convenir.

— C'était peut-être une simple canne, reprit-il.

Le garde-corps du pont supérieur ne se trouvait qu'à quelques dizaines de centimètres au-dessus de leurs têtes.

— Ç'aurait été facile si elle avait eu une grande écharpe... commença le sergent.

Il s'interrompit et faillit tomber à l'eau lorsqu'il entendit une voix aiguë qui semblait sortir de derrière son oreille.

— Rosemary Fraser avait justement une longue écharpe !

Les deux hommes se retournèrent et virent le mince visage d'une sorte de vieille fille anglaise, surgie comme par enchantement tout près d'eux. Miss Hildegarde Withers, les cheveux bien tirés, était penchée à son hublot.

— N'ayez pas l'air si indigné, dit-elle. Si vous comptez hurler toute la matinée devant ma fenêtre, ne m'en voulez pas si je me mêle à la conversation.

— Chère madame... aboya l'inspecteur principal.

Mais le sergent Secker avait une idée.

— Vous dites que Rosemary Fraser avait une écharpe ?

— Cela faisait autant partie d'elle que son manteau de fourrure, expliqua Hildegarde Withers. Pendant tout le voyage, elle a porté un manteau de petit-gris et une longue écharpe bleu foncé. Quand je l'ai vue près du garde-corps, elle n'avait pas de manteau, mais elle portait bien son écharpe.

— C'est bien cela, dit le sergent Secker à son supérieur.

Cannon ne paraissait pas convaincu. Le jeune homme poursuivit avec entrain :

— Noel avait vu l'écharpe, n'est-ce pas ? Il avait sur lui une dose de poison volée chez le docteur quelques instants auparavant. Alors, comme il était ici et se demandait comment s'y prendre pour administrer le poison, il a vu flotter l'écharpe bleue. Il a eu l'idée de tirer dessus, et Rosemary Fraser a été projetée à l'eau.

L'inspecteur rumina pendant quelques instants, et Miss Withers manqua battre des mains pour applaudir. Cependant, elle remarqua aussitôt qu'un léger détail ne semblait pas concorder avec l'ingénieuse explication du sergent. Elle ne se rappelait pas tout à fait quoi, mais il y avait quelque chose en relation avec le pont, le vent, la nuit... le vent...

L'inspecteur principal n'hésita pas à reconnaître le bon travail accompli par le jeune sergent. Il lui frappa si violemment sur l'épaule que Secker grimaça de douleur.

— Voilà qui est bien vu, jeune homme.

Il s'arrêta net, et fit claquer ses gros doigts.

— À mon tour, maintenant.

Oubliant que Miss Withers assistait à la conversation sans y avoir été invitée, Cannon poursuivit :

— Il y a dans tout cela une chose qui me préoccupe, c'est le bruit de la chute !

— Quelle chute ? l'interrompit Hildegarde Withers de son hublot. Il n'y en a pas eu.

— Exact ! Et c'est bien ce qui m'étonne. Je me souviens d'une affaire dont je me suis occupé il y a trois ou quatre ans. C'était un crime qui avait été commis sur le *Countess of Teal,* un petit voilier mouillé en rade de Gravesend. Vous pourrez voir cela un jour en consultant les archives, sergent.

Secker déclara qu'il avait lu tous les vieux dossiers.

— Le capitaine et son second sont passés par-dessus bord quand le bateau était ancré au port, et le bosco a été pendu pour cela. C'est exact ?

— Parfaitement ! Les deux hommes ont été jetés sans bruit à la mer, parce que ce lascar les avait d'abord étranglés ; il les a délicatement descendus au bout d'une corde. Vous voyez, maintenant, comment notre Noel a jeté la jeune fille à l'eau sans que l'on entende le moindre bruit ?

Le sergent Secker regarda le pont supérieur puis l'eau qui se trouvait environ six mètres plus bas.

— Quelle est la longueur d'une écharpe, à peu près ? s'enquit-il.

Cette question rappela à Miss Withers la vieille devinette : « Quelle est la longueur d'un bout de ficelle ? » Mais elle se retira précipitamment de son hublot et ouvrit sa valise usée. Elle jeta presque toutes ses affaires sur son lit et trouva enfin ce qu'elle cherchait. Elle le passa par le hublot.

— Voici une de mes vieilles écharpes ! cria-t-elle. Elle est presque aussi longue que celle de Rosemary Fraser. L'un de vous n'a qu'à la mettre et monter sur le pont supérieur...

L'inspecteur principal Cannon n'avait pas l'habitude de recevoir des conseils d'institutrices entre deux âges, ni de qui que ce soit. Mais la situation était exceptionnelle. Il accepta le morceau de soie rouge et le frotta entre ses doigts. Puis il le tendit à Secker.

— Attachez ça autour de votre cou, sergent. Puis vous monterez sur le pont et vous verrez si je peux l'attraper.

— Oh ! mais... protesta le jeune homme, si l'on me voit ? Cette couleur... jure complètement avec ma veste...

— Attendez un peu, dit Miss Withers. Je vais la mettre, moi.

Mais il lui fallut beaucoup de temps pour échanger son peignoir contre un tailleur et un chapeau. Quand elle ressortit enfin, elle vit seulement l'inspecteur principal Cannon qui se tenait près du garde-corps et tentait par tous les moyens de saisir un bout de soie rouge pendant au-dessus de lui.

— Si vous montiez sur le garde-corps, vous pourriez réussir, suggéra Miss Withers.

Cannon maugréa mais suivit son conseil. Il attrapa l'extrémité de l'écharpe et tira avec force.

En levant les yeux, Miss Withers vit des mains blanches s'agripper au garde-corps du pont supérieur et aperçut le visage du sergent.

— Criez si je vous serre ! dit Cannon.

Et il tira de nouveau. Le sergent ne cria pas. Miss Withers allongea le cou et vit que sa figure était d'une drôle de couleur. Il se penchait très loin au-dessus de la rambarde.

L'institutrice n'avait pas l'habitude de prendre de gants avec les gens. Le fonctionnaire de police sentit qu'on le tirait de côté, et un ordre bref frappa son oreille.

— Lâchez-le, imbécile !

L'inspecteur obéit, mais, avant d'avoir eu le temps de laisser échapper sa colère, il vit Hildegarde Withers courir sur le pont.

— Hé ! cria-t-il.

Mais personne ne lui répondit.

Il monta à l'étage supérieur aussi vite qu'il le put et trouva l'institutrice agenouillée auprès d'un jeune homme étendu à terre et qui s'agrippait encore de toutes ses forces à la rampe. Miss Withers déchirait quelque chose près de sa gorge, et, au moment où Cannon s'approchait sans comprendre, le nœud coulant céda.

Le sergent John Secker lâcha la rambarde et commença à reprendre sa respiration. Au bout d'un instant, il put parler.

— C'était moins une, dit-il.

— Pourquoi n'avez-vous pas crié ? demanda Cannon.

— Pourquoi je n'ai pas crié ? Avec la gorge serrée comme dans un étau ? Tout ce que j'ai pu faire, c'est tenter de ne pas passer par-dessus bord. Voilà pourquoi.

— Ah ! fit l'inspecteur principal.

— Et maintenant, lui dit Miss Withers, d'un ton très aimable, maintenant nous savons peut-être pourquoi Rosemary Fraser n'a pas crié.

Ils restèrent un moment silencieux, puis Cannon ramassa l'écharpe et la rendit à sa propriétaire.

— Je vous remercie bien, madame, dit-il froidement.

Le sergent Secker esquissa un sourire.

— Je vous suis fort obligé, dit-il, merci du fond du cœur.

Avec soin, il fit tomber la poussière de ses habits.

Les deux hommes s'éloignèrent, laissant l'institutrice seule sur le pont.

— Mais... commença Hildegarde Withers.

Elle leur emboîta le pas.

— Ne pourrais-je pas vous être encore utile ? J'ai pas mal d'expérience dans ce genre d'affaires. Aux États-Unis...

L'inspecteur principal était de fort méchante humeur. Il voyait qu'il s'était mis dans une très mauvaise posture. Après tout, si ce jeune idiot n'avait pas su nouer son écharpe autrement que par un nœud coulant...

— Nous ne sommes pas en Amérique, la rabroua-t-il.

Puis il ajouta, pour tempérer sa brusquerie :

— Vous comprenez, ceci n'est qu'un complément d'enquête. Pour le reste elle est classée.

— Ah, très bien, dit Hildegarde Withers.

Elle les vit avancer jusqu'à la cabine du capitaine Everett au moment où celui-ci en sortait, et elle entendit l'officier, quelque peu indigné, demander quand il pourrait laisser débarquer ses passagers.

— Le plus tôt sera le mieux, dit l'inspecteur Cannon.

En hâte, elle redescendit par l'échelle à l'étage inférieur et se dirigea vers sa cabine ; mais en arrivant dans l'étroit couloir, elle se trouva bloquée par l'opulente femme de chambre, Mrs. Snoaks, en grande conversation avec l'Honorable Emily.

— Je n'en parlerai pas, disait la femme de chambre. Mais deux livres, c'est peu, avec toute la police qui nous entoure. Cependant, si Madame accepte de me donner quatre livres...

— Marché conclu! s'écria Emily Pendavid.

On entendit ouvrir un sac à main, et la femme de chambre passa près de Miss Withers, dissimulant dans son opulente poitrine quatre billets d'une livre.

Miss Pendavid, qui était encore dans l'entrebâillement de la porte, sourit tranquillement à l'institutrice.

— Les classes inférieures empirent de jour en jour, observa-t-elle. Le socialisme, voilà ce que ça donne!

Elle ferma la porte derrière elle, et l'institutrice demeura un instant immobile, les sourcils froncés. Que signifiait ce mystérieux conciliabule? Emily était certainement la dernière personne à bord à avoir quelque chose à cacher à la police. À moins que?... Miss Hildegarde avait sans doute raison de ne pas partager l'avis de l'inspecteur, selon lequel l'enquête était terminée.

Tout en refaisant sa valise, elle essayait en vain de s'imaginer ce que signifiait ce fameux arrangement. Tout d'un coup, Hildegarde Withers repoussa sa valise du pied et se redressa. « Le meilleur moyen de savoir, c'est de demander », pensa-t-elle.

Elle s'approcha de la porte, mais au même moment quelqu'un frappa avec force. Elle ouvrit, et Emily Pendavid entra, portant monocle.

— Je vous ai entendue parler aux détectives, dit la dame d'un air doucereux. Je ne crois pas qu'ils vous aient renseignée sur nos chances de quitter ce navire aujourd'hui?

— Si, justement. Nous débarquerons aussitôt qu'ils auront pu le mener dans son bassin. Mais à propos, j'aimerais beaucoup savoir...

L'Honorable Emily l'interrompit :

— Oui, il faut que nous en causions. Venez donc prendre le thé avec moi cet après-midi, à l'*Alexandria*. C'est un très bon hôtel. J'ai hâte de me plonger dans un bain bien chaud, au lieu de ces atrocités d'eau salée tiède qu'ils nous ont données à bord.

» Mon Dieu! Le navire remue. Il faut que je finisse

77

mes bagages et que je prépare Tobermory et l'oiseau pour le débarquement.

Sur ce, elle disparut.

On entendit le bruit d'une ancre que l'on remonte, et l'eau sale de la Tamise recommença à glisser de chaque côté du bateau. Miss Withers, dont les plans étaient momentanément contrariés, termina sa valise. Quand elle eut fini, le petit *American Diplomat* était solidement amarré dans sa cale du dock George V.

Miss Withers réalisa soudain qu'elle avait oublié de changer son argent américain contre des livres sterling, et elle se précipita chez le commissaire du bord.

— Donnez-moi au moins de quoi payer mon taxi, l'implora-t-elle.

Leslie Reverson, Candida Noring et Andy Todd se trouvaient près d'elle. Reverson pliait un petit tas de billets et les rangeait dans son portefeuille. Il cessa de protester contre le taux de change pour répondre à une question de Todd.

— Allez donc à l'hôtel *Alexandria*, dit-il. Il n'est pas trop cher et il se trouve pour ainsi dire à un saut de puce des endroits les plus intéressants de Londres.

Andy Todd voulut savoir si l'*Alexandria* était près de Buckingham Palace et des musées.

— Ça, je n'en sais fichtre rien. Je ne les ai jamais visités, mais c'est à deux pas du Strand.

Un employé interrompit les conversations pour annoncer que tous les passagers devaient se rendre au salon afin de répondre aux questions des services d'immigration. Miss Withers attendit patiemment une demi-heure, puis elle jura solennellement devant deux jeunes hommes en uniforme qu'elle souhaitait visiter l'Angleterre pour son seul plaisir, et n'avait en aucun cas l'intention de chercher à travailler au Royaume-Uni. On visa son passeport, et, au moment où elle se levait pour sortir, un homme revêtu de l'uniforme de la police l'interpella. Il sortit un carnet de sa poche.

— Vous serez convoquée pour l'enquête sur le décès de Peter Noel, dit-il. Votre adresse à Londres, s'il vous plaît ?

— Mon adresse ? Mais je n'ai pas d'adresse !

— Il faudra bien, dit l'officier de police. Tout le monde doit avoir une adresse.

— Oh ! ... hôtel *Alexandria*, dit l'institutrice sans réfléchir.

Elle le regarda écrire son patronyme complet : « Hildegarde Martha Withers », et le nom de son hôtel. D'autres noms figuraient sur sa liste, mais elle n'était pas assez habile pour déchiffrer l'écriture à l'envers.

Elle fut alors autorisée à quitter le salon, qui lui rappelait des souvenirs des plus désagréables. Comme elle surveillait ses bagages que des employés vêtus de blanc sortaient du couloir sans ménagement, elle vit Candida Noring venir à sa rencontre. Cette dernière était blême. « Il y a du nouveau », se dit Hildegarde Withers. Elle sentait qu'ils ne quitteraient pas ce navire sans un nouvel incident fâcheux. Elle prit la malheureuse jeune fille par le bras.

— Qu'est-ce qui vous tourmente, mon enfant ?

— Ce qui me tourmente ? dit Candida toute tremblante. Tout. Je suis terrifiée.

— Terrifiée par quoi, je vous prie ?

— Si vous voulez savoir, j'ai peur de tout et de tout le monde ; de vous comme des autres.

Miss Withers secoua la tête et pressa sa main glacée.

— Vous avez connu un moment très difficile, mais tout est fini maintenant.

— Mais non, ce n'est pas fini. Je me moque de ce que dit la police. Rosemary a été assassinée, et le meurtrier court toujours. Et puis... il y a quelqu'un dans ma cabine.

— Comment ? fit Miss Withers en riant presque. Mais bien sûr, mon enfant, les employés sont en train de mettre tous les bagages sur le pont. Nous allons passer la douane dans un instant.

— Mes bagages sont déjà sur le pont depuis deux heures, et la police a emporté ceux de Rosemary. Mais à l'instant même je suis allée dans ma chambre et j'ai trouvé la porte entrouverte. Je ne suis pas entrée et j'ai entendu à l'intérieur un léger bruissement, puis un petit bruit de casse. Alors je me suis sauvée.

— Eh bien nous allons bientôt en avoir le cœur net, déclara l'institutrice.

Suivie de Candida, elle alla d'un pas intrépide jusqu'à la porte de la cabine, qu'elle ouvrit en grand... Personne n'avait pu en sortir alors qu'elles se tenaient dans le couloir, mais il n'y avait personne à l'intérieur.

Miss Withers regarda sous le lit et dans la grande penderie. Elle ne trouva rien d'autre qu'un paquet de cigarettes vide et deux portemanteaux.

— Vous voyez? dit-elle. C'est seulement votre imagination.

Au même moment, un visage inhumain pourvu de moustaches sauta du haut de l'armoire. Miss Withers fit un bond en arrière et tomba presque dans les bras de Candida.

Tobermory poussa un miaulement agressif.

Il faisait le gros dos, et ses beaux poils argentés étaient tout hérissés. Puis, apeuré, il cracha pour tenir à distance les deux femmes interloquées.

Miss Withers le prit par la peau du cou et le souleva délicatement. De retour dans le salon, elle le confia aux soins vigilants de la femme de chambre.

— Allons ensemble aux formalités de douane, dit-elle à Candida Noring. Avez-vous déjà choisi un hôtel?

Candida hésita.

— Nous... Rosemary et moi avions réservé deux chambres à l'*Alexandria*. Mais maintenant qu'elle est... qu'elle est partie...

— Soyez raisonnable! Venez avec moi, nous pourrons peut-être partager un taxi. Je vais moi-même dans cet hôtel.

Elles progressèrent rapidement vers la sortie. On avait abaissé une passerelle et la plupart des passagers étaient déjà sur le quai. Le docteur Waite était en tête. Il avait une petite trousse à la main, et son visage rayonnait de plaisir anticipé. Andy Todd prenait une photo du navire qu'il venait de quitter.

— Au revoir, *American Diplomat*! dit Miss Withers avec un grand soulagement.

Candida Noring ne fit aucun adieu au petit paquebot, mais elle descendit la passerelle en courant, comme poursuivie par tous les démons de l'enfer.

CHAPITRE V

La lettre bordée de noir

Miss Withers sortit très agitée du contrôle douanier. Sa modeste valise, qu'on roulait maintenant derrière elle sur un chariot, avait été toute chamboulée et examinée avec soin, comme si on la soupçonnait de vouloir passer une cargaison de drogue en contrebande. Malgré ce calvaire interminable, ses bagages avaient été parmi les premiers à être marqués d'une croix à la craie bleue.

Elle avait espéré partager un taxi avec Candida, mais elle n'en voyait aucun, et il faisait bien trop froid et humide pour attendre longtemps à l'entrée des docks. Elle renonça donc à son idée et héla le fiacre le plus proche. C'est à travers les carreaux sales d'un véhicule qui avait peut-être vu passer Gladstone ou Disraeli qu'elle reçut ses premières impressions de la cité de Londres. Le fiacre accomplit un parcours sinueux dans l'East End, fréquemment ralenti par un chariot ou un camion traînard. Plus tard, des réminiscences confuses de nombreuses bicyclettes, d'autos miniatures et de chevaux de trait aux flancs gras et luisants lui revinrent à l'esprit.

Après un trajet interminable, la voiture déboucha sur Trafalgar Square, que Miss Withers identifia aussitôt grâce à la colonne placée en son centre. Elle reconnut aux Anglais un sens de l'humour caustique pour percher au sommet d'un tel pinacle la statue d'un amiral qui, selon la légende, ne pouvait grimper en haut d'un mât sans être pris de nausées. Le fiacre fit encore quelques mètres et s'arrêta devant un vaste édifice de pierre, l'hôtel *Alexandria*.

Un personnage majestueux, avec de grandes moustaches et trois rangées de médailles sur la poitrine, s'avança pour la saluer, un parapluie à la main, bien que la pluie eût cessé de tomber. Du petit personnel s'empara de ses bagages, et elle fut introduite dans un hall presque aussi vaste que Madison Square Garden. La pièce était garnie de colonnes de marbre, d'épais tapis rouges, de nombreuses tables à la surface luisante et de fauteuils de peluche rouge. Au bout d'un moment, Miss Withers remarqua que quatre ou cinq personnes se tapissaient dans cette immensité, faisant tomber la cendre de leurs cigarettes sur les tables brillantes ou buvant dans de petits verres scintillants.

À droite, par une porte ouverte, elle aperçut la réception et les casiers habituels destinés au courrier des clients de l'hôtel. Miss Withers entra en silence et entendit la voix discrète de Candida Noring qui à l'évidence avait pris un taxi plus moderne que le sien.

— Mais j'avais réservé une chambre, je vous assure !

Les deux employés se consultèrent.

— Ah, oui ! Deux chambres contiguës avec baignoire pour Miss Fraser et Miss Noring. Une guinée[1] et demie par jour, sans le petit déjeuner.

Candida écrivit son nom sur la carte qu'on lui présentait. Une autre carte fut remise à Miss Withers.

— Miss Fraser, je présume ?

Il y eut un moment de silence pendant lequel Candida tourna son visage blafard pour voir qui était derrière elle. Miss Withers lui fit un signe de tête machinal et écrivit son nom sur la carte.

---

1. Dans l'ancien système, monnaie en or de Guinée valant vingt et un shillings, soit une livre et cinq pence. *(N.d.T.)*

— Non, ce n'est pas moi, dit-elle à l'employé.

Puis elle ajouta :

— Donnez-moi quelque chose d'un peu moins cher.

L'employé comprit. Il y avait au même étage une jolie chambre pour dix-huit shillings.

— Miss Fraser viendra sans doute un peu plus tard ? demanda-t-il poliment.

Miss Withers sentit un frisson lui parcourir la colonne vertébrale et répondit :

— Je crains que non.

Les deux femmes furent confiées à un groom de petite carrure, comme conçu pour tenir dans une de ces minuscules autos anglaises; elles traversèrent le hall puis suivirent un couloir interminable et passèrent devant la porte de deux ascenseurs portant la mention « Hors service ». Elles trouvèrent finalement une porte ouverte et furent emmenées par à-coups jusqu'au cinquième étage. On introduisit Candida dans une chambre très accueillante dont la cheminée abritait une joyeuse flambée.

— Vous reviendrez plus tard ? demanda-t-elle, comme effrayée de rester seule.

Miss Withers sourit et fit oui de la tête. Elle fut aussitôt conduite jusqu'à une porte située presque au bout du couloir. Sa chambre, un tantinet plus petite que celle de Candida, ne donnait pas sur la rue mais sur un vilain mur de briques rouges. Une gigantesque armoire d'acajou se dressait de l'autre côté du grand lit de cuivre, et le miroir de la coiffeuse masquait heureusement une partie de la fenêtre. Il y avait aussi une cheminée, mais la grille était seulement garnie de papier crépon, rouge lui aussi.

Tandis que Miss Withers déposait une pièce en argent de six pence dans la main du petit groom, un porteur lui apporta ses bagages sur un chariot. Puis on la laissa seule. Elle entreprit hâtivement de déballer ses affaires et ôta son tailleur de serge bleue usagé dans l'intention de revêtir quelque chose de plus gai. Elle s'arrêta lorsqu'on frappa légèrement à la porte. Avant qu'elle ait eu le temps de répondre, deux femmes pénétraient dans sa chambre, porteuses de pelles et de seaux à charbon. Sans s'occuper de la tenue de l'institutrice dévêtue, elles se hâtèrent d'emplir la chambre de fumée et de poussière de charbon, puis s'en allèrent.

Miss Withers s'aperçut que la lourde porte de sa chambre possédait une serrure mais pas de clé. Elle chercha un téléphone, n'en trouva pas, et découvrit un bouton d'appel à la tête de son lit.

Dès que l'homme en uniforme arriva, elle lui ordonna de lui procurer une clé sur-le-champ. Il la considéra d'un air étonné, puis secoua la tête.

— C'est pas la peine de fermer votre porte dans cet hôtel, madame. On donne jamais de clés aux clients, parce que les femmes de chambre elles aiment pas trouver les portes fermées. Ça leur complique le travail, madame.

Il sortit.

— Les femmes de chambre n'aiment pas ça, répéta Hildegarde Withers. Je n'en crois pas mes oreilles.

Après la chambre des horreurs à bord du bateau, son arrivée soudaine dans une opérette de Gilbert et Sullivan fut un changement trop brusque pour elle. Elle s'écroula dans un gros fauteuil confortable placé près du feu et rit aux larmes.

— Il ne manque plus que la bassinoire!

Puis elle se leva et attaqua le reste des bagages. Il y avait un petit sac noir qui n'était pas à elle, et qui portait les initiales C.N. Elle supposa qu'il appartenait à Candida.

Miss Withers mit son manteau et son chapeau, résolue à déposer le sac dans la chambre de la jeune fille en sortant pour sa première promenade dans la ville. Elle frappa à la porte de Candida — numéro 505 — et n'obtint aucune réponse. Elle frappa de nouveau, poussa la porte et entra.

Candida était assise devant sa coiffeuse, la tête cachée dans ses bras.

— Ça ne va pas, mon enfant ? s'écria l'institutrice.

La jeune fille releva la tête et montra un tas de lettres et de télégrammes éparpillés autour d'elle.

— On vient de les monter, dit-elle en tremblant.

Miss Withers comprit.

— Bien sûr, ce sont des câbles de la famille de Rosemary. Cela vous a bouleversée.

Mais Candida Noring secoua la tête.

— Non, ce n'est pas cela, dit-elle.

Elle prit une enveloppe bordée de noir, qui était déchirée d'un côté. Miss Withers vit qu'elle était simplement adressée à *« Miss C. Noring »*, écrite en lettres arrondies et mal formées, et n'était pas timbrée.

— Ceci, expliqua Candida, était dans le casier avec le reste. L'homme dit qu'il ne sait pas comment c'est arrivé, mais il pense que c'est par coursier. Lisez cela, et dites-moi si je suis folle.

Miss Withers prit la simple feuille de papier contenue dans l'enveloppe et ne put retenir une exclamation de surprise. C'était un message qui, selon la mode en usage quelques générations plus tôt pour les faire-part de décès, avait été bordé de noir, mais ici le noir couvrait toute la feuille, sauf un espace sur lequel on avait collé un morceau de papier crème de forme irrégulière, avec une légère ligne bleue transversale.

Sur ce papier, une seule phrase était tracée, dans une écriture inconnue de Miss Withers : *« Je vous hais, et je continuerai de vous haïr après ma mort et la vôtre... »* C'était tout.

L'institutrice renifla et lui rendit la lettre.

— C'est une très mauvaise plaisanterie, dit-elle en s'efforçant d'avoir l'air sûre d'elle.

— Vous voyez, dit Candida Noring, c'est l'écriture de Rosemary...

— Qui, croyez-vous, a envoyé cette lettre ? demanda Miss Withers.

Candida secoua la tête.

— Je ne sais pas. Je ne crois pas aux revenants ; et vous ?

Miss Withers n'y croyait pas non plus, surtout à ceux qui s'abaissent à user de formes théâtrales dans leurs messages.

— Il semblerait, dit-elle, que ce soit une autre tentative de la part du mystérieux farceur qui se cache dans les coulisses de cette sombre affaire. Pourquoi ne confrontez-vous pas Mr. Andy Todd avec cette lettre ?

— Qu'est-ce que cela changera ? dit Candida presque en pleurant.

Elle se détourna, et d'un geste brusque envoya la lettre et l'enveloppe dans le feu qui flambait derrière elle.

— Cette histoire a déjà causé trop d'ennuis et de malheurs. Voilà ce que j'en fais, des lettres anonymes !

— Dans la plupart des cas, dit Miss Withers, j'aurais tendance à être de votre avis. Mais à présent, j'aimerais bien savoir qui est responsable de l'envoi de cette missive cruelle.

— Si c'est Andy Todd, il le niera certainement, répliqua Candida.

— C'est vrai. Mais il n'est pas aussi profond qu'un puits, ni aussi épais qu'une porte d'église. Il me semble qu'une jeune femme habile pourrait découvrir la vérité en une heure de conversation — pourvu qu'il la connaisse. Le conseil que je vous donne, ma chère demoiselle, est d'attraper les mouches avec du miel, et non avec du vinaigre.

Miss Withers affichait un peu trop l'intérêt qu'elle portait à l'affaire. Candida était songeuse. Soudain elle fronça les sourcils.

— Vous croyez qu'il y a autre chose dans tout cela qu'une simple plaisanterie ! Par conséquent... vous ne pensez pas, comme la police, que Noel seul a tué Rosemary et que son suicide équivalait à une confession. D'après vous, quelqu'un...

— Je n'ai encore songé à rien, dit Hildegarde Withers. Je m'interroge, rien de plus...

Les deux femmes se regardèrent un moment, puis Candida rompit le silence.

— Moi aussi.

Miss Withers hocha la tête.

— Et maintenant, si vous me permettez de vous donner un conseil, je vous suggère de remettre vos cheveux en ordre, d'enfiler votre plus jolie robe et de descendre prendre un déjeuner tardif ou un thé, comme vous voudrez. Je vous retrouverai en bas, j'ai une course à faire auparavant.

Candida hésita, mais Miss Withers parlait sur un ton autoritaire. Après avoir obtenu un signe affirmatif de la jeune femme, l'institutrice sortit dans le couloir. La course dont elle avait parlé l'entraîna assez singulièrement à la réception, puis à une chambre située au bout du couloir du troisième étage.

Elle frappa, n'obtint aucune réponse, et frappa à nouveau. Elle était sur le point de tourner le bouton lorsqu'une voix gaie résonna derrière elle.

— Bonjour !

C'était Andy Todd lui-même, enveloppé dans une épaisse sortie de bain et les cheveux qui lui retombaient sur les yeux. D'une main il tenait une serviette, et de l'autre un gros morceau de savon de l'hôtel.

— Je viens juste de faire trempette, poursuivit Todd, donnant à Miss Withers l'occasion de se calmer. Euh... voulez-vous boire quelque chose ?

Il essayait d'être aimable. Miss Withers vit qu'il tenait la porte ouverte pour l'inviter à entrer. Trois bouteilles de scotch étaient posées sur le bureau; l'une d'elles était débouchée.

— J'étais juste venue vous demander, improvisat-elle, si vous aviez reçu une de ces lettres anonymes qui circulent par ici.

Ou bien cette question amusa Todd, ou bien il était meilleur acteur que Miss Withers ne l'avait cru.

— Comment? Le mystère de l'*American Diplomat* continuerait-il? Je croyais que tout était fini. Non... je n'ai reçu aucune lettre, ni anonyme ni autre.

— Merci, dit Miss Withers, qui s'apprêtait à sortir. Navrée de vous avoir dérangé.

— Pas du tout. Mais vous savez... le petit Reverson et sa tante ont leurs chambres de l'autre côté du couloir. Vous pourriez leur poser la question.

— En effet, dit Miss Withers.

En même temps, elle regarda avec insistance vers le bureau. À côté des bouteilles de whisky se trouvait un petit tas de lettres.

Todd se retourna et les aperçut.

— Tenez! On doit les avoir apportées à l'instant, pendant que j'étais en train de prendre un bain. Je n'en attendais pas... mais il est vrai que le *Bremen* et l'*Île-de-France* nous ont dépassés en route.

— Je crois que vous avez une lettre qui n'est pas arrivée à Londres par service rapide, lui dit Miss Withers.

Elle sortit à nouveau dans le couloir, laissant Todd avec une large enveloppe blanche entre ses mains humides. Bordée d'une bande faite à l'encre noire, elle portait simplement son nom, tracé d'une écriture arrondie et informe.

— Comment diable cette lettre est-elle arrivée ici? demanda-t-il tout haut.

Miss Withers entendit sa voix de ténor à travers la porte qu'elle avait doucement refermée derrière elle.

Mais elle ne put voir l'expression qui remplaça son air aimable.

D'un pas lourd, Miss Withers remonta le long couloir, passa devant les ascenseurs et descendit au rez-de-chaussée, où elle trouva Candida Noring qui l'attendait dans le hall. La jeune fille portait un élégant tailleur garni de fourrure, et ses lèvres étaient soulignées d'un léger trait rouge. La longue épreuve qu'elle venait de subir faisait paraître ses joues un peu plus creuses, et ses yeux étaient légèrement cernés. Auparavant, elle était toujours dans l'ombre de Rosemary, se dit Miss Withers. Mais à présent, elle s'ouvrait comme une fleur. À quelque chose malheur est bon...

Les deux femmes eurent à peine le temps de se saluer. Elles furent interrompues par la voix de Leslie Reverson, élégamment vêtu d'un costume bleu lavande.

— Vous voilà! Je savais bien que c'était vous!

Il regarda Candida presque fixement.

— Bonjour, dit-elle avec froideur.

— Oh!... Je pensais... je voulais dire, il y a un bar américain ici. Voulez-vous venir prendre un cocktail, comme de vieux passagers qui se retrouvent?

Il sourit à Miss Withers.

— Vous aussi, bien entendu.

— Excusez-moi... commença la vieille fille.

Puis elle fit une rapide volte-face.

— Merci, je veux bien, si je peux avoir une orangeade.

Ils durent attendre des heures avant d'arriver à se faire servir, même une simple orangeade pour laquelle Leslie Reverson paya — ou plutôt signa — la somme de deux shillings et demi. Candida but un Martini cul sec.

— Prenez-en un autre, insista Leslie, ravi d'avoir des invités. On met tout sur le compte de ma tante, Emily Pendavid, que vous connaissez. Cette chère vieille dame est en train de se délasser dans une baignoire en lisant tous les numéros du *Times* parus depuis notre départ d'Angleterre.

Miss Withers sirota son orangeade et s'enquit poliment de la santé de Tobermory et de l'oiseau.

— Toby n'est pas encore ici, raconta Reverson, mais le rouge-gorge ne va pas trop mal. Ma tante l'a baptisé Dicon, d'après le roi Henri VIII ou je ne sais qui...

— N'était-ce pas plutôt Richard? l'interrompit Miss Withers.

— C'est cela! En tout cas il sautille dans sa cage avec une grande classe, mais il ne veut pas chanter.

Candida fit remarquer que les oiseaux sauvages chantent rarement en captivité, et la conversation devint languissante. Le barman leur apporta des verres fraîchement remplis et ils s'enfoncèrent dans d'énormes fauteuils en cuir autour d'une table richement sculptée mais au dessus peu stable.

— Je me sens d'humeur grivoise, déclara Miss Withers en avalant une grande lampée de sa boisson. Alors c'est ça, Londres!

Candida échangea un regard amusé avec Leslie Reverson. S'ils avaient connu les véritables pensées de la vieille fille excentrique, ils n'auraient pas souri aussi facilement.

— Ah, voilà l'ami Todd! s'exclama Leslie au bout d'un moment.

Dans le couloir, Andy Todd se dirigeait vers le bar américain. Il s'arrêta à la porte, leur fit un léger signe de tête et ouvrit son étui à cigarettes.

— Pourquoi ne lui demandez-vous pas de se joindre à nous? suggéra Miss Withers, espiègle.

Reverson parut enchanté, légèrement échauffé qu'il était par ses deux cocktails au gin.

— Mais oui, dit-il avec enthousiasme, si Miss Noring veut bien.

— Appelez-moi Candy, dit Miss Noring. Pourquoi ne voudrais-je pas? Au contraire!

C'est ainsi qu'Andy Todd, l'air préoccupé, bouscula la table et renversa le verre de Miss Withers en venant s'asseoir à côté d'eux. Il commanda un rye et sembla méditer en contemplant son verre.

— Vous restez longtemps à Londres ? demanda Candida d'un ton aimable.

Pour la première fois, Todd remarqua un changement chez la jeune fille. Après tout, les traits de Candida Noring étaient plus réguliers que ceux de Rosemary, bien qu'un peu moins piquants. Et son tailleur lui allait à ravir.

— Je crains que dans quelques jours... j'espère... (Il se reprit.) Je devrais être à Oxford maintenant, mais la police m'a dit de ne pas quitter Londres avant la fin de l'enquête. Excusez-moi, je ne voulais pas parler...

Le visage déjà blême de Candida était devenu livide.

— Ce n'est rien, nous sommes tous embarqués dans la même galère, intervint Miss Withers pour réconforter le jeune étudiant.

Le barman ramassa les verres en faisant de grands embarras, et Reverson commanda une autre tournée.

— Puisque c'est moi qui paie, dit derrière lui une petite voix enjouée, je suppose que vous m'invitez ?

Après une heure passée dans sa baignoire, l'Honorable Emily se sentait revigorée. Une seule petite chose manquait pour parfaire son bonheur, qui ne tarda pas à se produire : elle se mit à polir vigoureusement son monocle.

Au-dehors, le jour tombait et la circulation augmentait à Trafalgar Square. Miss Withers comprit combien il était typiquement américain de regarder Londres à travers un verre à cocktail.

Emily, consciente d'être en présence de trois personnes étrangères à la ville qu'elle considérait presque comme son bien, fit aussitôt office de guide.

— Vous devez à tout prix voir la relève de la garde demain matin. Et ce soir, vous devriez avoir un aperçu de la vie nocturne de Londres. Mais n'allez ni dans une boîte de nuit ni au music-hall.

— Dîner au *Lyons Corner House* puis film éducatif, murmura Leslie Reverson à Candida.

Il avait déjà pâti de la conception qu'avait sa tante d'une soirée réussie à Londres.

— Vous savez, il n'y a pas deux villes comme Londres, poursuivit Emily Pendavid.

— Alors pourquoi insistez-vous toujours pour me ramener en Cornouailles? demanda Leslie. Sans cette enquête de malheur...

Miss Withers observait ses anciens compagnons de traversée, avec le pressentiment que le sort les avait tous réunis dans un but défini. Elle considéra Andy Todd, visiblement mal à l'aise, qui essayait de cacher son trouble avec de trop nombreux verres de rye. Elle regarda Leslie Reverson, qui pour la première fois osait protester contre la manière dont sa tante régentait sa vie, et s'enhardissait de plus en plus sous le regard tranquille de Candida. C'était la jeune fille, plutôt que ses verres d'alcool, qui le faisait paraître un peu plus vieux, presque un homme.

Miss Withers entama avec l'Honorable Emily une conversation sur les mérites respectifs des musées de Londres. Les trois jeunes gens s'écartèrent un peu.

— Que diriez-vous... commença Andy Todd de sa voix de ténor.

Mais comme Candida se tournait vers lui, Reverson lui parla rapidement à l'oreille.

— Aimeriez-vous que je vous emmène au *Trocadero* ou ailleurs, ce soir?

— C'est justement ce que j'allais proposer! s'offusqua Andy Todd.

Les deux jeunes gens se lancèrent un regard noir. Aucune femme n'a jamais détesté une pareille scène. Candida avait complètement perdu son air abattu. Elle leur fit un grand sourire.

— Eh bien, vous n'avez qu'à m'emmener tous les deux !

— C'est que... fit Todd... ce n'est pas la même chose.

— J'ai une meilleure idée, dit Reverson. Nous allons tirer à pile ou face.

Il sortit de sa poche une pièce américaine de vingt-cinq cents.

— Face, c'est vous qui en aurez l'honneur, et pile Miss Noring...

— Candy, je vous prie...

— Et si c'est pile, Candy vient avec moi. D'accord ?

— Bien sûr ! dit Todd.

Reverson lança la pièce en l'air et la rattrapa adroitement sur son poignet. Il la leur montra d'un air triomphal.

— Pile !

Andy Todd avait l'air d'un petit garçon à qui l'on vient d'annoncer qu'il ne pourra pas aller au cirque.

— Mais j'aurais voulu vous parler, dit-il à Candida dans une tentative de protestation. Je voulais vous expliquer ce qui s'est passé sur le bateau...

Miss Withers, qui regardait par-dessus l'épaule de l'Honorable Emily, fut surprise de voir Candida, avec un tact qu'elle ne lui connaissait pas, se pencher vers Todd et toucher le revers de sa veste. Elle lui murmura quelque chose à l'oreille et la figure du jeune homme s'illumina. Il avait aussitôt retrouvé — pensa Miss Withers — son air de chat qui vient d'avaler le canari. Galvanisé par quelque secret intérieur, il marmonna un bonsoir à chacun et suivit le couloir d'un air assuré.

— Quel goujat ! murmura Emily.

— Si je vais dîner avec vous, il faut que je fasse repasser ma robe, dit Candida à Leslie. Je me dépêche, et je vous retrouve ici dans une heure.

Les autres se levèrent aussi, et Reverson donna au barman une pièce qu'il crut être un shilling.

94

Miss Withers, qui fut la dernière à partir, vit l'homme examiner la pièce et faire la grimace. Leslie la reprit et la remplaça par une autre, mais l'institutrice eut le temps de remarquer qu'il s'agissait d'un jeton de casino. « À l'évidence, pensa-t-elle, Leslie Reverson a vu autre chose à l'Exposition de Chicago que la danseuse à l'éventail et le pavillon des Sciences. »

Il se dépêcha d'aller s'habiller et laissa sa tante et Miss Withers remonter d'un pas tranquille le tapis rouge du couloir. Soudain, Emily saisit le bras de Miss Withers.

— Ne vouliez-vous pas me dire quelque chose, sur le bateau ?

L'institutrice, qui pendant la dernière demi-heure avait cherché l'occasion de lui parler de cette affaire, saisit la balle au bond.

— Oui. Oh ! je sais bien que cela ne me regarde pas, je fais volontairement la mouche du coche. Mais je ne suis pas aussi satisfaite que la police au sujet de la théorie du meurtre-suicide en ce qui concerne ce décès à bord. Et je ne peux pas m'empêcher de me demander...

— Vous avez tout à fait raison, dit l'Honorable Emily en consultant sa montre. Voulez-vous bien monter quelques minutes dans ma chambre ? J'aimerais vous faire voir quelque chose.

Elles traversèrent le hall, suivirent silencieusement le long couloir, passèrent devant les ascenseurs hors service et en prirent un autre pour gagner le troisième étage. La chambre d'Emily Pendavid donnait sur la rue et ressemblait à celle de Candida. Miss Withers prit une chaise à côté de la cheminée, près d'une cage toute neuve suspendue au mur et qui renfermait le malheureux rouge-gorge. Dicon n'avait pas envie de chanter, et son attitude laissait voir clairement qu'il craignait toujours d'être dévoré à tout instant.

— Pauvre petit Dicon ! dit l'Honorable Emily.

Puis, s'adressant à l'institutrice :

— J'ai dû l'envelopper dans un mouchoir et le mettre dans ma poche pour le sortir du bateau. Le règlement est très strict et veut que les animaux restent en quarantaine, vous savez...

Miss Withers se sentait mal à l'aise.

— Je voulais savoir pourquoi vous aviez donné de l'argent à la femme de chambre, dit-elle.

Une lueur déplaisante brilla derrière le monocle de l'Anglaise. Puis celle-ci lui fit un sourire, d'ailleurs très chaleureux.

— Je voulais justement vous dire...

On frappa à la porte.

— Entrez! cria Emily.

Une personne trapue vêtue d'un manteau de fourrure minable entra. C'était Mrs. Snoaks, la femme de chambre de l'*American Diplomat*. Elle tenait dans la main une valise en simili-cuir. Elle la posa par terre et s'exclama avant de filer :

— La v'là, cette brute qu'arrête pas de hurler!

Emily s'était agenouillée pour ouvrir la valise. Dès que le couvercle fut soulevé, Tobermory jaillit comme un boulet de canon. Sa maîtresse essaya de le prendre dans ses bras et de le serrer contre sa poitrine, mais il s'échappa lestement, sauta sur le lit, d'où il fixa la cage du regard. Tobermory n'était pas un chat qui oubliait facilement.

— Vous voyez? dit l'Honorable Emily.

Miss Withers ne voyait rien du tout.

— Tobermory est un chat qui aime sa maison. Il a hâte de rentrer chez moi, en Cornouailles, où il a une île entière pour lui tout seul. Il serait mort d'ennui s'il avait été mis en quarantaine pour six mois, comme l'exige la loi. Il était trop gros pour tenir dans la poche de mon manteau, alors j'ai donné quatre livres à la femme de chambre pour qu'elle le sorte du bateau pour moi. Le personnel d'un navire qui aborde ici régulièrement toutes les quatre semaines n'a pas à se préoccuper de la douane.

Miss Withers prit note de cette explication. Elle se sentit ridicule.

— Je vois, dit-elle. Mais croyez bien que je n'ai pas...

— Mais non, je sais que vous ne pensiez pas à mal. À propos, ne vous sentez pas obligée de décamper. Je suis seule ce soir, puisque mon neveu fait une petite escapade. C'est d'ailleurs naturel à son âge. Il a vingt ans, et je ne peux pas le tenir éternellement comme à Eton. Voulez-vous venir dîner avec moi au *Corner House*? Nous pourrions ensuite aller au cinéma.

Miss Withers, qui se rendait compte maintenant qu'elle avait fait une montagne d'une taupinière, déclina l'invitation en prétextant une migraine, des lettres à écrire et d'autres excuses du même genre, et se dirigea vers la porte. En passant près de la valise, elle remarqua que tout l'intérieur était recouvert de journaux et plein de poils gris. L'Honorable Emily la poussa sous son lit :

— Ce pauvre Toby la déteste !

À l'expression de son visage, on devinait qu'elle s'en amusait.

— N'hésitez pas à passer si vous avez d'autres questions.

De retour dans sa chambre, Miss Withers eut l'idée que le fond de la sacoche contenait peut-être autre chose que du papier journal et des poils de chat. Mais bien sûr, il était trop tard pour vérifier. Elle fit monter son dîner dans sa chambre et passa une partie de sa soirée à inscrire de petits signes sur la feuille d'un calepin. Une ou deux fois, elle fut sur le point de télégraphier à son vieil ami Oscar Piper, inspecteur à la brigade criminelle de New York, mais jugea finalement préférable de s'abstenir.

À neuf heures, la bonne entra, raviva le feu et prépara le lit. Miss Withers la pria de la réveiller à dix heures le lendemain. L'hôtel, déjà calme en général, devenait aussi silencieux qu'un tombeau à mesure que les clients allaient se coucher. Cependant, Miss Withers ne pouvait se résoudre à les imiter. Elle avait le pressentiment que les événements de la journée n'étaient pas terminés. Elle laissa sa porte entrouverte, et peu après onze heures elle entendit parler dans le couloir. Elle jeta un coup d'œil furtif et aperçut Candida Noring, resplendissante dans une robe du soir blanche, blottie contre la silhouette sombre de Reverson. Tous les deux riaient. Miss Withers se retira vivement, sans se faire remarquer. Quelques secondes plus tard, elle entendit une porte se fermer et vit Leslie Reverson se diriger d'un air fier vers le seul ascenseur en service.

Miss Withers n'avait plus aucune excuse pour espionner le corridor, même si elle aurait bien aimé savoir comment Andy Todd avait passé sa soirée.

Elle poussa une chaise contre la porte et s'apprêta à se coucher, toujours insatisfaite de la conclusion de la journée. Elle chercha partout sa chemise de nuit, qu'elle finit par retrouver enroulée autour d'une bouillotte au fond de son lit.

Elle éteignit la lumière et essaya de dormir, un peu ennuyée par le feu brillant qui, après avoir brûlé en douceur toute la soirée, choisissait le moment où elle voulait se reposer pour flamber joyeusement, projetant des ombres animées sur les murs et le plafond. Ces ombres prirent des formes effrayantes et harcelèrent l'institutrice déjà à cran jusqu'à ce qu'elle fût soudain réveillée par des coups violents contre sa porte et par la faible lumière du jour qui perçait entre ses épais rideaux.

Elle se leva à contrecœur, passa son peignoir et ses chaussons, puis regarda sa montre et poussa une exclamation de colère. Les coups redoublaient. Elle alla ouvrir et parla sévèrement à la femme de chambre.

— Je vous avais dit de m'appeler à dix heures, et non à sept heures et demie.

— Je sais, madame, mais c'est un monsieur de la police, madame.

Au même moment, le sergent John Secker apparut, l'air très excité.

— Il faut que je m'habille. Attendez-moi dix minutes, je vous prie, dit Miss Withers.

Elle ferma sa porte et reparut un peu plus tôt que prévu.

— Eh bien ? dit-elle au jeune détective. Voulez-vous encore m'emprunter mon écharpe ?

Le sergent secoua la tête.

— Excusez-moi de vous déranger, mais je désirerais vous poser une ou deux questions. Vous savez qu'il y a eu un accident dans cet hôtel, la nuit dernière...

Miss Withers eut une intuition soudaine :

— Reverson ! murmura-t-elle. Il est arrivé quelque chose au jeune Reverson.

— Je crois que vous faites erreur. Il n'est rien arrivé à Reverson. Mais vous savez, l'ascenseur au bout du couloir... celui qui ne fonctionne pas... Votre récent compagnon de voyage, Mr. Andy Todd, a été retrouvé dans le fond il y a quelques instants.

Secker s'arrêta pour juger de l'effet produit. Mais Miss Withers ne comprenait toujours pas bien. Cette nouvelle ne concordait pas avec la théorie qu'elle prenait grand mal à échafauder.

— Todd ? Mais que faisait Todd à cet endroit ?

— Il était occupé à casser sa pipe, dit le sergent. Quand on l'a trouvé, il y a une heure, il avait déjà avalé sa chique. Il était clamecé, quoi ! Décédé. Mortibus.

— Andy Todd est mort ? demanda Miss Withers, l'air hébété.

— Tout à fait.

CHAPITRE VI

Le boute-en-train est mort

Miss Withers se rua dans le couloir, mais le sergent la retint par le bras.

— À votre place, je n'irais pas, lui conseilla-t-il.

— Mais je dois voir par moi-même...

— Ils ont emporté le corps, ou plutôt les restes. La cabine de l'ascenseur avait été montée jusqu'en haut pour être réparée, et donc il est venu s'écraser sur le sol de ciment. Ce n'était pas beau à voir, je vous assure. Quand un homme tombe de si haut sur la pierre...

Miss Withers s'impatientait.

— Je sais, je sais. Mais comment est-ce arrivé ? Accident, suicide, ou...

— Je l'ignore, confessa le sergent Secker. C'est le commissaire Filsom qui est chargé de l'affaire. Mais ce cher Cannon m'a demandé de me documenter et de voir si ce décès a quelque rapport avec l'affaire de l'*American Diplomat*. D'après Filsom, c'est un suicide ou un manque d'attention. L'ascenseur ne fonctionnait pas, et c'était indiqué de manière visible. La porte était fermée, et ne pouvait normalement être ouverte que de l'intérieur. Bien que...

— Avez-vous essayé de l'ouvrir de l'extérieur ?

— Oui, dit le sergent, un grand sourire aux lèvres. Et... j'ai réussi. Mais cela ne peut arriver accidentellement, même si le type a cru que c'était un ascenseur automatique que l'on commande soi-même. J'ai eu beaucoup de mal à glisser la main entre les barreaux et à atteindre la poignée.

— Alors pourquoi pensez-vous qu'il s'agit d'un manque d'attention ?

— C'est que le jeune Todd ne semblait pas dans son état normal quand c'est arrivé. Le médecin légiste procède en ce moment à une autopsie, et il a tout de suite constaté une forte odeur d'alcool. Et un Américain est capable de tout lorsqu'il est ivre.

— Hum, fit Miss Withers d'un air dubitatif.

Elle avança lentement dans le couloir jusqu'au premier ascenseur.

— Est-ce celui-ci ?

— Oui.

Elle inspecta la porte, la secoua vigoureusement, et prit un air intrigué. Le sergent lui montra comment il avait glissé la main entre les barreaux. Avec difficulté, elle passa la sienne et ouvrit la porte. Une lumière brillait tout au fond de la cage de l'ascenseur. Des hommes s'affairaient à l'endroit où... Elle referma brutalement la porte.

— Il était mort depuis environ cinq heures quand le médecin a commencé à l'examiner, continua Secker. Il a donc dû tomber vers deux heures du matin, mais personne n'a rien entendu.

— Je comprends, dit machinalement Miss Withers.

— Filsom pense que Todd s'est enivré dans un accès de mélancolie et a décidé de se tuer, poursuivit le sergent.

— Mélancolie mon œil, répliqua Miss Withers. Todd était plutôt d'un caractère enjoué. D'après ce qu'il disait, il avait passé ces quatre dernières années à étudier ou à faire du sport, et il considérait ce voyage comme des vacances.

— Exact. Mais j'ai cru comprendre qu'il s'était passé quelque chose sur le bateau...

— Oui... Todd a fait une mauvaise blague qui a causé beaucoup de tourments à plusieurs personnes. Il était ce qu'on appelle un boute-en-train, mais du genre pénible. Je ne peux croire qu'il ait éprouvé des remords.

— C'est précisément ce que je voulais vous demander, dit le sergent. Vous savez qu'il y avait une lettre...

— Une lettre avec un...

Elle s'arrêta. Le sergent sortit de sa poche une enveloppe bordée de noir. Dans le coin, il y avait une vilaine tache rougeâtre. Il en tira une feuille de bloc, couverte d'encre noire excepté au centre, où avaient été collés quelques morceaux de papier couleur crème à rayures bleues.

— C'était dans sa poche quand il est tombé, dit Secker. Avez-vous vu quelque chose de semblable auparavant ?

Le message était bref : « *Quant à vous, pauvre fou qui, blessé dans votre vanité, avez crucifié un être qui connaissait à peine votre existence, je souhaite seulement que, lorsque la mort vous trouvera, vous soyez aussi heureux que moi de mourir...* »

— C'est une écriture de femme, commenta le sergent. Ça vous dit quelque chose ?

— Je n'ai jamais vu cette lettre, affirma Miss Withers, non sans astuce.

Elle réfléchit un instant.

— Ainsi Mr. Filsom, de Scotland Yard, pense que cette lettre a incité Todd à se jeter dans la cage d'ascenseur ?

— C'est l'écriture de Rosemary Fraser. Nous l'avons vérifié. Ou alors il n'a jamais existé imitation plus parfaite. Elle a dû envoyer cette lettre à Todd avant de mourir. Mais cela sous-entend qu'elle savait que Noel allait la tuer, ou tout du moins qu'elle le soupçonnait.

— Pas nécessairement, dit Miss Withers. Laissez-moi voir. Avez-vous des flûtes en Angleterre ?

— Hein ? Pourquoi ? Bien sûr... à bec, traversière...

— Chez moi, nous avons une expression très imagée : « C'est du pipeau. » Tâchez de la retenir.

Elle se dirigea vers l'escalier tout proche.

— La chambre de Todd est au troisième étage, dites-vous ?

— Je ne l'ai pas dit. Mais c'est exact. Le commissaire Filsom y est en ce moment. Il surveille les spécialistes en empreintes digitales qui essayent de relever quelque chose sur la porte de l'ascenseur. Mais il ne semble pas qu'il y ait beaucoup de traces.

— Pensez-vous qu'il serait utile d'essayer une autre porte ? demanda Miss Withers. L'hôtel compte six étages, et toutes les portes d'ascenseurs s'ouvrent de l'intérieur.

— Je le vois mal grimper quelques étages au-dessus pour sauter de plus haut, dit Secker en souriant. D'ailleurs la porte de l'ascenseur du troisième était grande ouverte. La femme de chambre l'a constaté ce matin, et c'est ainsi qu'on a découvert le corps.

Ils descendirent au troisième, où trois hommes munis de vieux appareils photo se concertaient près du lieu du drame. Le sergent demanda où trouver le commissaire Filsom, et l'un des hommes lui montra l'extrémité du couloir.

Ils trouvèrent Filsom et un inspecteur occupés à examiner la chambre de l'étudiant.

La porte étant entrebâillée, le sergent Secker la poussa et se racla la gorge. Filsom était en train de résumer les faits pour l'inspecteur qui l'accompagnait.

— Cela coïncide en tous points avec les renseignements recueillis par Cannon sur le suicide de Noel, déclarait-il. Avant de mourir, Miss Fraser, qui prévoyait sa mort ou pensait au suicide, a écrit un mot à Andy Todd, où elle lui reproche de s'être joué d'elle. Il a ruminé longuement à ce sujet, et hier soir il a vidé cette bouteille puis sauté dans la cage vide.

Filsom tenait à la main une bouteille d'un quart de

litre. Il l'ajouta aux objets qu'il avait réunis sur le bureau : quelques livres, deux appareils photo et des bricoles. En relevant la tête, il s'aperçut qu'il avait des visiteurs.

— Voici la dame qui a si bien aidé l'inspecteur principal Cannon sur le bateau, dit Secker.

Le commissaire, loin d'être impressionné, examina froidement Miss Withers.

— C'est gentil de vous donner tant de mal, dit-il, mais je n'ai rien d'autre à vous demander. Il s'agit tout simplement d'un farceur de Yankee qui s'est brisé le crâne.

— C'est sûr, convint l'institutrice. Mais excusez-moi de vous poser une question : Êtes-vous certain que c'est la bouteille qu'il a vidée ?

Elle montra le cadavre.

— Hein ? Bien sûr. Il n'y a pas d'autre bouteille d'alcool dans la chambre. Une seule a suffi pour l'enivrer.

Filsom mit fin à l'entretien en reprenant l'examen des effets du mort. Il prit le plus petit des appareils photo.

— N'oubliez pas de faire développer ces pellicules au laboratoire, dit-il à l'inspecteur.

Miss Withers se retourna pour s'éloigner, mais au même moment elle entendit un bref déclic. Filsom avait touché au ressort de l'appareil, et de l'emplacement supposé de la lentille jaillit une imitation très réussie de serpent entortillé, qui vint heurter le ventre de l'inspecteur. Il ne broncha pas mais pâlit. Le sergent Secker poussa un léger cri qui ressemblait vaguement à un cocorico étouffé. Miss Withers se contenta de sourire, un peu tristement.

— C'était un boute-en-train, dit-elle. Pauvre Andy Todd ! On devrait inscrire cela sur sa tombe.

Les deux fonctionnaires essayaient de remettre le tortillon de fil de fer et de tissu dans le boîtier.

— En tout cas, si je peux encore vous être utile... proposa Miss Withers.

Filsom secoua la tête.

— Non, non, pas du tout. Je regrette que l'on vous ait dérangée, mais c'est une idée du sergent. Secker est nouveau ici, et il ne croit pas encore que pour la police deux et deux font toujours quatre.

Le commissaire et son adjoint échangèrent un sourire, et le sergent Secker, rougissant, sortit dans le couloir avec Miss Withers.

— Il croit que je vais raconter qu'il a pris une boîte à surprise pour un appareil photo, dit le jeune homme. Eh bien oui, je le ferai, rien que pour le punir d'être si coléreux.

— Cela ne fait rien, dit Miss Withers pour le calmer. Je sais que parfois un détective doit savoir prouver que deux et deux font six, au moins.

Le sergent la considéra d'un air surpris.

— Pardon ? Vous vous êtes donc déjà occupée de ce genre de choses ?

Miss Withers ne désirait pas le renseigner.

— En observateur. J'aime beaucoup les sensations fortes.

— Alors vous ne m'en voulez pas de vous avoir tirée du lit avant votre thé ? Voyez-vous, j'ai peut-être eu tort de me tourmenter, mais Cannon a résolu le problème Noel, et Filsom le problème Todd... et moi je reste avec la disparition de Rosemary Fraser. Et je ne suis pas sûr qu'on puisse l'expliquer, malgré ce qui arrive...

— Je pourrais suggérer une solution, dit Miss Withers. Pourquoi ne pas en déduire que Rosemary Fraser s'est tuée aussi ?

— Et faire accepter cette version ? Je le voudrais bien, dit Secker d'un air triste. Mais j'ai tout de même l'impression que ces trois morts mystérieuses cachent un meurtre.

— En effet, dit Miss Withers en se préparant à aller

prendre son petit déjeuner. Ce n'est pas ce qui manque. J'y ai déjà été confrontée, par le passé, et je le sens.

— Je ne pense pas que vous puissiez sentir la présence d'un meurtrier dans les parages !

— Il y a trop de pistes inutilisables. Mais je vais vous faire une promesse : si je subodore quoi que ce soit, je pousserai de grands cris.

— Marché conclu, dit le jeune sergent.

Il s'apprêtait à ajouter quelque chose quand il entendit Filsom l'appeler. Il s'éloigna en sifflant une vieille chanson que Miss Withers reconnut en souriant.

Avec regret nous réprimons nos sentiments,
Quand nous obéissons aux ordres rigoureux.
Ah ! si vous considérez bien tous nos tourments,
Le sort d'un policier n'est pas un sort heureux.

L'après-midi eut lieu l'enquête judiciaire relative au décès de Peter Noel, soldat de fortune et barman. Un agent de police passa chez Miss Withers aussitôt après le déjeuner pour lui rappeler que sa présence était nécessaire. Elle apprit que l'interrogatoire aurait lieu au tribunal de Stepney. Elle se mit en route assez tôt, munie d'une carte pliante de la ville. Il lui fallut prendre le métro, changer, prendre trois autobus et enfin un taxi pour arriver devant l'affreux petit bâtiment de briques rouges. La cérémonie avait déjà commencé. Elle fut accueillie dans le hall par le sergent Secker.

— Vous êtes un peu en retard, dit-il. Le coroner Maggers ne sera pas tendre avec vous. Il tient beaucoup à ce qu'on respecte son autorité.

— Je ferais peut-être bien d'entrer, dans ce cas, non ?

— J'ai un message pour vous, dit Secker. Cannon a essayé de faire ajourner l'affaire à cause de ce qui est arrivé ce matin. Mais Maggers n'a pas accepté. Il dit qu'il faut terminer l'enquête avant que l'*American Diplomat* ne reparte pour les États-Unis, vendredi prochain. J'ai donc été chargé de vous demander, au cas où l'on vous poserait la question — ce qui n'arrivera probablement pas —, de ne pas dire que vous pouvez aider les recherches sur la disparition de Rosemary Fraser. Et surtout, ne pas faire part des doutes que vous pouvez nourrir sur le meurtre que Noel aurait commis sur elle.

— Vous voulez dire que Scotland Yard a des doutes à ce sujet ?

Le policier secoua la tête, sans toutefois vouloir trop s'avancer.

— Très bien, dit Miss Withers. Je peux deviner aussi bien que la police, peut-être même mieux. Mais dites-moi une chose. Vous savez que des pages ont été arrachées du journal intime de Rosemary Fraser. Vous savez aussi que ces pages ont disparu et qu'elle les aurait emportées ou détruites. Quand les inspecteurs de la douane ont fouillé mes bagages avec tant de zèle, étaient-ils chargés par vos collègues d'essayer de retrouver ces papiers dans mes affaires ?

Le sergent eut l'air embarrassé. Mais Miss Withers, un peu vexée de voir que la police londonienne était plus active qu'elle ne l'avait imaginé, insista.

— Répondez-moi, dit-elle d'un ton menaçant, sinon je mettrai le coroner et toute la presse au courant des faits que je connais et de mes soupçons.

— Bien sûr, répondit froidement le sergent Secker, nous avons demandé que les bagages des passagers soient examinés d'un peu plus près que d'habitude. Mais je vous donne ma parole que vous n'étiez pas plus suspecte que les autres...

— Et qu'avez-vous trouvé ?...

— Je regrette, protesta le sergent, mais je ne peux rien dévoiler.

À son regard, Miss Withers comprit que malgré toute l'attention apportée au contrôle des bagages, la police était repartie bredouille.

— Et les feuillets du journal de Rosemary n'auraient

pu passer inaperçus dans les poches de quelqu'un, souligna-t-elle. Pourtant... je parierais mon dernier dollar qu'ils sont sortis du bateau.

Le sergent était sur le point de hocher la tête mais se rappela juste à temps qu'il devait se comporter en vrai fonctionnaire, et il lui conseilla d'entrer dans la salle où on l'attendait.

Le petit tribunal était plein de spectateurs. Les journalistes étaient serrés autour d'une table et les premiers bancs étaient occupés par de nombreux passagers de l'*American Diplomat*. Un huissier lui désigna une place entre le docteur Waite et l'Honorable Emily.

Elle remarqua que le médecin avait l'air fort déprimé. Il regardait le coroner, un homme de forte corpulence aux manières affectées et à la voix puissante, qui était en train de faire passer un mauvais quart d'heure au capitaine Everett.

— Vous n'avez pas perdu grand-chose, lui murmura le docteur au moment où elle s'asseyait. Ils discutent encore sur l'identité du barman.

— Capitaine Everett, s'écria le coroner, vous avez identifié le corps du défunt comme étant celui de Peter Noel, barman à bord de votre navire! Voulez-vous dire au jury depuis combien de temps vous l'employiez?

Le capitaine Everett répondit d'un air mécontent qu'il n'« employait » pas les membres d'équipage. Noel travaillait sur le navire depuis le mois de janvier, et avait fait huit voyages en tout.

— Sa conduite donnait-elle toute satisfaction à ses supérieurs et à vous-même?

Le capitaine ne répondit pas tout de suite.

— Oui... dit-il, ou plutôt non.

— Comment? Que voulez-vous dire?

— Je n'avais pas à m'en plaindre; mais nous avons eu quelques ennuis à cause de lui pendant notre traversée du mois du juillet. Nous faisons l'aller-retour entre New York et Londres une seule fois par mois. Pendant ce voyage — comme je l'ai appris plus tard — Noel a courtisé une très riche veuve de Minneapolis, dont je préfère taire le nom. Ils se sont fiancés, mais comme elle avait deux fils de l'âge de Noel, la famille a essayé de faire un scandale. Des avocats ont pris contact avec la compagnie transatlantique et une enquête a eu lieu, pendant laquelle Noel a dû abandonner son travail.

Le coroner semblait s'intéresser à cette histoire, qui laissait l'auditoire indifférent. Miss Withers aperçut Candida Noring qui bâillait sur son banc.

— Tiens donc! s'exclama le coroner. Mais a-t-il été réintégré?

— Oui, dit le capitaine. L'enquête a montré qu'il n'avait rien fait de mal. La dame était bien assez âgée pour savoir ce qu'elle faisait.

Un bruissement de rire parcourut la salle, mais le coroner s'empressa d'imposer le silence.

— Cette dame ne voyageait pas sur l'*American Diplomat* pendant votre dernière traversée?

— Non, dit le capitaine Everett. Elle est saine et sauve à Minneapolis, auprès de ses fils qui essaient de lui faire oublier son aventure.

— Contentez-vous de répondre aux questions qu'on vous pose, dit le coroner, agacé.

Il compulsa quelques notes.

— Est-il vrai, capitaine, qu'il existe dans votre compagnie un règlement selon lequel seuls des citoyens américains ont le droit d'y être employés?

Le capitaine Everett hésita un peu avant de répondre que d'après lui, c'était bien le cas.

— Nous avons appris que Peter Noel était né à Montréal et qu'il était sujet britannique, répliqua vivement le coroner. Comment expliquez-vous ça?

Le capitaine Everett fut incapable de donner une quelconque explication. Il déclara que Noel devait avoir un passeport américain.

— Alors comment... commença le coroner.

Il fut interrompu par l'inspecteur principal Cannon, qui était assis près de lui. Ils conférèrent ensemble quelques instants.

— Je crois comprendre, dit le coroner, que Noel avait un passeport anglais et un américain, ainsi que de plusieurs autres pays. Le saviez-vous ?

— Non, répondit sèchement le capitaine Everett. Je dirige le navire, et à l'inverse de vos enquêteurs je n'ai pas le temps de fouiller toutes les couchettes de l'équipage.

On lui dit que c'était tout pour l'instant, mais qu'il devait rester dans la salle pour répondre à d'autres questions. Le capitaine Everett s'affaissa sur un banc si lourdement que le sol trembla. Il croisa les bras et attendit.

On appela ensuite un médecin légiste. C'était un homme d'un certain âge, qui s'avança d'un air assuré. Les enquêtes judiciaires devaient faire partie de son travail quotidien. Il attesta avoir examiné le corps de Peter Noel et constaté que la mort était due à l'absorption de cinq cents milligrammes de cyanure de potassium. La mort avait dû être instantanée.

— À votre avis, le poison a-t-il été pris sous forme de liquide ou de poudre ?

Le médecin évita d'entrer dans des détails techniques trop compliqués. Le poison n'avait pas été administré sous forme de liquide, car sinon on en aurait retrouvé dans la gorge. Mais d'autre part on n'avait pas non plus retrouvé de trace de poudre dans la bouche. Il semblait donc que le cyanure avait été avalé avec le papier qui le contenait.

— A-t-on retrouvé du papier dans l'estomac du défunt ?

Le médecin répondit par l'affirmative, puis quitta l'estrade.

Ce fut le tour de Candida Noring. Miss Withers constata que la transformation survenue chez la jeune fille subsistait. Elle s'était habillée avec recherche et portait pour la circonstance un beau manteau de lainage, de forme très sobre. Elle vint s'asseoir sur la chaise réservée aux témoins, l'air très calme.

Le coroner établit rapidement son identité et le fait qu'elle avait partagé sa cabine avec Rosemary Fraser à bord du paquebot *American Diplomat*.

— Le matin du 21 septembre, Rosemary Fraser avait-elle disparu du navire ?

Le coroner parlait avec une douceur inaccoutumée, et Miss Withers se demanda si le gradé de Scotland Yard assis juste derrière lui ne lui avait pas fait la leçon.

— Oui, dit Candida d'une voix basse.

— Lorsque le navire est arrivé dans le port de Londres, avez-vous donné à l'inspecteur Cannon certaines informations au sujet de la disparition de Rosemary Fraser ?

— Oui. Il était environ...

— Répondez aux questions, je vous prie. Ces informations impliquaient-elles Peter Noel ?

Candida fit signe que oui. À présent le jury était tout à fait éveillé et visiblement agité par quelque soupçon. Les jeunes gens assis à la table de presse commencèrent à écrire sur leurs blocs-notes. Miss Withers se pencha en avant, intriguée. Mais on arrêta là l'interrogatoire de Candida.

Puis ce fit au tour de Cannon de prêter serment, ce qu'il fit avec autant d'assurance que le légiste avant lui.

— Inspecteur, commença le coroner, vous avez entendu le témoignage de Miss Noring. Suite aux informations qu'elle vous avait fournies, avez-vous arrêté Peter Noel à bord de l'*American Diplomat* peu après minuit le matin du 23 septembre ?

— J'ai essayé de l'interpeller, dit Cannon ; je le surveillais de près et j'étais sur le point de mettre la main sur lui lorsqu'il a sorti quelque chose de la poche droite de sa veste et l'a porté à sa bouche.

— Vous n'avez pas tenté de l'en empêcher ?

111

— Il a été trop rapide. Je me suis vivement rapproché de lui, ainsi que le capitaine Everett et son second, mais l'homme s'est effondré aussitôt.

— Vous a-t-il semblé que Peter Noel était dans un état de grande excitation, en d'autres termes qu'il paraissait désespéré au point de se suicider?

L'inspecteur principal Cannon en était persuadé.

— Il semblait très agité, expliqua-t-il, et il avait un air moqueur, comme s'il était content de lui.

— Avez-vous pu voir ce qu'il mettait dans sa bouche?

Le policier se caressa le menton.

— Il m'a semblé que c'était un morceau de papier, dit-il enfin, mais je ne pourrais pas le jurer.

— Vous n'avez fait aucun effort pour l'empêcher de l'avaler? Ou pour lui apporter les premiers soins?

Cannon semblait ennuyé.

— J'ai pensé, dit-il, que le prisonnier essayait de détruire une preuve.

Puis il quitta l'estrade, comme frappé par la foudre.

Le docteur Waite se pencha vers Miss Withers.

— Tout le monde sait qu'il n'existe aucun remède au cyanure. Voyez-vous, avant...

Il sursauta lorsqu'il entendit appeler son nom. Dès qu'il eut prêté serment, on lui posa des questions relatives à sa profession et à son installation à bord.

— Docteur Waite, dit le coroner, parmi vos médicaments se trouvait une bouteille de cyanure de potassium.

— C'est exact.

— Quand cette bouteille avait-elle été remplie?

Le docteur Waite ne savait pas exactement. Mais il avait examiné toutes les bouteilles qui se trouvaient dans son armoire au début du voyage.

— Dites au jury ce que vous avez trouvé dans la bouteille quand vous avez vérifié son contenu, à la demande des policiers, quelques heures après le décès de Peter Noel.

— Je l'ai trouvée pleine de sel d'Epsom.

— Vous expliquez-vous comment ce sel se trouvait dans la bouteille ?

— Absolument pas.

— À moins que quelqu'un ait pris le cyanure et l'y ait mis à sa place ?

— Je crois que c'est la seule possibilité.

— Qui, à votre avis, a pu faire cette substitution ?

Waite argua qu'il ne pouvait rien certifier et préférait ne rien dire.

— Très bien. Peter Noel est-il venu dans votre cabinet, où l'armoire à pharmacie n'était pas fermée à clé, un jour quelconque avant sa mort ?

— Oui, dit le docteur Waite, la nuit où Rosemary Fraser a sauté par-dessus bord...

— Je vous en prie ! interrompit le coroner. Nous ne nous occupons pas de cette affaire-là pour l'instant. Répondez à la question.

Cannon se renversa sur sa chaise. Le docteur Waite se reprit :

— La nuit du 20 septembre, Noel entra dans mon cabinet où quelques-uns d'entre nous s'étaient réunis pour une partie de craps.

— Craps ! Craps ! Veuillez vous en tenir à la langue anglaise qui, depuis des siècles, s'est révélée assez riche pour se faire entendre dans les tribunaux anglais. Craps ! Que pensez-vous que le jury comprenne à ce mot d'argot américain ?

— Les craps ! réitéra le docteur Waite. Y a-t-il un autre nom pour cela ? Vous jouez avec deux dés. On gagne les sept ou onze premiers coups, et puis on perd aux...

— Qu'importe ! Le jury comprendra que vous faites allusion à un jeu d'argent. Qui étaient les participants ?

Waite réfléchit un moment.

— À part Noel, qui n'est pas resté longtemps, il y avait Mr. Hammond, Mr. Reverson, le commissaire du

113

bord, le deuxième lieutenant, Mr. Healey, le second Jenkins, qui est parti à minuit, et le colonel Wright.

— Et vous étiez très absorbés par le jeu ? À tel point qu'il a été possible à un spectateur d'ouvrir l'armoire et de remplacer le poison mortel par des sels ?

Waite reconnut qu'il avait dû en être ainsi. Il quitta l'estrade, soulagé, en s'essuyant le front, et vint reprendre sa place à côté de Miss Withers, qui secouait la tête d'un air incrédule.

Le coroner consulta ses notes. Puis il regarda sa montre, dit quelques mots à Cannon et se tourna vers le jury.

— Je crois que nous pourrions maintenant mettre fin à l'interrogatoire, annonça-t-il. J'avais l'intention d'appeler une douzaine d'autres témoins, mais leur déposition ne ferait que corroborer ce que vous avez entendu. Il est déjà tard, et nous devrions suspendre la séance dans une demi-heure. En dépit des circonstances malheureuses et regrettables dans lesquelles il semble que Peter Noel ait été capable de tromper la justice, l'affaire paraît très claire.

Il jeta un regard noir à Cannon, qui semblait presque dormir.

— Une jeune fille, poursuivit le coroner, à laquelle Peter Noel semblait s'intéresser, disparaît de l'*American Diplomat*. Lorsque le navire arrive au port, un détective appartenant à la police de Londres vient à bord faire une enquête. On lui donne des informations concernant Peter Noel. Au moment où il s'apprête à l'arrêter, ce dernier avale un papier et tombe foudroyé. Nous avons établi que sa mort était due à un empoisonnement au cyanure de potassium, et qu'il avait eu la possibilité de s'approprier le poison dans le cabinet du docteur, peu de temps auparavant. Vous voyez, messieurs, que dans cette affaire il ne peut y avoir d'autres questions relatives à l'heure du décès, aux moyens employés, ou à la façon de procéder. Noel, craignant d'être arrêté pour la mort de Rosemary Fraser, s'est procuré du poison pour l'absorber le cas échéant. Vous avez le pouvoir de prononcer un verdict contre un ou des inconnus, ou n'importe quelle personne susceptible de lui avoir administré le poison. Cependant, laissez-moi vous faire remarquer qu'il est difficilement admissible que quelqu'un l'ait empoisonné, car les effets du cyanure sont presque instantanés, ce qui veut dire que Noel n'avait rien ingurgité auparavant qui ait pu causer sa mort au moment de l'arrestation. Laissez-moi aussi vous rappeler qu'on l'a vu mettre un morceau de papier dans sa bouche et l'avaler. En d'autres termes, vous aurez à juger si Peter Noel s'est donné la mort ou s'il est mort accidentellement. Vous devrez aussi considérer le fait que Peter Noel avait déjà eu des difficultés avec ses employeurs au sujet d'une aventure avec une passagère, et qu'il craignait peut-être de perdre son emploi à la suite de la disparition de Rosemary Fraser.

Le coroner regarda tous les membres du jury.

— Croyez-vous, messieurs, que vous puissiez aboutir à un verdict dans l'affaire qui vous est soumise ?

Au fond de la salle, on entendit une femme ricaner. Miss Withers se retourna et aperçut Tom et Loulou Hammond. Loulou ne paraissait pas du genre à ricaner, pourtant Miss Withers la tança du regard.

Les jurés se concertèrent. Puis le président, un homme de forte corpulence, se leva. Un silence pesant s'abattit sur la salle d'audience.

— Nous déclarons que le défunt a trouvé la mort à cause de la nég... de la négligence de la police, parce qu'il craignait d'être inculpé du meurtre de Rosemary Fraser...

— Mais vous n'avez pas à prendre en compte... interrompit le coroner.

Miss Withers vit que Cannon, qui s'était levé, remuait les lèvres en avant en ayant l'air de dire : « Laissez-le continuer. »

— ... et qu'il a mis fin volontairement à ses jours, termina le président.

Il y eut un instant de silence, et une femme se leva, non loin de l'endroit où Loulou Hammond mordillait son mouchoir.

— C'est un mensonge ! s'écria une voix claire.

Toute l'assemblée se retourna et vit Mrs. Snoaks, la femme de chambre.

— Peter Noel n'avait aucune raison de se tuer de cette façon. Il avait envie de vivre. Il avait... Nous devions nous marier à Noël...

Le rire de Candida Noring résonna dans toute la salle, et le tumulte s'en empara pendant un instant. Mrs. Snoaks fut expulsée du tribunal. Le coroner avait plusieurs choses à ajouter, mais avant qu'il ait pu commencer à parler, tous les auditeurs étaient debout et les membres du jury prenaient leurs chapeaux.

Miss Withers se rapprocha de Candida. La jeune fille lui prit le bras.

— Croyez-vous ce qu'elle a dit ?

— Mrs. Snoaks n'est pas une vilaine femme, mais elle a au moins dix ans de plus que Noel. Je crois qu'elle se faisait des idées...

Elles passèrent devant un homme grand et fort, qui remettait péniblement son pardessus. Il s'inclina vers Candida, qui lui fit un salut de la tête, puis se tourna vers Miss Withers.

— C'est le colonel Wright, dit-elle, et la dame qui l'aide à s'habiller est sa femme.

— Ah ! très bien, dit Miss Withers qui, ayant eu le mal de mer pendant une partie du voyage, n'avait pas pu faire la connaissance de tous les passagers. Le colonel Wright ? Attendez un peu. C'est l'homme qui, selon Rosemary, aurait pu mettre sa famille au courant du scandale ?

— Oui, dit Candida, Wright travaillait pour la société de son père. Il est parti, paraît-il, à la suite d'un malentendu. Et même si elle ne lui parlait pas sur le bateau, pas plus qu'à sa femme, elle était certaine qu'il ne laisserait pas échapper l'occasion de rapporter la mauvaise nouvelle à sa famille.

Miss Withers hocha la tête d'un air absent.

— Excusez-moi, dit-elle, je dois voir les Hammond.

Ceux-ci se tenaient bras dessus, bras dessous devant la porte.

Elle avait une question très importante à leur poser. Elle arriva derrière eux juste au moment où Loulou disait d'une voix sèche :

— Et ceci, mon amour, met fin à la comédie.

Sur ces paroles, elle quitta brusquement Tom Hammond et monta dans un taxi qui partit en trombe. Miss Withers revint près de Candida et elle vit Tom Hammond qui tenait une allumette à plusieurs centimètres de sa pipe; ses doigts tremblaient. Il lança une exclamation qui n'a plus cours dans la bonne société anglaise depuis l'époque de la reine Élisabeth, et chercha un autre taxi pour lui.

Miss Withers demeura figée devant l'entrée du tribunal. Candida la regarda, surprise.

— On dirait que vous avez vu un revenant, dit la jeune fille.

— Je viens d'en sentir un, répondit Miss Withers.

CHAPITRE VII

Les cibiches

Le commissaire Filsom, de la division C, se renversa dans son fauteuil et contempla la masse inquiétante de la prison centrale, de l'autre côté de la Tamise. Les pieds posés sur un paquet de documents marqués « Andy Todd », il tapotait d'un air impatient le bras de son siège en attendant son thé.

Mais le sergent John Secker était appuyé avec grâce contre les classeurs, son beau visage animé par la curiosité. Le commissaire l'écouta quelques instants.

— Ingénieux, très ingénieux ! dit-il quand le jeune homme eut fini de parler. Mais tout de même, je crois qu'il ne faut pas exagérer l'importance du papier bordé de noir. Rosemary a écrit le message, c'est un fait. Puis elle a tout orchestré selon une mise en scène loufoque. Comme je vous l'ai dit, elle pressentait vraisemblablement sa mort et possédait des raisons de souhaiter à Todd tout le malheur possible.

Secker ne semblait pas convaincu.

— C'est aussi l'avis de l'inspecteur Cannon. Cependant, je me demande toujours si...

— Ça vous passera, dit Filsom.

On frappa à la porte et un agent passa sa tête grisonnante.

— Une dame qui veut vous voir, monsieur, dit-il. La même dame qui est déjà venue.

— Quoi ? Encore l'institutrice américaine ? Dites-lui...

Il se tourna vers Secker.

— Sergent, vous me l'avez envoyée. Maintenant c'est à vous de descendre et de vous en débarrasser. J'ai mieux à faire que d'écouter des Sherlock Holmes amateurs.

— Bien, dit le sergent.

Il s'écarta pour laisser passer le thé du commissaire qu'on apportait sur un plateau, et descendit un vieil escalier mal éclairé menant au hall principal de Scotland Yard. Miss Withers l'y attendait en faisant les cent pas.

— Je voudrais savoir... attaqua-t-elle.

— Suivez-moi, dit le sergent Secker.

Il la conduisit dans une petite salle d'attente dont l'unique fenêtre donnait sur une cour intérieure, où un officier s'escrimait à remettre un pneu à la roue arrière d'une Chrysler de la brigade volante.

Miss Withers accepta une chaise à dossier rigide.

— Je suis venue passer un arrangement, dit-elle. J'ai essayé de voir l'inspecteur principal Cannon, mais il paraît qu'il est sorti, et il est très difficile de voir le commissaire Filsom. Mais vous ferez aussi bien l'affaire.

— Vous m'en voyez ravi, dit le sergent.

Il sortit son calepin de sa poche.

— Vous désirez fournir des renseignements ?

— Rangez donc cela. Je voudrais savoir trois choses, dit-elle. D'abord ce que vos experts ont découvert au sujet de la lettre bordée de noir que Todd avait dans sa poche quand il est mort. Ensuite, quelles empreintes digitales on a trouvées sur la porte de l'ascenseur. Et enfin, ce qu'il y avait au fond de la cage d'ascenseur, à côté du corps d'Andy Todd.

— Je regrette, dit le sergent, mais je n'ai vraiment pas le droit de...

— Vous voulez connaître le secret de la disparition

119

de Rosemary Fraser, non? Eh bien, jeune homme, ne vous imaginez pas que vous avancerez beaucoup si vous ne savez pas ce que cachent ces lettres de menaces.

— De menaces? dit le sergent.

— Écoutez-moi bien. Andy Todd n'est pas le seul à avoir reçu une enveloppe encadrée de noir contenant un message collé sur une feuille de papier noircie à l'encre. Je ne sais pas si Todd s'est tué par accident ou non, mais ce message était un présage de mort, et il me semble que la police ferait mieux de s'inquiéter de l'autre personne qui a reçu un message semblable.

— Comment ça?

Une lueur nouvelle se mit à briller dans les yeux du sergent.

— Je veux parler de Candida Noring, bien sûr. Elle a reçu une lettre semblable peu après son arrivée à l'hôtel et l'a jetée dans le feu, croyant à une mauvaise plaisanterie. Mais je me demande si c'en était bien une.

Le sergent s'interrogeait, lui aussi.

— Alors... il faudrait qu'un homme la surveille. Elle aurait dû nous en avertir elle-même...

— Je crois qu'elle a agi sincèrement. Vous pouvez utiliser cette information comme bon vous semblera. Mais... pouvez-vous répondre à mes autres questions?

Le sergent réfléchit.

— Entre nous, dit-il, vous ne demandez pas grand-chose. Il n'y avait que des éclats de verre à côté du corps. On n'a relevé aucune empreinte digitale sur la porte, et... On n'a rien découvert au sujet du message, excepté qu'on l'a vu dans le casier de Todd, qu'il n'est pas arrivé par la poste, que l'écriture ressemblait beaucoup à celle de Rosemary Fraser, et que l'encre, l'enveloppe et le papier étaient tout à fait ordinaires. Vous voyez, j'ai gagné au change.

— Que vous dites! dit Miss Withers en se levant.

Le sergent était pensif.

— Si vous retournez à l'hôtel, dites à Miss Noring

que, si elle le désire, la police mettra un homme à sa disposition pour la protéger. Nous avons des agents spécialisés dans la surveillance des hôtels.

— Je lui en parlerai, dit Miss Withers, mais je ne crois pas qu'elle le souhaite.

— Alors vous pourriez la surveiller vous-même, dit Secker. Bien que je ne voie pas ce qui pourrait encore arriver. À moins qu'il n'existe un fou... qui s'adonne à la magie noire. Fraser a été tuée, je l'admets, mais personne ne peut faire avaler du poison à un homme, et personne ne peut hypnotiser quelqu'un d'autre pour qu'il saute dans une cage d'ascenseur.

— Je n'ai jamais rien dit de tel, répliqua Miss Withers.

Ils se dirigeaient vers la porte.

— À propos, sommes-nous tous obligés de rester en ville pour cette seconde enquête judiciaire ?

— Celle de Todd ? Je ne crois pas. Filsom fera un rapport si ça lui chante. Toutes les indications dont le coroner avait besoin ont été fournies lors de l'enquête relative à l'affaire Noel.

— Tout ! s'exclama Miss Withers, stupéfaite. Écoutez-moi bien, jeune homme : il y a quelque chose de louche dans cette affaire malgré sa simplicité apparente.

Le sergent commençait à l'admettre, et avait perdu son allure insouciante.

— Cette affaire est bancale, commenta-t-il d'un air triste. Quel malheur que je sois obligé de m'en occuper !

— Beaucoup vous taxeraient d'égoïsme, rétorqua Miss Withers.

Elle sortit et prit la direction de l'Embankment. Il soufflait un vent froid, et comme les lampes commençaient à s'allumer, Miss Withers pensa qu'une tasse de thé lui ferait du bien. En face de l'*Alexandria* se trouvait un salon de thé Lyons, bien éclairé, qui lui rappelait les enseignes Childs de son pays. Elle entra et chercha une table, mais avant qu'elle en eût trouvé une, elle fut saluée par Emily Pendavid. Leslie Reverson se leva avec empressement pour lui offrir une chaise, et elle se joignit à eux.

— Vous avez visité la ville ? demanda Emily.

— Un peu, répondit Miss Withers.

— La ville est très jolie, je sais, mais je ne viens à Londres que lorsque j'y suis forcée, avoua l'Anglaise. J'ai profité de cette visite pour passer chez le tailleur, et aussitôt que mes vêtements seront prêts, Leslie et moi repartirons pour la Cornouailles. Ces choses-là... (elle fit un geste qui, supposa Miss Withers, faisait allusion aux événements de la semaine précédente)... ça n'arrive jamais en Cornouailles.

Leslie Reverson prit soudain part à la conversation.

— Il ne se passe plus rien en Cornouailles, dit-il avec amertume, depuis que les Phéniciens sont venus y faire du commerce et leur dernier passage remonte au moins à un millier d'années.

Il se leva.

— Puis-je prendre congé ?

Il se dirigea vers la porte et revint aussitôt sur ses pas.

— Ma tante, puis-je... enfin...

L'Honorable Emily se leva et ouvrit son sac. Miss Withers buvait lentement son thé en écoutant Reverson. Elle ne comprenait pas ses paroles, mais ce qu'il disait semblait amuser sa tante.

— Sois raisonnable, dit Emily. Voilà dix shillings. Les fleurs conviendront aussi bien et ne coûtent pas si cher.

Elle revint à la table en fermant son porte-monnaie.

— La jeune génération n'est pas économe, remarqua-t-elle. Dieu sait ce qu'il fait de son argent ! Il le dépense en un rien de temps. Une fille après l'autre...

Miss Withers eut vite fait de remarquer que l'Anglaise était d'humeur bavarde.

— Il me semble que votre neveu s'est entiché de Candida Noring, dit-elle.

— Il pourrait faire pis. C'est une fille comme il faut. Sa tenue était un peu négligée sur le bateau, mais elle a bien changé depuis qu'elle est à Londres. Savez-vous... (elle se rapprocha de Miss Withers) j'étais un peu inquiète pendant le voyage. Leslie faisait les yeux doux à la petite Fraser, mais heureusement il en est resté là. Il n'a que vingt ans. Ses parents sont morts lorsqu'il était enfant et je suis responsable de lui. Je serai rassurée quand il sera rentré à la maison.

« Si vous rentrez un jour », faillit commenter Miss Withers.

Elles sortirent du salon de thé et traversèrent la rue pour rentrer à l'hôtel. Emily acheta tous les journaux du soir et une revue.

— C'est mon seul vice, expliqua-t-elle. J'adore m'installer dans une baignoire d'eau chaude et lire jusqu'à ce que je m'endorme. Et puis les journaux ne sont pas perdus... ils me servent pour Tobermory.

Miss Withers lui souhaita un bon bain et regagna sa chambre, où elle s'assit devant le feu jusqu'à l'heure du dîner. Les flammes formaient de nombreux dessins fantastiques, mais elles ne suggéraient jamais la solution de l'énigme qui l'intriguait tant. Finalement, elle prit une feuille de papier à lettres de l'hôtel. « Je pourrais essayer par l'algèbre, pensa-t-elle. X égale... voilà la difficulté ! X n'égale rien, pas plus que Y ou Z dans cette affaire. » Elle jeta son papier et regretta de ne pas connaître les lois de la relativité.

La faim la fit sortir de sa chambre. Elle frappa à la porte de Candida et la trouva vêtue d'un peignoir en train de manger une brioche. Il y avait une bouteille de lait sur sa coiffeuse.

— Entrez ! cria-t-elle gaiement. Venez partager mon frugal repas. J'ai des quantités de brioches.

Miss Withers accepta une chaise et une viennoiserie.

— Vous êtes au régime ? demanda-t-elle en riant.

Candida secoua vigoureusement la tête.

— Je suis fauchée, ou presque. J'espérais avoir une nouvelle invitation à dîner ce soir. J'aurais pu faire monter mon dîner et le faire porter sur ma note, mais je ne veux pas m'endetter davantage.

Miss Withers comprenait.

— Je suppose que ça doit être difficile de recevoir de l'argent ici, dit-elle, mais je serais heureuse de vous prêter quelques livres...

Les yeux de Candida s'illuminèrent.

— Vous êtes gentille. Mais ce n'est pas ce que vous croyez.

Elle hésita, prit une grande bouchée de brioche, et reprit :

— Je ne voulais rien dire à ce sujet-là. Mais il n'y a pas de mal à ce que vous le sachiez... C'est Rosemary qui devait payer nos frais de voyage. Elle avait l'argent... et l'a emporté avec elle quand elle est partie. C'est pourquoi je sais qu'il ne s'agit pas d'un suicide, car Rosemary ne m'aurait jamais abandonnée dans le besoin. Je ne voulais pas en parler, parce que cela semble très mesquin. Mais à présent je dois vivre sur mon argent, et je n'ai pas grand-chose.

— Rosemary était le banquier, alors ?

Candida respira profondément.

— C'est une longue histoire, dit-elle, mais je tiens à vous la raconter. J'ai gardé le silence assez longtemps. Je connais Rosemary Fraser depuis sa plus tendre enfance. Ses parents sont très riches et fréquentent la haute société de Buffalo...

Miss Withers frémit intérieurement à cette idée, mais la jeune fille poursuivit :

— Moi, je ne suis que Candy Noring. Mon père est mort avant ma naissance et ma mère s'est épuisée à travailler comme couturière. Au lycée, j'ai gagné un peu d'argent en gardant de jeunes enfants, et Rosemary a été la première à m'être confiée. Ma mère est morte, et quelques personnes pour lesquelles elle avait travaillé se sont cotisées pour que je puisse terminer mes études. Elles avaient l'impression d'être très charitables, mais je ne crois pas avoir été une lourde charge pour elles. Pendant les vacances, je travaillais comme gouvernante, comme femme de chambre. Je faisais tout ce que je pouvais, mais la plupart du temps je m'occupais de Rosemary. C'était une très gentille petite fille, et même si le monde se présentait à elle sur un plateau d'argent nous étions presque comme deux sœurs. Ensuite, j'ai obtenu une bourse pour St. Andrews, une des plus anciennes facultés de jeunes filles de la côte est. Je suis restée plusieurs années sans revoir Rosemary, sauf un été où l'on m'a accordé, comme une faveur spéciale, d'aller la rejoindre dans son camp au Canada. Quand j'ai obtenu mon diplôme, je suis restée à l'université comme assistante. Puis Rosemary a étudié à son tour à St. Andrews et nous sommes redevues bonnes amies. À ce moment-là, elle était en deuxième année...

Miss Withers calculait les années et d'autres chiffres.

— Je comprends, dit-elle d'un air songeur.

— Attendez, dit Candida. Sa famille l'emmenait passer tous les étés à Bar Harbor, dans le Maine; et cette année Rosemary a eu des ennuis là-bas. Elle ne m'a jamais dit ce que c'était, mais je suppose qu'il s'agissait... d'un homme. Elle était d'une nature franche et sentimentale. Tout l'été, elle a écrit des sonnets et les a déchirés; mais venue l'automne, elle a refusé de retourner à l'université. Elle voulait faire le tour du monde, disait-elle. Elle avait l'habitude qu'on cède à ses caprices, et sa famille a seulement stipulé que je devais l'accompagner pour m'occuper d'elle... comme je l'avais toujours fait. Je ne devais payer que mes dépenses personnelles. Quelle est l'assistante, presque affamée, qui n'accepterait pas de faire gratuitement un périple autour de la planète? Nous devions nous embarquer lundi prochain sur l'*Empress of Siam*...

Candida fondit en larmes, puis s'essuya les yeux.

— J'ai essayé de ne pas penser à moi. Mais c'est difficile, quand toute votre vie vous avez regardé les bonnes choses sans pouvoir y toucher, que soudain on vous tend un cadeau splendide et qu'on vous l'arrache ensuite des mains...

— Mais à Rosemary aussi, on a repris quelque chose. Son désir de vivre... ou plutôt sa vie elle-même. Dites-moi, croyez-vous vraiment qu'elle était capable de se tuer?

Candida secoua vivement la tête.

— Comment puis-je savoir? Rosemary était capable de tout. Elle dramatisait tout ce qui lui arrivait. Elle a pu avoir l'idée de se tuer en voyant les gens rire si méchamment au dîner du capitaine. Mais je croyais plutôt qu'elle se serait tuée d'un coup de revolver, par exemple. Elle... Ah! je ne veux plus parler d'elle.

— Il y a une chose qui me semble certaine, remarqua Miss Withers, c'est que Peter Noel n'a pas tué Rosemary Fraser.

Candida écarquilla les yeux, mais ne répondit rien. Elle tendit un sac en papier à l'institutrice.

— Une autre brioche?

Sa voix tremblait un peu.

Miss Withers refusa.

— Le mieux que vous ayez à faire, mademoiselle, c'est de chasser tous ces malheurs de vos pensées. Ne restez pas ici, seule dans votre chambre. Allez vous amuser. Changez-vous les idées...

Elle posa la main sur l'épaule de Candida et la trouva crispée. Puis, la jeune fille se détendit.

— Vous êtes de très bon conseil, dit-elle. Je vais tâcher de ne plus y penser. J'ai reçu quelque chose de beau.

Elle se précipita vers sa table de toilette et prit une boîte d'ébène qu'elle montra d'un air fier à l'institutrice.

— C'est arrivé pour moi juste avant que vous n'entriez, dit-elle, n'est-ce pas gentil de sa part?

Miss Withers examina le contenu bien emballé et très parfumé : cinq cents belles cigarettes turques avec des bouts en paille, en liège, en or, en argent et en soie de différentes couleurs. Le couvercle portait le nom d'une des plus célèbres manufactures de tabac d'Angleterre — Empey — et sur le dessus du premier compartiment était posée une carte joliment gravée au nom de « Leslie Pendavid Reverson ».

— C'est mieux qu'une invitation à dîner, déclara Miss Withers. La boîte aura toujours de la valeur, même quand les cigarettes n'y seront plus.

Elle referma le couvercle et admira le bois noir finement ouvré. Un morceau de feutrine était collé sous la boîte afin de ne pas abîmer le dessus d'une table. Miss Withers s'aperçut qu'un vendeur insouciant avait oublié d'enlever la petite étiquette qui portait le prix : 2 livres.

— Vous prendrez bien une petite cibiche avec moi ? Voulez-vous essayer une de ces petites russes, ou bien une de celles qui ont des petits bouts en soie, qui sont aromatisées ?... demanda Candida.

— Non, merci beaucoup. Je risquerais d'être très malade. Je sais bien qu'aujourd'hui la plupart des femmes fument, mais quand j'étais jeune on nous a appris que le tabac est mauvais pour les filles — tant pour la santé que pour l'esprit.

Candida haussa les épaules et prit une cigarette aromatique entre ses doigts délicats. Miss Withers comprit que la jeune fille savait apprécier le luxe et les bonnes choses de la vie, peut-être parce que, pendant des années, elle ne les avait vues qu'à distance.

— Elles sont si bien rangées dans la boîte que j'ai scrupule à y toucher, dit Candida.

Cependant, elle gratta une allumette et l'approcha de la cigarette.

— Il faut que je parte, dit Miss Withers. Bon, ne parlez de rien, et si vous recevez encore des lettres anonymes, apportez-les-moi aussitôt.

Candida retira la cigarette de sa bouche.

— Mais... il n'y aura plus de lettres encadrées de noir maintenant que Todd s'est tué. Vous ne croyez pas?

Miss Withers comprit que Candida n'était pas au courant de la lettre bordée de noir qu'Andy Todd avait dans sa poche au moment de sa mort.

— J'espère, et je prie pour que ce soit le cas, dit-elle à la jeune fille avant de s'en aller.

Lorsqu'elle consulta sa montre, elle s'aperçut qu'il était déjà près de dix heures. Malgré son thé et les brioches partagées avec Candida, elle mourait de faim.

Elle décida d'aller prendre un petit quelque chose au grill. « Candida a des cigarettes pour calmer son appétit, se dit-elle, mais moi je tiens à garder mes forces. »

Elle constata avec surprise que pendant tout le trajet qu'elle venait de faire jusqu'à l'ascenseur, elle avait parlé toute seule. Une femme de chambre, qui passait en portant deux oreillers, la regarda d'un drôle d'air, et l'institutrice fit mine de chantonner. Mais elle ne se parlait à elle-même que lorsqu'elle était préoccupée — lorsque, dans son subconscient, quelque chose levait la main, comme ses élèves du cours élémentaire quand ils voulaient prendre la parole. Elle savait qu'en parlant elle cherchait à occulter ce signal — parce qu'il augurait de mauvaises nouvelles. Quelque chose avait dû la frapper au cours de la journée. Elle pénétra dans l'ascenseur et fouilla sa mémoire avec méthode. Que cela pouvait-il bien être : les lettres bordées de noir, la carte de Reverson, les brioches, les cigarettes, l'étiquette ? *L'étiquette !*

L'ascenseur s'arrêta au rez-de-chaussée, et elle suivit machinalement ses autres occupants dans le couloir. Elle s'arrêta subitement et était sur le point de demander au garçon de la reconduire sans tarder au cinquième quand elle aperçut Emily Pendavid, resplendissante dans une robe du soir rouge foncé, qui traversait le hall.

Miss Withers la rejoignit au moment précis où elle s'asseyait près d'un palmier et s'apprêtait à passer une heure agréable en buvant un cocktail au son de l'orchestre qui jouait des airs de Strauss...

L'institutrice apparut si subitement devant Emily que l'Anglaise faillit tomber à la renverse dans la caisse contenant le palmier.

— Qu'y a-t-il? demanda-t-elle.

Mais Miss Withers n'avait pas le temps de donner des explications.

— C'est important! dit-elle, haletante. Votre neveu vous a demandé de l'argent cet après-midi, n'est-ce pas?

— Pourquoi? demanda l'Honorable Emily, l'air agacé.

— C'est une question de vie ou de mort, dit Miss Withers d'un ton mélodramatique. Répondez-moi!

— Mais oui, en effet. Il m'a dit qu'il était à sec et qu'il voulait offrir des bonbons ou je ne sais quoi à Miss Noring.

— Et vous lui avez donné...

— Si c'est réellement une question de vie ou de mort, je lui ai donné dix shillings, même s'il voulait davantage. Il m'a dit...

— Dieu tout-puissant! s'écria Miss Withers.

Elle fit volte-face et fonça vers l'ascenseur. Stupéfaite, l'Anglaise secoua la tête. Puis elle se leva et emboîta le pas à l'institutrice. Elles arrivèrent ensemble à la porte de l'ascenseur.

— Vous n'êtes pas souffrante? demanda Emily tandis qu'elles entraient dans la cabine. On dirait que vous avez vu un fantôme.

Miss Withers ne répondit pas mais demanda au liftier ahuri de faire activer la montée.

— Puis-je faire quelque chose? insista l'Anglaise.

— Je crains que personne ne puisse faire quoi que ce soit, dit Miss Withers.

Une fois au cinquième étage, elles se mirent à courir dans le couloir. En arrivant à la porte de Candida, Miss Withers entra sans hésiter. Elle éprouva un vif soulagement en voyant que Candida était assise dans un fauteuil devant la cheminée et semblait regarder le feu, tandis qu'à côté d'elle une volute de fumée bleue s'élevait vers le plafond.

— Excusez-moi... commença-t-elle.

Puis elle renifla et se précipita vers le fauteuil.

— Candida !

Mais Candida Noring ne répondit pas. Sa tête était penchée en avant, et la fumée qui s'élevait près d'elle s'échappait d'un bras du fauteuil que la cigarette avait commencé de creuser en se consumant.

— Elle dort ! fit Emily.

Miss Withers prit la jeune fille par les épaules. Sa tête retomba sur le côté, et, malgré tous les efforts de l'institutrice, Candida Noring glissa de son siège et tomba, aussi lourde qu'un bout de bois.

CHAPITRE VIII

Le coup de l'étrier du docteur

Instinctivement, Emily Pendavid chercha conseil auprès de Miss Withers.
— Que faut-il faire ? Appeler la police ?
— Bien entendu. Mais... attendez un peu.

L'institutrice s'agenouilla près du corps ; celui-ci était chaud et mou au toucher. Elle lui releva une paupière d'un geste adroit et appuya ses doigts sur la tempe.

— Vite... elle est encore en vie ! Aidez-moi à la remettre sur son lit !

Elles la soulevèrent, non sans peine car Candida était plus lourde qu'elle ne le paraissait. Miss Withers essaya de se rappeler les indications qu'elle avait lues au sujet des poisons, puis elle courut vers la coiffeuse.

— Si seulement j'avais un peu d'ammoniaque !

Elle ne vit qu'un poudrier verni de pacotille. Miss Pendavid ouvrit son sac.

— J'ai toujours des sels sur moi, pour respirer quand j'ai mes crises.

Miss Withers était déjà en train de tordre une serviette humide. Elle l'appliqua vigoureusement sur le visage de Candida et derrière son cou. Puis elle saisit le flacon de sels que tenait l'Anglaise et l'approcha du nez de Candida.

Les narines s'élargirent un peu et la tête remua.

— Courez chercher un médecin, ordonna Miss Withers. Et la police aussi ! Vite !

Emily Pendavid fila. Elle revint presque aussitôt, poussant devant elle un vieux monsieur qui se présenta comme le docteur Gareth, médecin attaché à l'hôtel.

— Un problème ?

— Et pas des moindres, répondit Miss Withers. Inhalation d'acide cyanhydrique, je suppose.

— Vous avez raison, la chambre en est pleine. Ouvrez la fenêtre !

Il fouilla dans sa petite trousse. Candida poussa un gémissement et tenta de se redresser.

— Je vais bien, dit-elle d'une voix faible. C'était seulement... la cigarette. Elle était trop forte.

— Allongez-vous et buvez ceci, dit le docteur.

Candida avala quelques gorgées d'alcool, qui la firent tousser mais lui redonnèrent des couleurs.

Le docteur se pencha sur sa poitrine pour l'ausculter.

— Le cœur n'a rien... la respiration est normale. Vous n'avez pas dû en absorber beaucoup. Nous allons vous faire donner une bouillotte pour mettre à vos pieds.

— Je vais chercher la femme de chambre, proposa Miss Withers.

En se retournant, elle aperçut cette dernière près de la porte. Devant elle, un agent de police lui barrait l'entrée.

— Je venais préparer le lit pour la nuit... dit-elle.

Elle tenait sous son bras une bouillotte toute chaude. Miss Withers s'en empara.

— Vous ne pouvez pas sortir, madame, dit l'agent. Personne d'autre que le docteur n'a le droit d'entrer dans cette pièce ou d'en sortir avant l'arrivée du patron.

Miss Withers ne désirait pas sortir. Elle regarda l'Honorable Emily pour savoir ce qu'elle avait fait.

— J'ai fait demander l'inspecteur principal Cannon à Scotland Yard, dit l'Anglaise. Il habite près d'ici, à Kensington, et ne va pas tarder à arriver.

— Parfait ! dit Miss Withers.

— Mais je ne comprends pas ! protesta Candida d'une voix faible. Je venais juste de m'asseoir pour fumer une cigarette avant de me mettre au lit, et tout à coup tout est devenu noir...

— Laissez-moi regarder la cigarette, dit le docteur.

Il s'approcha du fauteuil et examina longuement le trou creusé par la cigarette dans le tissu. Il ne vit que de l'étoffe brûlée et des cendres grises. Alors il s'approcha de la boîte d'ébène qui reposait sur la coiffeuse.

— Flambant neuve... et il ne manque que deux cigarettes.

Il ferma le coffret et le mit sous son bras.

— Je l'emporte, dit-il.

Candida protesta faiblement :

— Mais... il ne peut rien y avoir de mauvais, là-dedans... C'est un ami qui me l'a envoyée.

Miss Withers, tout agitée, lui faisait des signes, mais Candida ne voyait rien.

— Et qui est cet ami ? demanda le docteur Gareth.

— C'est... Leslie Reverson... le neveu de cette dame. Un coursier m'a apporté la boîte juste à l'heure du dîner. La carte de Leslie était dedans.

Candida reposa la tête sur son oreiller. Les deux femmes se regardèrent pendant que le docteur versait quelques gouttes d'un liquide rouge dans un verre d'eau.

— Prenez ceci quand vous vous réveillerez. Il était temps ! Vous avez eu de la chance.

— Merci, dit Candida en regardant l'institutrice. Si vous n'étiez pas revenue...

— Mais je suis revenue, répondit Miss Withers d'un ton joyeux.

— Je vous suis très reconnaissante. Vous... vous semblez tout savoir.

— Je ne sais pas tout... mais j'essaie.

Presque aussitôt, l'inspecteur Cannon, sa cravate sur

l'épaule et son imperméable à moitié boutonné, entra dans la chambre.

— Comment ça, qui est au courant de tout?

Le docteur Gareth lui donna un résumé de la situation.

— C'est un cas d'empoisonnement léger à l'acide cyanhydrique. Elle est hors de danger, maintenant. Je vais demander qu'une femme de chambre reste dans la chambre pendant quelques heures.

Il tendit la boîte de cigarettes au détective.

— Ça, c'est nouveau, dit Cannon. Je n'ai encore jamais vu de poison administré de cette façon.

— Le cyanure sous toutes ses formes est une sacrée saleté, commenta le docteur. Bon, je dois partir, mais je reviendrai dans la nuit. Je vous la confie, inspecteur. Et j'espère que vous pourrez éviter que le nom de l'hôtel figure dans les journaux.

— Je ferai tout mon possible pour que rien du tout n'y figure.

Il examinait les cigarettes.

— J'ai compris, c'est très simple. On les a trempées dans le poison et on les a fait sécher.

Il en sentit une et fit la grimace. Miss Withers quitta le coin de la chambre où elle était restée avec Emily et s'approcha du détective.

— Excusez-moi. Je ne crois pas que les cigarettes aient été trempées dans le poison. Et si vous tenez à votre santé, je ne vous conseille pas de mettre votre nez si près de la boîte.

L'inspecteur la reconnut sur-le-champ.

— Quoi? Encore vous?

— Eh oui! Et c'est une chance que je sois arrivée au bon moment. Et j'ai pu me livrer à une petite expérience.

Elle montra à l'inspecteur une des cigarettes aromatiques à bout de soie qu'elle avait cassée en son milieu.

Une petite cascade de poudre blanche s'en échappa. Cannon poussa une exclamation de surprise.

— Elle en est pleine, hein ? On a retiré du tabac et on l'a remplacé par de la poudre. Voilà une nouvelle pièce à mettre au musée de la police.

Une odeur d'amande amère s'était répandue dans la pièce.

— Nous devrions peut-être aller poursuivre notre conversation ailleurs ? dit Miss Withers en montrant la jeune fille étendue sur le lit.

— Ne vous occupez pas de moi, répondit Candida. Je vais très bien à présent.

Mais Cannon fit sortir les deux femmes dans le couloir, puis rentra un instant dans la chambre. Emily Pendavid prit le bras de Miss Withers.

— Vous ne pensez pas que Leslie...

— Oh ! non, dit Miss Withers d'un ton rassurant même si elle fronçait les sourcils.

Cannon les rejoignit au bout d'un moment et glissa une petite enveloppe dans sa poche.

— Ce sont des débris du fauteuil brûlé. Et maintenant, mesdames, si vous voulez bien me donner vos dépositions...

Il avait sorti son calepin de sa poche et s'apprêtait à écrire.

La femme de chambre qui avait été priée de rester auprès de Candida vint prendre son poste.

— Allons dans mes quartiers, dit Miss Withers. Je vous dirai tout ce que je sais.

Elle lui raconta... pas tout, mais bien assez.

— Je suppose que vous êtes au courant de la lettre anonyme que Candida a reçue ?

— Comme celle de Todd ? Oui, Secker m'a envoyé un mémorandum. Nous travaillons ensemble à Scotland Yard. Cette histoire ne me dit rien qui vaille.

Cannon s'adressa ensuite à l'Honorable Emily.

— Où est votre neveu chéri ?

— Mon neveu sera là quand on le demandera, je vous en donne ma parole... Et puisque vous semblez l'ignorer, laissez-moi vous dire que je suis la fille de feu le comte de Trevanna.

Cannon se montra poli, mais pas plus impressionné que ça. Des comtes, il en avait vu des tonnes... il avait même dû en surveiller un ou deux.

— Je ne crois pas que le jeune homme soit assez fou pour avoir mis sa carte dans une boîte contenant du poison... même si, pour une raison quelconque, il voulait tuer une jeune femme qu'il admire beaucoup, dit Miss Withers.

— C'est évident, dit le détective. La carte... mais où est-elle ?

Il ouvrit la boîte d'ébène et regarda partout à l'intérieur.

— Elle n'était pas sur la coiffeuse, ni... L'auriez-vous prise ? demanda-t-il à Miss Withers.

Elle ne répondit pas mais regarda Emily Pendavid, qui rougit.

— J'ose espérer que vous ne comptez pas me fouiller !

— Rendez-la-lui, dit doucement Miss Withers. Vous n'aidez pas Leslie en la gardant.

— Comment saviez-vous que je l'avais ?

Elle tendit la carte à l'inspecteur, qui l'examina gravement et lut le nom qui y figurait : « Leslie Pendavid Reverson. »

— Maintenant que vous avez nos dépositions, vous devriez peut-être interroger le jeune Reverson ?

— Je vais le chercher, dit l'Anglaise.

Mais l'inspecteur la retint.

— Où est sa chambre ? Je vais envoyer l'agent, si vous le voulez bien.

Leslie arriva, en robe de chambre et en chaussons. Il avait l'air ahuri.

— Avez-vous envoyé un paquet à Miss Noring, aujourd'hui ? demanda Cannon.
— Un paquet ? Oh non ! C'est-à-dire... ce n'était pas un paquet. Je lui ai fait porter quelques chrysanthèmes par un groom, juste avant le dîner.
— Des chrysanthèmes ? Elle n'a jamais reçu de chrysanthèmes. Aviez-vous joint votre carte ?
— Oui... Oui, bien sûr. Quelques minutes plus tard, j'ai revu le groom et je lui ai demandé ce qu'elle avait dit en les voyant. Il m'a répondu qu'il n'y avait personne dans la chambre, mais qu'il avait déposé les fleurs sur la table.

Leslie était rouge pivoine.

— Elle était sortie acheter du lait et des brioches, glissa Miss Withers.
— C'est une belle histoire, dit Cannon. Nous allons bientôt savoir si elle se tient.

Il posa son calepin et montra le coffret d'ébène à Leslie.

— Vous connaissez cela ?

Leslie fit signe que non. Cannon ouvrit le coffret et le lui tendit.

— Voulez-vous une cigarette ?
— Pourquoi pas ?

Leslie avança la main, puis la retira.

— Je n'aime pas trop ces cigarettes-là, dit-il, elles sont trop douces.
— Beaucoup trop douces, en effet. Je vous remercie, jeune homme, je n'ai plus besoin de vous. Mais rappelez-vous que vous ne devez pas quitter la ville.

Leslie Reverson regarda sa tante.

— Je m'efforce justement de ne pas partir. Mais... Il n'est rien arrivé à Candida, au moins... je veux dire à Miss Noring ?
— Rien de grave. Elle sera rétablie demain matin. Mais quelqu'un a tenté de la faire dormir de son dernier

sommeil. Vous n'avez aucune idée de qui a pu faire cela ?

Leslie semblait assommé.

— C'est bon, dit Cannon, impatienté. Descendons et montrez-moi le groom qui a monté les fleurs. Nous verrons s'il raconte la même chose.

Miss Withers et Emily Pendavid restèrent seules.

— Ne vous tracassez pas, dit l'institutrice.

Emily essaya de sourire.

— Mais Leslie est si drôle, parfois. C'est pourquoi j'étais heureuse qu'il semble s'intéresser à Candida Noring. Elle paraît très sensée. Vous ne pensez pas qu'il serait capable de...

— Ce n'est pas lui qui tire les ficelles, dit Miss Withers distraitement. Du moins, je ne vois pas comment il ferait. Non, le Leslie Reverson que je connais n'a rien d'un meurtrier de roman policier.

— Je me sens beaucoup plus rassurée quand je suis avec vous, dit l'Anglaise. Tous ces policiers semblent extrêmement embarrassés, tandis que vous, vous devinez beaucoup plus vite.

— Je crains bien d'avoir eu les yeux plus gros que le ventre, comme on dit chez moi. Et puis j'ai déjà été mêlée à une affaire criminelle. Où que j'aille, j'ai l'impression d'attirer le crime comme un aimant.

Elle avait besoin de la confiance de cette femme. Elle ouvrit sa valise, en sortit une médaille d'argent et la lui tendit.

— Je ne suis pas qu'une fouineuse. Ceci m'a été remis il y a quelque temps par la police de New York. C'est purement honorifique, bien sûr.

Emily se renversa dans son fauteuil.

— Oh ! racontez-moi, je vous en prie.

Et pendant plus d'une heure elle écouta, émerveillée, Miss Withers lui raconter quelques-unes de ses aventures.

— Et ils ont tous deux été pendus à San Quentin, termina-t-elle. Mais je crains que ce ne soit pas une histoire très agréable à entendre au moment d'aller se coucher.

— Vous m'avez fourni matière à réflexion, dit Miss Pendavid, qui s'empressa de regagner sa chambre.

Miss Withers s'endormit et fut réveillée peu avant midi par le heurt de la porte contre la chaise qu'elle avait placée devant. Elle se leva, à moitié endormie, et trouva la femme de chambre à l'extérieur.

— Excusez-moi, madame...

— Ce n'est rien. Il est grand temps que je me lève. Faites-moi apporter mon petit déjeuner, voulez-vous ? Je meurs de faim. Je n'ai tout de même pas dormi deux nuits et un jour ?

— On est aujourd'hui jeudi, madame.

— Alors c'est très bien. Comment va la demoiselle qui est à l'autre bout du couloir ? La chambre 505 ?

— Celle qui était malade hier soir ? Elle a mauvaise mine, madame, mais elle a mangé un bon déjeuner. La police est allée la voir, et je l'ai vue descendre avec un jeune homme il y a quelques minutes.

— Un jeune homme ? Un policier ?

— Non, madame. Le beau jeune homme du troisième.

Elle poussa un soupir de soulagement.

— Bien, vous pouvez partir. Et dites au garçon que je veux deux œufs, ce matin.

Elle venait juste de les terminer quand elle reçut une autre visite. Le sergent Secker frappa à sa porte.

— Bonjour, lui dit-elle. Vous m'acceptez comme consultante ?

Il refusa la tasse de thé qu'elle lui offrait.

— Je suis plutôt venu vous faire une commission. Vous pouvez nous aider, si vous le voulez. Je ne trahis aucun secret en vous disant que nous avons découvert la provenance de cette boîte de cigarettes.

Miss Withers ne s'y attendait pas.

— Vous savez qui a introduit le poison?

— Pas exactement. Notre expert, Sir Leonard Tilton, l'a examinée ce matin et a constaté qu'une douzaine seulement des cigarettes qui se trouvaient sur le dessus de la boîte avaient été empoisonnées; les plus jolies, bien sûr. Il est en train de rechercher quelles auraient été les conséquences si la jeune fille en avait fumé une jusqu'au bout.

— Mais qui a envoyé la boîte?

— C'est précisément ce que j'étais venu vous demander. La boîte a été vendue par le magasin principal de la maison Empey, sur le Strand. Elle a été commandée par téléphone et livrée contre remboursement à une certaine Mrs. Charles, au *Norwich Hotel.* C'est une petite pension près de Charing Cross, où ne descendent guère que des clients de passage. Il semblerait que Mrs. Charles n'ait loué sa chambre que pour quelques heures. Tout ce qu'ils savent d'elle — elle n'a même pas signé, malheureusement —, c'est qu'elle portait un manteau de fourrure grise.

Miss Withers renversa sa tasse de thé.

— Un *quoi*?

— Pas un quoi; un manteau de fourrure grise. Les patrons de l'hôtel ont des raisons de ne pas nous aimer beaucoup, à Scotland Yard.

Miss Withers avait les yeux fixés sur le mur.

— Ont-ils parlé aussi d'une longue écharpe bleue? demanda-t-elle au bout d'un moment.

— Ils n'ont rien mentionné d'autre, dit Secker. Nous avons dû leur arracher le peu qu'ils nous ont dit. Non, je n'ai pas entendu parler d'écharpe. Je suis venu vous demander si vous connaissiez une femme quelconque, mêlée de près ou de loin à cette affaire, qui possède un manteau de ce genre.

Miss Withers secoua la tête, plus par déni de ses pensées qu'en réponse à la question.

— Dites-moi, avez-vous eu la présence d'esprit

d'examiner la chambre de cette mystérieuse Mrs. Charles ?

— La chambre n'avait rien d'extraordinaire. Elle ne contenait qu'un lit, une chaise et un bureau, ainsi qu'un de ces radiateurs à gaz dans lesquels on met une pièce d'un shilling, vous savez ?

— N'y avait-il absolument rien d'autre ? Pas même une épingle ou un bout de papier ?

Le sergent fouilla dans sa poche et en sortit un ticket de courses, deux billets de loterie et une enveloppe.

— Seulement ce bout de papier, dit-il. Il était sous le radiateur à gaz, avec quelques cendres.

Miss Withers vit, ainsi qu'elle le craignait, un petit morceau de papier brûlé de couleur crème, rayé de bleu.

— Bon, il faut que j'y aille, dit le sergent. Je ne crois pas qu'il y ait lieu de s'inquiéter pour le jeune Reverson. Son histoire de bouquet de chrysanthèmes semble exacte. La fleuriste s'en est souvenue, ainsi que le petit groom. Quelqu'un a dû jeter les fleurs et glisser la carte dans les cigarettes empoisonnées.

— Tout simplement, n'est-ce pas ? L'inspecteur principal avait donc vu juste

Le sergent Secker la regarda.

— Vous semblez sous-estimer ce vieux Cannon. C'est pourtant un rusé ! Il a été chargé d'éclaircir toute cette affaire : Noel, Todd et la tentative d'homicide contre Candida Noring. Moi, j'en suis toujours au suicide de Miss Fraser, et entre-temps je fais le messager. À présent, il faut que je me mette à la recherche de cette dame au manteau de fourrure.

— Bonne chasse, dit Miss Withers.

Elle passa l'après-midi à la bibliothèque du British Museum, noyée sous une pile de volumes. Quand elle en ressortit, elle en connaissait beaucoup plus sur les propriétés et les effets du cyanure de potassium, mais n'était pas plus avancée au sujet des mystères et des suicides qui la tourmentaient. « Et dire que j'ai fait ce voyage pour me reposer », pensa-t-elle.

De retour à son hôtel, elle croisa Candida et Leslie Reverson, habillés pour la soirée et qui attendaient un taxi.

— Alors mes enfants, vous semblez prendre la vie du bon côté ?

— Tout à fait, dit Leslie Reverson.

Candida se rapprocha d'elle.

— Nous sortons parce que je suis trop nerveuse pour rester dans ma chambre.

Elle semblait plus pâle qu'auparavant. Miss Withers se demanda comment elle avait pu perdre le teint hâlé qui la caractérisait.

— Comment vous sentez-vous ? demanda l'institutrice.

— Faible. Mais Leslie a pensé qu'il valait mieux que nous dînions dehors et qu'ensuite nous allions au music-hall. Avec lui je me sens en sécurité.

— Et elle l'est plus encore que dans une chambre forte, commenta Leslie d'un air brave.

Miss Withers sourit au souvenir de certaines chambres fortes.

— Prenez soin d'elle, murmura l'institutrice en prenant la manche du jeune homme.

Les jeunes gens s'éloignèrent dans un taxi, et Miss Withers les regarda partir. Ils formaient un joli couple, le nouveau Leslie et la nouvelle Candida. En somme, ils n'avaient pas une si grande différence d'âge. Candida n'avait pas eu de jeunesse, et Leslie en avait eu trop... « Elle a assez de force pour eux deux », se dit Miss Withers.

Elle dîna seule dans la splendide salle à manger. Puis elle décida de se changer les idées et de suivre l'exemple du jeune couple. Elle pensa qu'un vaudeville ferait parfaitement l'affaire. Son ancien fiancé, Oscar Piper, de la police de New York, l'avait bien emmenée au *Palace* à plusieurs reprises et contre son gré, mais, en Angleterre, elle ne se sentait pas d'humeur à voir une pièce sérieuse ou à entendre un concert.

Elle prit un billet pour le *Palladium* à la réception et se dirigea vers le nord en empruntant des rues étonnamment étroites. Après avoir marché un bon moment, elle trouva le théâtre et assista à une représentation qui regroupait la plupart des sketches qu'elle avait vus au *Palace* au cours des deux années précédentes. En sortant sur Oxford Street, elle chercha un agent pour lui demander le chemin de Trafalgar Square. Elle ne découvrit nulle part la silhouette d'un bobby vêtu de pelisse noire caoutchoutée, mais aperçut un visage familier qui la fit sursauter. Tom Hammond aidait une jeune femme vêtue d'une toilette un peu trop voyante à monter dans un autobus marqué « Marble Arch — Edgware Road ». Il recula lorsque le bus démarra, fit un vague signe de la main et traversa la rue.

La jeune femme qui l'accompagnait n'était pas Loulou Hammond. Miss Withers en était certaine. Elle aurait voulu poser de nombreuses questions à Tom Hammond. N'ayant rien de mieux à faire, elle le suivit à quelque distance.

Il tourna au coin d'une rue, et quand elle arriva, il avait disparu. Miss Withers s'aperçut qu'elle était sous une marquise qui portait l'inscription « Oxford Palace ». Elle jeta un coup d'œil à l'intérieur et aperçut Hammond à la réception. On lui remit une clé et il se dirigea vers l'ascenseur. Elle aurait bien aimé le suivre, mais il était près de minuit. « Enfin, je sais où sont les Hammond, se dit-elle. Demain il fera jour. »

Mais le lendemain, on serait vendredi, jour fixé pour l'enquête judiciaire relative à la mort d'Andy Todd. Elle l'avait oublié, mais le sergent Secker lui téléphona dans la matinée pour le lui rappeler.

— On ne vous demandera peut-être rien, dit-il, mais il serait préférable que vous soyez là. De toute façon, vous n'aurez pas à aller loin; cela se passe à Drury Lane.

Elle trouva l'endroit sans difficulté, mais la séance la déçut. Il n'y eut même pas le petit drame de l'enquête précédente, même si plusieurs des mêmes personnes étaient assises sur les bancs de bois.

L'inspecteur principal Cannon était assis à la table derrière le coroner, et visiblement le sergent n'avait pas menti en disant qu'il était chargé de toute l'affaire car elle ne vit nulle part ce balourd de Filsom. On avait identifié le corps; d'abord grâce au passeport de Todd, puis par le témoignage d'un légiste qui ressemblait beaucoup à son collègue de l'autre enquête. Il expliqua au jury que le défunt avait trouvé la mort à la suite d'une chute de quatre étages — trois étages et le sous-sol — et que l'autopsie avait révélé une grande quantité d'alcool dans le cerveau.

— Le corps a été très endommagé dans la chute, conclut le médecin.

— De façon anormale? demanda le coroner.

Le légiste avait déjà vu pire. Mais pas après une chute d'une telle hauteur. Si l'homme n'avait pas été ivre, il s'en serait peut-être tiré avec quelques fractures, mais, dans l'état où il était, il avait été incapable de se raccrocher à quoi que ce soit ou de retomber sur ses pieds. Il avait heurté le sol la tête la première.

— Les circonstances vous autorisent-elles à penser que la mort est due à un suicide? demanda le coroner.

Avant que le médecin ait eu le temps de répondre, l'inspecteur Cannon s'était levé.

— Je voudrais demander l'ajournement de cet interrogatoire pour des raisons qui concernent la police, dit-il.

Cela ne parut pas surprendre le moins du monde le coroner.

— C'est bon, dit-il. Je vais ajourner cet interrogatoire jusqu'à lundi en huit, à la requête de Scotland Yard.

Miss Withers se dépêcha de sortir. Il était presque midi, et elle voulait rencontrer les Hammond avant qu'ils ne sortent visiter la ville. Elle prit un taxi jusqu'à l'*Oxford Palace*.

Après avoir traversé un salon rempli de miroirs et d'argenterie — d'une décoration ultramoderne qui contrastait avec celle de son hôtel — elle alla droit à la réception et demanda à voir Mr. et Mrs. Hammond.

— Je vais voir s'ils sont là, répondit l'employé.

Il forma un numéro sur le cadran d'un téléphone.

— Ça ne répond pas. Mais si vous voulez attendre un peu, je vais voir s'ils n'ont pas laissé de message.

Il revint quelques minutes plus tard en secouant la tête.

— C'est curieux, dit-il, ils sont partis.
— Partis?
— Oui, madame. J'étais de congé hier; mais il semble que Mrs. Hammond soit partie hier matin, et Mr. Hammond très tard hier soir. Il y a encore du courrier dans leur casier.

— Ah bon? fit Miss Withers. Je suis une de leurs proches parentes. Pouvez-vous me donner leur adresse?

— Tout ce que je peux vous dire, c'est que leur courrier leur parvenait ici par l'American Express, et je suppose que nous devrons le retourner à cette compagnie.

— Et leur fils?

À sa grimace, Miss Withers comprit que l'employé avait eu quelques déboires avec le terrible Gerald.

— Le petit garçon est parti avec sa mère.

Miss Withers le remercia et lui tendit un pourboire d'une demi-couronne.

— Je sais bien que ce n'est pas régulier, mais j'aurais aimé que vous regardiez dans leur courrier pour voir s'ils ont reçu une lettre que je leur ai envoyée hier. C'est très important.

L'employé refusa fièrement la pièce de Miss Withers.
— Je comprends, dit-il.

Il prit un paquet de lettres qui se trouvait derrière lui et les regarda une à une.

— Il n'y a que des lettres d'Amérique, excepté ceci.

Il lui montra une enveloppe encadrée de noir.

— Sans doute un décès dans la famille. Malheureusement, ils sont partis avant l'arrivée du faire-part.

Miss Withers s'en alla — sans sa demi-couronne —, et alla déjeuner dans un restaurant voisin, mais elle n'avait pas grand appétit. Elle ne pouvait s'empêcher de penser à une autre table où elle avait déjeuné — une table ronde dans la salle à manger de l'*American Diplomat*. Il y avait là Rosemary Fraser... qui avait disparu. Andy Todd était mort, volontairement ou non, après la réception d'une lettre bordée de noir. Candida Noring avait reçu une lettre semblable, et n'avait échappé à la mort que de justesse.

Du petit groupe qui s'asseyait à la table du docteur, il ne restait que l'Honorable Emily, Leslie, les Hammond et elle.

« Il faut que je fasse quelque chose », se dit Miss Withers. Mais elle ne savait pas quoi. Inutile d'avertir Emily ou Leslie : ils avaient eu leur compte. Quant aux Hammond, malgré la lettre bordée de noir qui leur était adressée, ils ne pouvaient être atteints ni par le meurtrier ni par elle.

Histoire d'apaiser sa conscience, Miss Withers envoya un télégramme à Tom Hammond aux soins de l'American Express, où elle lui conseillait d'emmener sa femme et son fils aussi loin que possible de Londres. « Il va me prendre pour une folle », se dit-elle.

Tout à coup, elle se rendit compte qu'elle avait oublié un des convives : le docteur lui-même !

Le bateau repartait le jour même pour les États-Unis. Mais elle avait encore le temps d'arriver avant deux heures et demie. Elle paya sa note et héla un taxi.

— Môle 7, dock George V. Vite !

Le chauffeur fit de son mieux. Ils filèrent comme l'éclair à travers les rues interminables des quartiers est de Londres et arrivèrent au port un peu avant deux heures.

Miss Withers gratifia le chauffeur d'un généreux pourboire et se hâta le long des embarcadères étrangement déserts. Elle atteignit le bassin de l'*American Diplomat* : il était vide.

— N'est-ce pas d'ici que part l'*American Diplomat* ? demanda-t-elle à un homme vêtu d'un manteau bleu.

— Il sera de retour dans trois semaines. Il est parti il y a quelques heures.

Il la regarda d'un air morne.

— Mais je croyais qu'il partait à deux heures et demie...

— À onze heures ce matin, madame. Fallait qu'y parte avec la marée.

La marée descendait — et l'*American Diplomat* avait déjà dépassé Gravesend...

À bord du petit paquebot, le docteur Waite finissait tout juste de déjeuner. Il y avait une foule joyeuse à bord. Pour la plupart des étudiants américains forcés de rentrer chez eux par la chute du dollar ; et le docteur entrevoyait une charmante traversée. Cette fois, elle ne se terminerait pas comme à l'aller par des suicides et des enquêtes. Mais il n'évoqua que des sujets agréables.

— Quelle bande de bons vivants et quel voyage ! dit le docteur Waite en se levant de table. Nous avons dansé tous les soirs jusqu'à onze heures ou minuit.

Le docteur retourna à son cabinet et s'assit à son bureau.

Le navire voguait à présent sur la Manche et se balançait un peu. Le docteur passa la paume de sa main sur sa tête chauve, déboutonna son veston et s'appuya sur le dossier de son siège. Le monde n'était pas si mauvais, après tout. Peu importait qu'il eût quitté un peu fâché la dame de Maida Vale. Il reviendrait bientôt à Londres, et en attendant, il avait toujours une maîtresse fidèle.

Il ouvrit le tiroir de son bureau et prit un verre et une grande bouteille. Il se servit environ six doigts de cognac et leva son verre pour en admirer le contenu à la lumière du soleil qui filtrait par son hublot.

— À une traversée sans heurts! trinqua-t-il tout seul.

Puis il s'arrêta net et prit un air suspicieux.

— Qu'y a-t-il là-dedans? s'écria-t-il.

Au fond de son verre, il remarqua un dépôt foncé.

Il le renifla, le goûta presque et reposa son verre d'une main peu assurée. Il fouilla dans son armoire à pharmacie et fit l'analyse du contenu.

Lorsqu'il obtint le résultat, le docteur Waite tremblait de tous ses membres. Le liquide contenait une forte dose de cyanure.

Il prit la bouteille et la jeta par le hublot. Puis il revint vers son armoire, y trouva une flasque de whisky, et, bien qu'elle eût une odeur normale, il la remit à sa place.

— Nom d'un chien! s'exclama-t-il.

On frappa à sa porte, et le gros et jovial Sparks entra, fumant une nouvelle pipe recourbée qu'il avait achetée à Londres pour compléter sa collection.

L'opérateur radio ôta la pipe de sa bouche.

— Un message pour vous, dit-il. Pas très clair.

Il lui tendit une feuille de papier jaune sur laquelle il avait tapé la phrase suivante :

Soupçonne complot criminel. Prenez garde à vous.
                                     Hildegarde Withers.

Pour la première fois, il vint à l'esprit du docteur que la lettre bordée de noir qui l'attendait à son retour à bord n'était pas qu'une mauvaise plaisanterie.

CHAPITRE IX

Ceux que Dieu sépara

— J'aurai peut-être besoin de vous, déclara Hildegarde Withers. Venez avec moi, et ne vous étonnez de rien.

L'Honorable Emily et Miss Withers, après une jolie promenade ce samedi matin-là, s'étaient arrêtées devant La Mecque des touristes, les bureaux de l'American Express.

— Mais à quel propos? demanda l'Anglaise.

— Cela n'a pas d'importance. Restez vous-même et ne dites rien.

Elles entrèrent et, après avoir fait la queue pendant quelques minutes, arrivèrent devant le bureau du courrier. Le jeune employé du comptoir les regarda au travers de ses épaisses lunettes d'un air mal à l'aise.

— Y a-t-il quelque chose pour Mr. et Mrs. Hammond?

Bien qu'elle se préparât à voler le bien de la poste à visage découvert, Miss Withers parlait d'une voix énergique et autoritaire. Le jeune homme prit un paquet de lettres derrière lui et les tendit à Miss Withers. La plupart provenaient de New York et l'une portait l'ancienne adresse : « T. H. Hammond, Compagnie des Extincteurs au Pyrène, New York. »

Les femmes s'apprêtèrent à partir.

— Attendez, dit l'employé en baissant ses lunettes. Vous êtes Mrs. Hammond ?

— Non...

— Alors il m'est impossible de vous remettre du courrier qui ne vous est pas destiné, à moins que vous ayez une procuration et que vous signiez sur un registre. J'ai ici la signature de Mr. Hammond, et sur un ordre écrit de lui je vous remettrai avec plaisir...

— Vous pouvez aller vous jeter dans la Tamise, chuchota Miss Withers.

Puis, avec son plus gracieux sourire :

— Excusez-moi... je ne connaissais pas le règlement.

Elle lui rendit le paquet de lettres et sortit, suivie d'Emily Pendavid.

— J'ignore ce que vous aviez en tête, mais vous n'avez pas réussi, commenta sèchement l'Anglaise.

— Vous croyez ? J'ai au moins constaté qu'aucun paquet de cigarettes, de bonbons ou de sels de bain empoisonnés n'attendait les Hammond. Il n'y avait que des lettres et des cartes postales.

— Que vouliez-vous donc faire ? s'enquit l'Anglaise d'un air dubitatif.

Miss Withers sourit et tâta l'enveloppe bordée de noir dissimulée dans sa manche. Elles regagnèrent leur hôtel en silence. Elles se séparèrent dans l'ascenseur.

— Je me sens terriblement seule, maintenant que Leslie fait la cour à Candida, dit Emily. Voulez-vous venir prendre le thé avec moi vers cinq heures ?

— Cela me ferait grand plaisir, mais je serai très, très occupée vers cette heure-là.

À peine arrivée dans sa chambre, l'institutrice se mit au travail. Elle retira de sa manche l'enveloppe qu'elle avait vue une première fois au bureau du courrier de l'*Oxford Palace* et qu'elle avait retrouvée au service de distribution exprès. Elle l'étudia longuement. La lettre portait sans nul doute des empreintes digitales, et ces dernières pourraient dévoiler tout le mystère de cette série de crimes.

Mais Dieu seul savait combien de personnes, après l'expéditeur, avaient touché l'enveloppe. Elle, d'abord ; puis l'homme de l'American Express et les employés de l'*Oxford Palace*, ainsi que tous ceux qui avaient trié le courrier à la poste. D'ailleurs, la police possédait aussi un de ces messages : celui qu'elle avait retiré de la poche d'Andy Todd. De toute façon, ils allaient faire leur travail. Miss Withers n'avait aucune aptitude dans ce domaine, et de plus, elle avait appris par son ami, l'inspecteur Piper, que, de ce côté-ci de l'Atlantique, peu de jurés considéraient les empreintes digitales comme des preuves à charge.

— Au diable les empreintes ! s'exclama-t-elle.

Elle concentra son attention sur l'enveloppe elle-même, presque carrée et d'un papier de mauvaise qualité. Un timbre était collé à droite, et le cachet indiquait : « Londres — 8.00 — 26 Sep. — 1933. » Sous la date figurait une simple lettre, C, qu'elle supposa désigner le bureau expéditeur. Cette indication serait plus claire pour Scotland Yard et probablement à peine plus décisive. Mais il était assez singulier de constater que ce message était le premier adressé par la poste.

L'adresse était écrite à l'encre bleu-noir ordinaire ; les lettres étaient arrondies et ne laissaient subsister aucune caractéristique relative à l'expéditeur. L'écriture ressemblait à celle des autres lettres. Cependant Miss Withers savait l'inutilité d'un aussi maigre échantillon. Ce carré de papier portait seulement les mots : « Mr. & Mrs. Tom Hammond, American Express, Londres. » Il y avait aussi quelques annotations ajoutées par des employés et qui, évidemment, n'avaient aucune signification.

Cependant, il était à peu près certain qu'en écrivant cette adresse, l'expéditeur avait conservé assez de sang-froid pour ne pas laisser transparaître sa personnalité. Seul le bord avait été barbouillé en hâte.

Sans une seconde d'hésitation, Miss Withers inséra une épingle à cheveux dans le rabat et ouvrit le message.

Comme les précédents, il consistait en quelques morceaux de papier crème collés sur une feuille noircie à l'encre. L'écriture ressemblait beaucoup à celle de l'enveloppe, en mieux formé et plus naturel. L'auteur du message s'était laissé emporter par la passion.

« *Et vous, pauvres vaniteux, vous apprendrez bientôt que ceux qui vous entourent ne sont pas des marionnettes dont on se gausse...* »

Miss Withers se sentait désappointée. Elle avait espéré trouver quelque chose de précis dans le message. Il ressemblait à tous les autres, révélant une réelle méchanceté qui confinait à la haine et qui, néanmoins, paraissait en deçà de la sentence qui avait frappé deux au moins des destinataires. (Ce n'est que quelques mois plus tard, quand tout fut fini, qu'elle apprit que le docteur Waite figurait sur la liste.)

Elle s'assit et contempla longuement la missive, mais aucune autre inspiration ne lui vint. Toute l'affaire semblait surtout enfantine et presque ridicule — et pourtant trois personnes étaient mortes et une quatrième avait frôlé de si près la lame de la Faucheuse que son sommeil s'en ressentirait pendant de longs mois.

« Je voudrais bien savoir, se dit Miss Withers en reposant la lettre dérobée, ce que Peter Noel jetait à la mer quand je l'ai surpris. » Les lettres énigmatiques « osem », qui figuraient sur le papier qu'elle avait ramassé, pouvaient venir du mot « Yosemite » ou de « Rosemary ». Miss Withers penchait davantage pour cette dernière solution. Noel avait-il aussi reçu une lettre de menaces avant sa mort ? Alors, pourquoi s'était-il tué ?

Et si ce n'était pas un suicide ? Mais alors — comment avait-on pu lui faire avaler une dose de poison contre sa volonté, au nez et à la barbe de la police ? Miss Withers revenait toujours à son point de départ.

Elle demanda qu'on lui monte du thé et essaya de chasser toute l'affaire de son esprit. Elle n'y parvint pas. Elle avait l'impression de jouer un rôle au second acte d'un mélodrame mystérieux, figée sur la scène devant une salle comble, et de ne pas connaître ses répliques. Elle essaya de se stimuler. « Depuis trois ans, se dit-elle, tu désirais pouvoir éclaircir le mystère d'un crime sans l'aide d'Oscar Piper et de la police. Aujourd'hui, tu as cette possibilité et tu ne sais pas la concrétiser. »

Elle se leva d'un bond, descendit dans le hall et appela Scotland Yard, où elle demanda l'inspecteur principal Cannon. Il était absent.

— Il téléphonera probablement après le match de football, expliqua l'employé à l'autre bout du fil. Dois-je transmettre un message ?

— Inutile. Passez-moi le sergent Secker.

— Il n'est pas là non plus. En général, il passe le week-end chez lui, dans le Suffolk.

— Je souhaite seulement que vos criminels respectent les jours de congés avec la même rigueur que la police de ce beau pays, commenta Miss Withers d'un ton acerbe.

Elle raccrocha. Réduite à finir son après-midi en compagnie de l'Honorable Emily, Miss Withers alla frapper à la chambre du troisième étage, mais n'obtint pas de réponse.

Elle redescendit dans le hall et demanda si Miss Pendavid avait laissé un message.

— Je crois que Mme la comtesse prend le thé au salon avec une invitée, répondit l'employé. Voulez-vous que j'envoie le groom lui faire une commission ?

— Non, merci.

Miss Withers alla jusqu'au premier marchand de journaux, et acheta un tas de magazines américains qui

153

occupèrent son esprit le reste de la soirée et une partie du lendemain.

Le dimanche après-midi, elle fit une grande promenade le long de la Tamise et dans les jardins de l'Embankment. Malgré le temps brumeux et le vent froid qui balayait le fleuve, l'endroit foisonnait de jeunes couples. La plupart flirtaient à la manière anglaise, qui consiste à marcher énergiquement et sans but défini, vêtu d'habits bien chauds... « jusqu'à ce qu'ils tombent d'épuisement dans les bras l'un de l'autre », pensa Miss Withers.

Elle vit un couple qui, au lieu d'avancer d'un bon pas, flânait le long du parapet et s'arrêtait de temps en temps pour jeter du pain aux mouettes. En s'approchant, elle reconnut Leslie Reverson et Miss Noring. Ils marchaient très près l'un de l'autre et riaient d'un rien.

Miss Withers, par délicatesse, s'éloigna discrètement du côté des jardins. « Ah, l'amour ! pensa-t-elle. Il fleurit au bord d'un volcan, sur le pont d'un navire en détresse et dans l'ombre des cachots ! »

Aussitôt elle se ressaisit. « À mon âge ! » Involontairement, le gai refrain de *Patience* lui revint en mémoire :

> *Nous sommes vingt jeunes filles,*
> *Malgré nous languies d'amour.*
> *Dans vingt ans nous serons encore*
> *Vingt jeunes filles languies d'amour.*

Elle rentra à son hôtel et s'y sentit fort seule. Pour se distraire, elle écrivit une longue lettre satirique à Oscar Piper — d'après laquelle le valeureux inspecteur devina que la cuisine anglaise ne devait guère lui convenir. À peine avait-elle collé le timbre qu'on frappa à sa porte. C'était Leslie Reverson.

— Excusez-moi. Ma tante n'est pas ici, par hasard ?

Miss Withers répondit que non et s'aperçut sur-le-champ que le jeune homme avait quelque chose à lui dire.

— Asseyez-vous donc.

Reverson entra et s'appuya contre la coiffeuse.

— Vous savez... commença-t-il une ou deux fois. Mais ce fut tout.

— Qu'y a-t-il? Vous avez des chagrins d'amour?

— Comment? Non, non, pas du tout. Mais ce que je voulais vous demander... Vous savez, tante Emily vous tient en très haute estime, et si vous en aviez l'occasion, je serais heureux que vous lui parliez au sujet de Candy... de Candy et moi, bien entendu.

— Comment? Je...

— Ma tante ne se laisse pas facilement convaincre. Jusqu'à sa mort, je ne possède rien d'autre que ce qu'elle veut bien me donner. Et elle me laisse souvent tirer la langue... Alors, si vous vouliez bien lui en toucher un mot...

— Bien sûr, si l'occasion se présente. Mais je ne comprends pas. Je croyais que votre tante vous approuvait au sujet de Miss Noring?

— Oh! oui, tout à fait. Mais c'est plus qu'une approbation que je veux. Et Candy n'a pas sa langue dans sa poche. Elle a presque fâché ma tante au sujet des coutumes anglaises. Elle se moque du fait que nous n'ayons pas de serviettes à table à moins de les demander, de la tiédeur des cocktails, de la taxe sur les cigarettes, de l'absence de chauffage central...

— Candida Noring souffre d'un accès de mal du pays. Le meilleur remède serait de lui montrer l'Angleterre en dehors de votre vieux Londres plein de brouillard.

— Oh! vous voulez parler de la campagne. Je n'en ai jamais raffolé... Attendez, j'ai une idée, une idée merveilleuse. Ma tante va insister pour que nous quittions Londres d'ici un jour ou deux et que nous retournions dans nos vieilles ruines, en Cornouailles. Elle se fait beaucoup de souci depuis qu'elle est ici, surtout au sujet de cet imbécile de Tobermory. Je vais tâcher d'obtenir qu'elle invite Candy à venir passer quelques semaines avec nous.

Il se dirigea en hâte vers la porte.

— Merci beaucoup pour votre suggestion, dit-il avant de la refermer.

Miss Withers, qui souhaitait garder sous la main les protagonistes de ce mystère afin de définir le rôle de chacun, commença à protester :

— Mais je n'ai pas suggéré...

Le jeune Reverson, réjoui de cette nouvelle perspective, était déjà parti. Miss Withers haussa les épaules et se replongea dans ses magazines.

Le lendemain matin de bonne heure, elle se rendit à la compagnie de distribution exprès. Il y avait de l'affluence au bureau du courrier, car l'*Europa* était arrivé le samedi précédent. Miss Withers se cacha dans la foule, à la recherche d'une astuce pour obtenir l'information qu'elle désirait. Hélas, le même employé avec les mêmes grosses lunettes se trouvait au comptoir. Il semblait voir bien mieux qu'on ne l'imaginait à travers ses verres épais. Miss Withers s'aperçut qu'il regardait dans sa direction. Il causait avec un homme jeune vêtu de gris, qui fit volte-face et fonça droit vers elle.

C'était Tom Hammond — mais un Tom Hammond que Miss Withers n'avait encore jamais vu. Il avait une cravate bleue qui jurait atrocement avec sa chemise verte. Ses yeux étaient cernés de rouge. Il paraissait très en colère.

— Qu'est-ce que cela signifie ? s'écria-t-il. L'employé me dit que vous avez...

Il s'arrêta net.

— Oh ! c'est vous ? Voudriez-vous m'expliquer...

— Tout à fait, dit froidement Miss Withers. Je vous ai cherché pendant des jours, mais vous avez quitté votre hôtel sans laisser d'adresse.

— Je loge au Club anglo-américain. Mais pour quelle raison avez-vous tenté de vous emparer de mon courrier ?...

— Patientez un moment, jeune homme, et je vais vous éclairer.

Elle l'attira dans un coin de la salle et lui montra l'enveloppe bordée de noir. Puis elle lui expliqua le nécessaire.

— Vous comprenez, maintenant ? J'ai jugé de mon devoir de vous avertir ainsi que votre femme, au cas où cette horrible série de crimes ne serait pas terminée. Puisque je n'ai pas réussi à vous contacter, j'ai voulu m'assurer que vous n'aviez rien reçu qui soit susceptible de causer une autre tragédie.

Hammond tenait l'enveloppe qu'elle lui avait restituée.

— Tout cela ne rime à rien. Je vais l'envoyer à la police, dit-il.

— La police possède une de ces lettres et n'a rien trouvé de plus que moi. Peut-être même moins. Si vous voulez suivre mon conseil, vous devez quitter l'Angleterre au plus vite avec votre petite famille. Ce voyage était un voyage de vacances, n'est-ce pas ? Eh bien vous pouvez en prendre ailleurs... où ce sera plus sain.

— C'est plus facile à dire qu'à faire, dit Hammond d'un air embarrassé. Je n'ai pas revu ma femme ni mon fils depuis le jour de l'enquête Noel.

— Comment ? Vous voulez dire que...

— Loulou m'a quitté. Dieu sait pourquoi ! Quand elle m'a planté à la porte du tribunal, je suis rentré à l'hôtel. Elle était déjà partie, avec Gerald et ses affaires personnelles.

— Elle ne vous a pas laissé de mot ?

— Rien du tout. Je ne sais pas ce qui lui a pris. Elle aurait besoin d'être examinée par un psychiatre. Je l'ai trouvée bizarre pendant toute la traversée, et plus bizarre encore depuis notre arrivée à Londres. J'ai l'impression qu'elle est devenue cinglée.

— Mais non! Ce ne doit pas être si terrible. Je pourrais peut-être vous aider à la retrouver. Vous voulez la revoir, n'est-ce pas?

— Je serais heureux de pouvoir lui parler seul à seul pendant dix minutes.

Miss Withers espérait qu'elle comprenait bien le sens de ses paroles.

— Elle ne peut pas s'être envolée... Si je dois vous aider, je vous demanderai de me dire une seule chose : lui avez-vous fourni un motif de vous quitter?

— Non, aucun! Mais au fait, je ne sais pas pourquoi je vous dis cela. Je ne vous ai pas demandé d'intervenir.

Miss Withers jugea sa véhémence exagérée.

— Mais vous le voulez. Vous voudriez bien que je retrouve Loulou et votre fils Gerald...

— Gerald? Il peut rester où il est.

— ... et que je vous donne à tous deux une chance de vous réconcilier. Vous l'avez sans doute blessée sans vous en rendre compte. Je vous conseille d'être très gentil avec elle lorsque vous la reverrez. Vous pourriez arranger les choses avec un nouveau bracelet-montre, un manteau de fourrure ou autre chose...

— La bonne idée! Je lui ai acheté un manteau de fourrure à notre arrivée ici, voyez-vous. J'espérais que cela mettrait fin à sa bouderie. C'était un superbe manteau de petit-gris. Je l'ai payé soixante guinées chez Revillon, et j'ai eu droit à un merci glacial. Elle ne l'a mis qu'une ou deux fois, et l'a laissé à l'hôtel en partant.

— Mais c'est très sérieux... Vous rendez-vous compte que votre femme est seule à Londres, et qu'elle a probablement à ses trousses un meurtrier qui la guette? Et nous ne pouvons même pas la prévenir.

— Si moi je ne peux pas la trouver, je ne vois pas comment le meurtrier en serait capable.

— Cela pourrait tout de même arriver... Il y a pourtant un moyen de lui mettre rapidement la main dessus. Avez-vous une photo d'elle ?

— Euh... avant, oui... Je l'ai déchirée.

— Et votre passeport ? Les couples mariés n'ont-ils pas le même ?

— Non, nous avons des passeports séparés. Loulou a voyagé une ou deux fois sans moi. Et bien sûr, elle a emporté le sien.

— D'ailleurs, si la photo de son passeport ressemble à la plupart des photos d'identité, elle ne servirait pas à grand-chose. Je voulais vous suggérer de la faire rechercher par la police et par la presse en disant qu'elle est amnésique.

— Elle vous remercierait pour la publicité, commenta Hammond d'un ton sec.

Miss Withers se mordit la lèvre.

— On pourrait peut-être la retrouver autrement. Il ne doit pas être si facile à une jeune femme avec un enfant de passer inaperçue. A-t-elle pris... je veux dire, avait-elle de l'argent ?

— Loulou possède son argent personnel.

— Eh bien, nous pouvons la retrouver par l'intermédiaire de sa banque. Donnez-moi aussi une liste de ses amis à Londres.

Hammond lui fournit les renseignements demandés.

— En tout cas, si vous la retrouvez, ne la prévenez pas que je la recherche. Je ne veux pas lui donner cette satisfaction. Dites-moi seulement où elle est, et je ferai le reste.

— Comme vous voudrez.

Elle consulta sa montre et s'aperçut qu'elle était là depuis plus d'une demi-heure.

— Je passerai vous voir au Club anglo-américain si j'apprends quelque chose. Mais en attendant, si vous recevez des bonbons, refrénez votre gourmandise, jeune homme.

D'un pas pressé, elle partit en direction de Pall Mall sans se douter qu'un homme jeune aux sourcils très bruns l'observait s'éloigner d'un air méfiant. « Belle avancée », se félicita-t-elle. Elle termina la matinée par une tentative infructueuse à la banque où Loulou Hammond était censée recevoir ses versements. Le personnel de la banque gardait le secret le plus absolu au sujet des affaires des clients.

— Accepteriez-vous de donner le renseignement à Scotland Yard ? demanda-t-elle, à court d'arguments.

— Si la police nous présente un ordre du tribunal en bonne et due forme, c'est possible. Et encore !

Peu avant l'heure du dîner, Miss Withers franchit le seuil de l'hôtel *Alexandria*. Emily Pendavid et Leslie Reverson étaient assis à une petite table du hall, devant deux grands verres. Ils lui firent signe, et elle s'effondra d'un air las sur la chaise que le jeune homme lui tendait.

— Vous semblez très fatiguée, s'inquiéta Emily. Il vaudrait peut-être mieux que vous preniez quelque chose pour vous réchauffer. Vous avez fait une excursion ?

— Une excursion ! Je me suis usé les jambes à essayer de retrouver Loulou Hammond, qui semble s'être évaporée. Je n'ai rien pu tirer de sa banque, et aucun de ses amis à Londres n'a la moindre idée de l'endroit où elle peut être. Je crois que je vais être obligée de m'adresser à Scotland Yard.

— Ce sera certainement facile, dit Emily. Le jeune sergent est venu vous demander deux fois, cet après-midi.

— Mon Dieu ! Pourvu qu'il ne soit rien arrivé à Mrs. Hammond !

— En ce cas, ce serait très récent. Elle a pris le thé ici avec moi samedi, pendant que vous étiez enfermée dans votre chambre pour réfléchir, et elle m'a téléphoné il y a quelques heures pour me remercier de mes conseils.

— Des conseils ? Au sujet de son retour auprès de son mari ?

— Il n'a jamais été question de son mari dans la conversation. Elle est venue me voir pour chercher conseil à propos de son fils, et elle a pris le thé avec moi.

— Ce petit garnement de Gerald ! s'exclama Leslie.

— Elle m'a dit qu'elle avait décidé de le mettre à l'école en Angleterre et m'a demandé si je voulais bien lui en recommander une. Je lui ai parlé de Tenton Hall — située en Cornouailles à quelques kilomètres de chez nous. Le directeur s'appelle Starling ; c'est un homme très sérieux qui a été le précepteur de Leslie...

— Il parlait doucement et portait toujours une grosse canne, dit Leslie.

— ... et elle a décidé de m'écouter. C'est ce qu'elle m'a dit aujourd'hui au téléphone.

— Mais où est-elle ? D'où a-t-elle appelé ?

— Je n'en ai pas la moindre idée, répondit Emily. Et ce fut tout.

— Eh bien, décida Miss Withers, je vais aller manger une omelette, et ensuite j'essaierai de dormir. Plus j'essaie d'élucider ce problème, plus il se complique.

— Êtes-vous obligée de vous en charger ?

— « Celui qui toujours avance sans se retourner[1] », cita Miss Withers.

— Vous avez raison. Aucun de nous ne sera tranquille tant que ce mystère ne sera pas éclairci, dit Emily Pendavid. Malgré cela, je pensais que vous auriez aimé quitter Londres quelque temps. Nous partons pour la Cornouailles demain... à condition que ma couturière tienne sa promesse et m'apporte mes nouveaux tailleurs ici ce soir. Leslie a insisté pour que j'invite Candida Noring — la pauvre petite a besoin d'air après son terrible accident de l'autre nuit — et je pensais que vous

---

1. Citation de Robert Browning. *(N.d.T.)*

auriez aimé venir avec nous et visiter Dinsul, le plus ancien château d'Angleterre encore habité... Bien entendu, je serais beaucoup plus tranquille si vous étiez là-bas !

— Merci beaucoup, dit Hildegarde, mais le devoir avant tout. L'issue du labyrinthe où je suis égarée se trouve ici même, à Londres, et c'est ici que je dois rester jusqu'à la trouver.

L'Honorable Emily se leva et lui tendit la main.

— Alors, au revoir. Nous prenons l'express Cornish Riviera à dix heures demain matin, et à cause de Tobermory, de l'oiseau et... tout le reste, nous irons de bonne heure à la gare.

Miss Withers leur souhaita *bon voyage* et monta dans sa chambre. Mais il ne lui fut pas possible de se coucher aussi tôt qu'elle l'avait désiré. Au moment où elle attaquait son omelette, le sergent Secker frappa à sa porte.

— J'ai une question très importante à vous poser, annonça-t-il. Je voudrais que vous ajoutiez un élément à votre témoignage au sujet de la disparition de Rosemary.

Miss Withers lui désigna une chaise.

— D'accord, continuez.

— Au moment où vous avez vu Rosemary Fraser se pencher au-dessus du garde-corps, quel temps faisait-il ? Comment étaient la mer, le vent, etc.

— Le temps n'était pas assez mauvais pour que le bruit des vagues ait pu couvrir celui d'une chute ou d'un cri, si c'est ce que vous voulez savoir. Il y avait un léger brouillard, et la brise était froide.

— Vous êtes sûre ? La brise ? je veux dire...

— Je crois que c'est ce que les marins appellent un vent de proue.

Le sergent eut l'air ravi.

— Je le tiens, le père Cannon, dit-il. Si le vent soufflait, particulièrement un vent de proue, comment l'écharpe de Rosemary aurait-elle pu pendre assez droit pour qu'un homme se trouvant sur le pont promenade, juste au-dessous d'elle, puisse l'attraper? L'écharpe devait flotter, au contraire.

— Vous avez tout à fait raison. Je m'en souviens, maintenant.

— Nous tenons enfin quelque chose, dit le sergent.

— Après un paisible week-end, ajouta Miss Withers d'un ton quelque peu sarcastique.

— Peut-être, mais le télégraphe a fonctionné. Je n'ai pas perdu mon temps. J'ai pris contact avec l'Amérique.

— Ah bon?

— Oui madame. J'ai essayé de trouver un mobile à ces crimes — si ce sont vraiment des crimes. Je ne me soucie pas tant du cas Noel, ni de la mort de Todd. La disparition de Rosemary Fraser est le pivot de toute cette affaire, et c'est précisément la partie dont on m'a chargé.

— Qu'avez-vous découvert au sujet de Candida Noring?

Le sergent releva vivement la tête.

— Comment savez-vous?...

— Il était normal que vous la suspectiez, c'était la seule amie de Rosemary sur le bateau. Les relations qui se créent sur les bateaux n'ont en général pas le temps de se développer assez pour aboutir à des crimes.

— J'ai contacté la police de Buffalo. Je pensais que Candida hériterait peut-être de son amie, ou bien qu'il existait entre elles une rivalité amoureuse.

— Et vous avez appris...

— La mort de son amie n'a rien apporté à Candida Noring. Au contraire, la mort de la jeune fille lui cause une grande perte. Rosemary l'avait invitée à l'accompagner dans un voyage autour du monde. Plus de Rosemary... plus de voyage. En ce qui concerne les affaires de cœur, Rosemary avait la réputation de s'enticher de tous les beaux garçons qu'elle rencontrait. Mais jamais rien de bien sérieux. Candida est tout l'opposé — elle reste très distante avec les jeunes gens en attendant le grand amour.

— Intéressant... et révélateur, dit Miss Withers. Quelle est votre opinion ? Je suis sûre que vous en avez une.

— En effet. Quelqu'un a tué Rosemary Fraser — Dieu sait comment. Et ce personnage liquide les témoins possibles en leur envoyant d'abord une lettre de menaces où il intègre des fragments du journal de la jeune fille, afin de détourner les soupçons... ou bien, quelqu'un qui n'est pas le meurtrier de Rosemary essaie en ce moment de la venger, et, pour s'emparer plus sûrement de son meurtrier, exécute l'un après l'autre les passagers susceptibles d'avoir commis le meurtre. Que pensez-vous de cette théorie ?

— Ingénieuse. Qu'avez-vous trouvé comme mobile du premier meurtre ?

— Pour Candida... aucun ; à moins qu'elles n'aient eu une querelle que nous ignorons. D'ailleurs, elles ne se sont pratiquement jamais quittées depuis leur enfance, et ont sans doute eu des centaines de disputes. En ce qui concerne Emily Pendavid, je ne vois aucun motif, à moins qu'elle n'ait essayé de protéger son neveu contre une femme intrigante, ce qui semble douteux. Quant à Mrs. Hammond, c'est possible si elle a soupçonné son mari d'être l'homme caché avec Rosemary dans le coffre à couvertures. Mais Candida nous a expliqué qu'il s'agissait en fait de Noel.

— On dirait que vous vous en tenez au sexe féminin, remarqua Miss Withers.

— N'oubliez pas que la mystérieuse Mrs. Charles, qui a sans doute envoyé ces messages au liseré noir, est une femme.

— Pas forcément. N'avez-vous jamais entendu parler

des jeunes gens qui jouent des rôles de filles, au théâtre ?

— Vous voulez dire que sous son manteau de fourrure, Mrs. Charles pourrait...

— Porter un pantalon. Mais je vous en prie, continuez donc la liste des suppositions.

— Peter Noel — il pourrait avoir tué Rosemary. Il l'avait compromise et voulait conserver la mine d'or qu'était susceptible de représenter sa veuve de Minneapolis. Mais il n'a pas pu envoyer de lettres, ni tuer Todd, ni attenter à la vie de Candida, puisqu'il était déjà mort.

— Continuez, dit Miss Withers. Qu'en est-il du reste du groupe ?

— Il y a encore Andy Todd. Rosemary, qui le snobait, l'avait vexé. Mais s'il l'a tuée, que s'est-il passé avec Noel ? Et comment a-t-il pu perpétrer d'autres méfaits après sa chute dans la cage d'ascenseur ?

— C'est exact.

— Passons à Leslie Reverson. Il faisait les yeux doux à Rosemary, dit-on. Mais il semble qu'il ne soit jamais allé plus loin. Enfin, en dernier, nous avons Hammond, qui pourrait très bien avoir eu ou essayé d'avoir une aventure avec Rosemary et l'aurait tuée ensuite, peut-être à cause de sa femme. Je ne mentionne pas le docteur, puisque nous sommes certains qu'il est resté toute la soirée dans son cabinet à jouer aux dés. Il a un alibi, c'est presque le seul.

— Vous oubliez quelqu'un, dit Miss Withers avec un sourire mystérieux.

— C'est exact ! Vous voulez parler de vous ? C'est ridicule, bien sûr. Je me suis renseigné sur vous.

— Rien n'est ridicule dans une affaire pareille. Mais si vous voulez savoir, je ne parlais pas de moi.

Longtemps après le départ du jeune policier, Miss Withers réfléchissait, dans son lit, à la liste des suspects qu'il venait de dresser. « Ce serait beaucoup plus simple si Rosemary avait été une étoile de mer, se dit-elle, ou si je savais ce que Loulou Hammond a voulu dire après la séance du tribunal. »

Elle devait obtenir la réponse à sa dernière question plus tôt qu'elle ne l'espérait. À onze heures, le lendemain matin, on lui annonça que quelqu'un la demandait au téléphone. Elle descendit en vitesse et reconnut au bout du fil la voix de Tom Hammond.

— Je voulais juste vous prévenir que ce n'est plus la peine de chercher ma femme. Vos intentions étaient certainement très bonnes...

— Elle est revenue ?

— Non, elle n'est pas revenue, dit-il en l'imitant. J'ai reçu à l'instant un télégramme de Paris. Loulou est là-bas et demande le divorce.

— Pour quels motifs ? s'empressa de demander Miss Withers, déterminée à ne pas laisser échapper la moindre miette d'information.

— Je l'ignore, mais si je la tenais ne serait-ce que dix minutes, je lui en donnerais, des motifs, et je ne parle pas de cruauté mentale.

— Puis-je vous demander quels sont vos projets ? s'enquit Miss Withers.

— Vous pouvez ! hurla Tom Hammond. Je vais aller me saouler à mort !

Il raccrocha violemment.

— Difficile de le lui reprocher, dit Miss Withers après un moment de réflexion.

CHAPITRE X

Le cri de la mouette

La gare de Paddington n'a jamais été réputée pour son calme et, ce matin-là, l'arrivée de l'Honorable Emily, de Candida Noring et de Leslie Reverson avec leurs innombrables valises, manteaux et bagages ne contribua pas à arranger les choses. Tobermory, enfermé dans sa sacoche, poussait d'horribles cris et donnait de grands coups de patte à travers la petite ouverture. Dicon, le pessimiste rouge-gorge, qui voyageait dans sa cage enveloppée de journaux, hasardait de temps à autre un timide « cui ! cui ! » et sautait lourdement de son perchoir puis remontait en se cognant les ailes contre le papier.

Emily Pendavid, qui comme tous ses compatriotes ne se sentait jamais autant chez elle que pendant les voyages, se comportait en général. Elle envoya Candida acheter des magazines, chargea Leslie de trouver les places qui leur étaient réservées dans le wagon de première classe et resta surveiller les valises jusqu'à ce qu'un porteur colle sur chacune une étiquette « Penzance » et les emporte.

Candida réapparut, les bras chargés de journaux et revues de toutes sortes, et les deux femmes avancèrent sur le quai jusqu'à l'endroit d'où Leslie leur faisait de grands signes.

— Voici notre wagon, dit-il, mais nous allons devoir

changer de compartiment. Ce monstre de petit Hammond est là...

— Ah, oui ! fit Emily Pendavid. Ne vous avais-je rien dit ? Lorsque Mrs. Hammond m'a appelée pour me dire qu'elle se rangeait à mon avis et envoyait aujourd'hui son fils à Tenton Hall, j'ai pensé qu'il serait aimable de lui offrir...

— Lui offrir ?...

— En fait, c'est elle qui l'a suggéré. Mais ce n'est qu'un trajet de quelques heures. Il est trop jeune pour voyager seul et sa mère ne pouvait pas l'accompagner car elle a dû quitter Londres hier. Elle m'a dit qu'elle tâcherait de s'arranger avec son hôtel pour qu'on le garde une nuit et qu'on l'envoie ici ce matin.

— Aïe aïe aïe ! fit Leslie. Il est déjà en train de graver ses initiales sur la vitre avec un poinçon de sécurité.

— C'est un enfant.

Emily se tourna vers Candida.

— Cela vous ennuie-t-il qu'il soit avec nous ?

— Pas du tout. Ce sera amusant.

Amusant n'était pas le mot. Ils s'installèrent dans le compartiment, Leslie et le terrible Gerald près de la fenêtre, Emily et Candida face à face côté couloir, et Dicon suspendu au porte-bagages. Tobermory fit sauter quelques mailles des bas de Candida à coups de patte, car on avait posé la sacoche par terre, mais la jeune fille s'écarta ensuite suffisamment pour être hors de portée des griffes acérées.

Emily, qui se sentait le devoir de jouer à la fois le rôle d'hôtesse et celui de guide, entreprit de faire les présentations afin de partir du bon pied. Elle se souvint d'une phrase qu'elle avait entendue quelque part : « Traitez les enfants comme des grandes personnes et vous gagnerez pour toujours leur confiance et leur estime. » Mais la méthode ne porta pas ses fruits :

— Gerald, voici Miss Noring et Mr. Reverson, dit-elle d'un ton aimable.

Le gamin ronchonna d'un air désagréable et se remit à gratter le carreau. Il avait déjà gravé ses initiales, quelque chose qui ressemblait vaguement à un cheval et un mot que l'on ne peut imprimer ici.

Il se tourna soudain vers Candida, qui commençait à feuilleter un magazine.

— Vous avez des bonbons ?

— Je ne crois pas, répondit la jeune fille, qui à cause de Leslie essayait d'être gentille avec Gerald.

— Même pas de chocolat ?

— Même pas.

— Je m'en doutais, dit Gerald.

Il tira un sac de sa poche, en sortit quatre caramels d'apparence assez sale et les posa l'un à côté de l'autre sur le rebord de la fenêtre. Les autres eurent peur de devoir prendre part à ce festin peu ragoûtant, mais ils ne connaissaient pas Gerald. Il jeta le sac et fourra les quatre caramels dans sa bouche. Puis il se remit à taillader le verre.

Le train s'était mis en marche. Candida, habituée aux saccades des trains américains, remarqua avec surprise qu'ils avaient déjà parcouru un bon bout de chemin sans ressentir la moindre secousse. À l'extérieur, on ne voyait que du brouillard et des maisons sales, mais Candida ne regardait que la vitre.

— Mais ce n'est pas un poinçon ! s'exclama-t-elle soudain. C'est un diamant !

Gerald cacha son outil et prit un air de défi.

— Montre-moi ça, ordonna Emily.

Il le lui tendit, dans la paume de sa main crasseuse. C'était un solitaire.

— Ça alors ! s'exclama Emily Pendavid. Comment as-tu... ?

Gerald s'empressa de cacher la bague.

— C'est ma mère qui me l'a donnée.

— Ta mère t'a donné sa bague de fiançailles ?

169

Emily, de même que Candida, se rappelait le diamant qu'elle avait vu au doigt de Loulou Hammond.

— Puisque je vous le dis, répéta Gerald qui faisait un piètre menteur.

Il vit qu'on ne le croyait pas.

— C'est comme si elle me l'avait donnée. Elle l'a jetée dans la corbeille à papier quand nous avons quitté papa... et je l'ai ramassée.

Emily Pendavid eut l'air stupéfaite.

— En tout cas, je ne vous la donnerai pas.

Il s'empara du magazine le plus proche et se mit à regarder les images.

— Dieu soit loué ! murmura Emily.

Mais il ne mérita pas longtemps ses louanges. Avant qu'ils aient atteint la banlieue londonienne, Candida constata que sa conversation avec un Leslie très attentif était fréquemment interrompue par les sautillements de Dicon. Tout d'abord il avait semblé se résigner au balancement de sa cage au rythme du train, mais depuis quelques instants il sautait, tout apeuré, d'un côté à l'autre de la cage en poussant de petits piaillements stridents.

Emily Pendavid leva les yeux par-dessus le numéro d'octobre de *Strand*.

— Pauvre petit Dicon ! Est-ce le train qui le rend malade ?

Mais ce n'était pas le train qui rendait Dicon malade. Ce fut Candida qui remarqua la première la cause des troubles du rouge-gorge, et elle se pencha vers Leslie.

— Regardez, murmura-t-elle.

Leslie observa, et presque aussitôt il vit le terrible Gerald, caché derrière son magazine, lancer avec une adresse remarquable une petite boulette de papier mâché à travers les barreaux de la cage. Il atteignit la poitrine de Dicon, qui s'agita de plus belle.

— Veux-tu cesser ! s'emporta Leslie. Laisse cet oiseau tranquille !

L'orgueil de la famille Hammond s'empressa de jeter une autre boulette.

— Mêlez-vous de vos oignons, dit-il au jeune homme.

— Je te dis de... commença Leslie.

Mais Candida, avec sa présence d'esprit féminine, se saisit en toute simplicité de la revue de Gerald.

— Je voudrais lire ça, dit-elle d'un ton affable.

Le compartiment fut tranquille un moment. Le train roulait maintenant à vive allure, et ils avaient presque dépassé la banlieue de Londres.

Candida avait bien avancé dans une nouvelle passionnante, mais elle s'aperçut que les dernières pages du journal avaient été déchirées pour fournir des munitions à Gerald. Emily était toujours plongée dans la lecture du *Strand*, et Candida suivit son exemple. Il ne fallait pas songer à bavarder avec Leslie en face de ce monstre qui les observait.

Leslie revint d'une petite promenade dans le couloir avec un verre d'eau pour la jeune fille.

— Il est amoureux de vous, pas vrai ? s'écria Gerald.

— Un petit garçon comme toi ne devrait pas...

— Eh bien j'en suis sûr ! Moi j'aime pas les filles.

Il prit un air suffisant.

Personne ne semblait disposé à entendre plus longtemps le jeune Gerald énoncer ses goûts personnels. Le ciel de Londres avait disparu, et des rayons de soleil perçaient à travers les nuages, illuminant par endroits de ravissantes prairies disposées en rectangles réguliers et bordées de haies. De loin en loin on croisait une colline boisée...

L'Honorable Emily s'épanouissait à vue d'œil.

— Nous entrons dans le Berkshire.

Candida ne put retenir une exclamation.

— Comme c'est joli !

— Attendez un peu de voir la Cornouailles, répondit Emily.

171

Son regard s'était adouci, ce qui n'échappa pas à Leslie.

Celui-ci s'enfonça dans son siège et regarda secrètement Candida, de nouveau émerveillé, comme si souvent au cours des derniers jours. La jeune fille n'avait peut-être plus aussi bonne mine, son teint était peut-être un peu plus pâle, mais elle avait quelque chose de plus profond, de plus frappant. Il préférait de loin cette vision à celle des fermes du Berkshire.

Le terrible Gerald se souciait peu des beautés champêtres.

— Quel sale coin ! s'exclama-t-il. Nous avons des fermes dix fois plus grandes que ça, en Amérique.

Le train coupa une route sur laquelle deux beaux chevaux blancs, attelés à un chargement de barres de fer, attendaient derrière le passage à niveau.

— Regardez les beaux chevaux, dit Candida.

Mais elle n'eut pas de succès.

— Vous appelez ça des chevaux ? dit Gerald, dédaigneux. Nous en avons des dix fois plus gros.

Un contrôleur passa et ramassa les billets que l'Honorable Emily avait rassemblés. Celle-ci attendait ce signal avec impatience. Depuis plus de deux heures, le pauvre Tobermory croupissait dans sa sacoche. Maintenant que le contrôleur était parti, et qu'il n'y avait pas d'autre arrêt avant Plymouth, que l'on atteindrait tard dans l'après-midi, elle ouvrit la sacoche et le prit sur ses genoux.

Il enfonça ses griffes avec ingratitude dans les cuisses de sa maîtresse, sauta sur les coussins et s'y lova.

Le terrible Gerald l'examina un moment.

— Quel sale chat ! Nous avons des chats dix fois aussi gros...

Il s'approcha de l'animal.

— Je te conseille vivement de laisser Tobermory tranquille, gronda l'Honorable Emily.

Gerald regagna son coin et regarda par la fenêtre. Ils traversèrent le village de Pewsey.

— Quel sale endroit ! commenta tout bas le garnement.

Il disait vrai, mais personne ne l'en estima davantage. L'annonce du premier service fut bien accueillie par les voyageurs, excepté Tobermory, obligé de retourner momentanément dans sa sacoche. Emily, qui s'imaginait encore savoir se faire aimer des enfants, s'adressa à Gerald d'un ton aimable :

— Tu as faim, mon petit bonhomme ?

— Oui, petit bonhomme a faim, répondit-il en imitant l'Anglaise.

Il ouvrit la marche vers le wagon-restaurant, et commanda son menu d'une voix stridente, avant que les autres aient eu le temps de parler. Son choix se cantonnait à du pudding, de la tarte, de la crème glacée et des meringues — tous les desserts qui figuraient sur la carte.

— Tu ferais mieux de prendre autre chose... commença Emily Pendavid d'un ton peu assuré.

Mais le terrible Gerald la regarda droit dans les yeux.

— J'ai le droit de prendre ce qui me plaît, je pense... Je suppose que ma mère m'a donné de l'argent pour ça. Je suppose...

— Mais votre mère vous laisse-t-elle ne manger que des sucreries ?

— Ma mère dit qu'on doit encourager l'appétit naturel des enfants. Elle a lu ça dans un livre. Elle dit que cela évite la ressemblance des caractères.

Il avait débité ces phrases à toute vitesse. Emily haussa les épaules. Elle se fit servir un morceau d'agneau froid, et le déjeuner se déroula dans un silence que seuls interrompirent les déglutissements sonores de Gerald. Candida avait faim en arrivant à table, mais le spectacle de l'enfant qui se goinfrait de friandises l'écœurait. Lorsqu'elle le vit verser de la crème, du sucre et de la confiture de fraises sur son pudding, elle se leva d'un coup.

— Je crois que je ferais mieux... Je vais marcher un peu dans le couloir, dit-elle.

Leslie se leva aussitôt, abandonnant la moitié de son déjeuner.

— Je vous accompagne.

Et ils partirent tous les deux.

— Ils sont allés se bécoter, dit Gerald, la bouche pleine de meringue. Comme au cinéma.

Emily soupira et renonça à tout commentaire. Elle se rappela que son neveu ne savait pas encore qu'elle avait promis de garder l'enfant à Dinsul jusqu'au lendemain matin pour le remettre ensuite à Tenton Hall.

Sous sa demeure ancestrale, il y avait quelques cachots taillés dans le roc. L'un d'eux conviendrait fort bien à Gerald pour passer la nuit. Et encore, il faudrait l'enchaîner !

Leslie et Candida fumaient une cigarette dans le couloir. Ils passaient près des versants gris-brun d'Aller Moor.

— Le fort du roi Albert, indiqua le jeune homme, aussi fier que s'il en avait posé chaque pierre.

— C'est magnifique ! s'extasia Candida.

— Vous n'avez encore rien vu. Attendez que nous soyons en Cornouailles. De grandes falaises noires qui surplombent la mer, avec des petits villages de pêcheurs, bâtis en pierre grise...

Leslie se lassait déjà des paysages.

— Nous avons un terrain de golf, près de Dinsul, et demain matin nous irons faire une partie. Vous jouez, je pense ?

— Un peu.

— Je ne suis pas très bon moi-même. Je vous accorderai dix coups...

— En général, je pars avec un handicap de cinq...

Leslie siffla, admiratif. Le sien se montait à douze.

— Vous vous plairez certainement en Cornouailles. C'est très important.

— Pourquoi ?

Sa réponse confirma la supposition de Gerald. Il prit Candida dans ses bras et l'embrassa maladroitement sur le côté de la bouche. Candida le repoussa. Le plaisir qu'elle prit à ce baiser la surprit davantage que le geste de Leslie.

Au bout d'un moment, elle lui dit en riant :

— C'est une bonne chose pour mon honneur que je ne vous aie pas dit que je savais aussi jouer au tennis et monter à cheval.

Leslie fut soufflé par ce commentaire. Elle le prit par le bras.

— Venez. Allons délivrer votre tante.

Ils rentrèrent dans la salle à manger. Gerald achevait de régler son sort à un autre pudding.

— Dommage que personne n'y ait versé un peu de cyanure, remarqua Leslie.

Candida lui dit qu'il n'avait pas de cœur, tout en serrant son bras un peu plus fort.

— J'ai une idée, dit-il. Vous allez bavarder avec ma tante dans notre compartiment, et je vais rester avec ce petit diable dans un autre jusqu'à la fin du voyage.

Candida promit qu'elle ferait de son mieux pour gagner l'affection de l'Honorable Emily. Gerald ne fit aucune difficulté pour quitter les deux dames, mais dès qu'il fut seul avec Leslie, il recommença à taillader la vitre.

— Le contrôleur va se fâcher en voyant ça, dit Leslie. C'est un bien vilain mot que tu as écrit là.

Gerald fit la moue et reprit sa tâche.

— Si tu continues, je vais te prendre le diamant.

Gerald arrêta de graver la vitre et commença à battre des talons sur la banquette. Au bout d'un moment, il se mit à chanter à tue-tête, d'une voix aiguë, un refrain qui ressemblait presque au « Grand Méchant Loup ».

Au bout d'une demi-heure, Leslie posa son journal.

— Dis donc, mon petit, tu ne pourrais pas changer de disque?

— Fichez-moi la paix!

— Dis donc! Ta mère ne t'a jamais appris...

— J'habite avec ma grand-mère à Brooklyn, la plupart du temps. Elle me laisse faire tout ce que je veux. Mais je serai sage si vous voulez bien m'acheter des bonbons quand le train s'arrêtera.

Ils n'étaient plus très loin de Plymouth. Reverson capitula :

— Marché conclu!

Gerald cessa de chanter et s'attela à s'égratigner le visage et les jambes.

Dès l'arrêt à Plymouth, Leslie sauta sur le quai. Il remonta dans le compartiment, tout essoufflé, juste au moment où le train se remettait en marche.

— Et les bonbecs? demanda Gerald.

Leslie lui tendit un petit paquet. Dans sa hâte, ou peut-être par goût de la plaisanterie, Leslie avait acheté des pastilles digestives enrobées de chocolat. En tout cas, si c'était une farce elle tomba à plat, car Gerald en fourra plusieurs dans sa bouche et se mit à mâcher d'un air satisfait. Il était d'humeur bavarde.

— Vous aimez les filles, n'est-ce pas? demanda-t-il à Leslie.

— Mais...

— Vous êtes amoureux de la grosse Noring, en tout cas.

Leslie Reverson perdit patience.

— Parle avec respect de Miss Noring, sinon je te donnerai une correction dont tu te rappelleras encore dans quinze jours!

— Ah, ah! Essayez un peu, pour voir! Mon père a voulu me fouetter une fois. Je parie qu'il regrette sa tentative.

« Il regrette sûrement d'avoir engendré un enfant pareil ! » pensa Reverson.

Pendant que Gerald terminait ses pastilles, ils traversèrent en silence la rivière Tamar. Tout autour d'eux s'étendaient les collines et les marais de l'ancien comté de Cornouailles — un pays tout à fait différent de l'Angleterre qu'ils avaient quittée.

Emily et Candida avaient eu, comme l'espérait Leslie, une charmante conversation qui avait appris à la jeune fille combien son hôtesse avait Dinsul en affection.

— À ma mort, tout reviendra à Leslie... Mais j'aurais voulu que vous passiez votre première soirée avec nous sans la présence de ce chenapan.

À l'approche de Penzance, le train ralentit, et Emily Pendavid remit les journaux en place autour de la cage de Dicon. Assis sur la banquette, Tobermory surveillait, impassible... mais sans ronronner.

Leslie et Gerald les rejoignirent, et ce fut toute une histoire de remettre les manteaux et de ramasser tous les magazines éparpillés sur la banquette.

« Quel voyage ! » pensa Emily Pendavid, accablée.

Elle entendit derrière elle un cri horrible et faillit se jeter par la fenêtre du compartiment. En se retournant, elle vit la main de Gerald ensanglantée. Tobermory, qui faisait le gros dos, s'était reculé jusqu'au bout de la banquette, menaçant. Toutes griffes dehors, il semblait prêt à frapper encore.

— Maudit chat, il m'a mordu ! hurla Gerald. Je lui ai juste touché le bout de la queue !

Leslie et Candida se regardèrent en souriant, et la jeune femme, dans un élan maternel, offrit son mouchoir pour panser la blessure. L'Honorable Emily calma Tobermory et le mit en sécurité dans sa sacoche.

— Je t'avais dit de ne pas taquiner Toby, fit-elle doucement remarquer.

Ils pénétrèrent dans une gare d'une saleté effrayante.

Miss Pendavid vit venir à elle un homme grand, mince, et très blond.

Le directeur d'école lui serra la main ainsi qu'à Leslie Reverson.

— Mais, Starling, je ne comprends pas...

— Monsieur Leslie m'a envoyé un télégraphe de Plymouth, expliqua l'instituteur. Il m'a dit qu'il serait préférable pour ce jeune homme de commencer sa vie scolaire au plus vite.

Il se pencha vers Gerald.

— Enchanté. Comment allez-vous ?

Gerald n'allait pas très fort. Il refusa de serrer la main de Starling.

— J'aimerai sûrement pas votre école, dit-il.

— J'espère que vous vous trompez, dit Starling, aimable. Mais permettez-moi de vous dire que ce n'est pas indispensable.

Ils partirent sans plus attendre.

— Leslie, dit sa tante en se dirigeant vers un chauffeur, debout près d'une Buick un peu décrépite, vous me donnez quelquefois de grands espoirs.

Leslie Reverson saisit le bras de Candida.

— Il m'arrive d'avoir d'heureuses inspirations, dit-il à voix basse.

— Bonsoir, Trewartha, dit Emily en arrivant près du chauffeur. Comment est la marée ?

Le grand Cornouaillais rougeaud eut un large sourire.

— Elle descend, Milady. Comme je savais que vous ne voudriez pas attendre, j'ai dit aux bateliers de se tenir prêts.

Pendant près de deux kilomètres ils empruntèrent des rues bordées de maisons qui semblaient taillées dans le roc massif de Cornouailles, puis une route très mauvaise qui longeait la plage. Des odeurs salines venaient leur piquer les narines. Emily respira profondément.

— Newlyn, dit-elle. Nous sommes presque arrivés.

La voiture accéléra, contourna d'autres falaises, et ils

entrèrent dans un petit village de pêcheurs aux rues si étroites que piétons et cyclistes étaient obligés de se réfugier à l'entrée des maisons au passage de la limousine. Ils continuèrent jusqu'à une digue en pierre.

— Nous sommes arrivés, dit Leslie.

Candida jeta un coup d'œil par la vitre et vit une rangée de maisonnettes de pierre et une multitude de filets qui séchaient au soleil.

— Ça vous plaît ?

— J'adore ! dit-elle avec emphase. Mais je ne vois pas...

— Pour ça, il faut regarder de l'autre côté.

Elle se retourna et aperçut, à quelques centaines de mètres de la plage, un énorme roc qui se dressait au-dessus de l'eau. Il était surmonté de remparts grisâtres battus par les éléments.

— Ça ne paie pas de mine, mais c'est chez nous, commenta Emily Pendavid.

Au pied de la digue, quatre hommes robustes, vêtus de livrées passées, attendaient dans une embarcation, prêts à ramer. Abasourdie, Candida se laissa installer dans l'esquif.

— Il y a une route pour les voitures, lui dit-on, mais elle n'est praticable que lorsque la marée est très basse, et en général nous téléphonons pour avoir le bateau.

Tandis qu'ils glissaient sur l'eau, l'énorme bloc se rapprochait d'eux. Candida aperçut une digue minuscule au pied du promontoire. On commençait à distinguer le château situé au sommet.

— Ce doit être très ancien, dit Candida.

— Le château de Dinsul a, paraît-il, été bâti par un de mes ancêtres, expliqua l'Honorable Emily. Il était devenu très influent dans le pays en vendant de l'étain aux Phéniciens, il a fait bâtir un château avec ses bénéfices. Mais il ne connaissait pas les salles de bains.

— Comment ? Mais vous voulez parler du père du roi Arthur ?

Emily Pendavid hocha la tête.

Ils débarquèrent sur une petite digue, et les rameurs sortirent avec difficulté tous les bagages du bateau. Le petit groupe entama l'ascension de la plus longue série de marches que Candida ait jamais vue.

— Voilà un endroit, dit-elle, où nous devrions être à l'abri, de... de ce qui se passe à Londres.

Leslie Reverson lui répondit d'un air navré que rien ne s'était passé en ces lieux depuis un millénaire, « jusqu'à votre venue ».

Ils arrivaient près d'un magnifique portail au-dessus duquel étaient fixées de longues pointes de fer rouillé qui évoquaient des crocs de bête féroce. Candida s'arrêta, terrifiée.

— Qu'est-ce que c'est que...

— Lorsque Dinsul a été bâti, expliqua Leslie, on avait souvent besoin de quelque chose de plus résistant que le chêne pour barrer l'entrée. Vous voyez en ce moment la seule herse du sud de l'Angleterre encore en état de fonctionner.

— Sauf, intervint son hôtesse, que nous ne l'actionnons plus. Elle tombe d'un seul coup quand on tire la grosse chaîne qui est dans le hall, mais il faut quatre gaillards pour la remonter. Et le service de navette nous coûte déjà assez cher sans devoir encore payer les hommes pour manœuvrer le treuil, ainsi qu'on devait le faire quand les touristes étaient autorisés à tirer la chaîne...

Candida semblait un peu déçappointée.

— Mais, ma chère, nous la ferons peut-être fonctionner une fois pour vous, pendant votre séjour ici.

La lourde porte s'ouvrit vers l'intérieur. L'Honorable Emily tendit la sacoche de Tobermory à un majordome affable et prit le chat dans ses bras.

— Nous voilà rentrés, Toby, dit-elle. C'est formidable, n'est-ce pas?

Leslie aida Candida à retirer son manteau. Au même

moment quelque chose tomba de la poche de son propre pardessus. Il regarda par terre, devint blanc comme un linge, et posa le pied dessus.

— Vous voudrez sans doute vous rafraîchir avant de passer à table. Treves va vous conduire à votre chambre, dit-il à Candida, souriant.

Candida respirait à peine.

— Qu'est-ce que...

Mais Leslie Reverson secoua la tête et jeta un coup d'œil rapide à sa tante, qui s'informait de la santé de Treves et de sa famille. Leslie ramassa vivement l'objet et le glissa dans sa poche. Mais Candida avait eu le temps de voir que c'était une enveloppe blanche au tour noirci à l'encre. Au-dehors du château, une mouette argentée poussa un cri déchirant, comme le gémissement d'une âme damnée.

CHAPITRE XI

Un piège est tendu

L'inspecteur principal Cannon fit sept pas en avant, s'arrêta devant la grille de la cheminée, et fit sept pas en arrière qui le ramenèrent à la fenêtre d'où l'on avait une très belle vue de la Tamise et de l'hôtel de ville, situé sur l'autre rive. Puis il se retourna vers son subordonné.

— Très bien, très bien. Je vous accorde que Rosemary Fraser n'a pas été étranglée par son écharpe, comme je le supposais. C'était une simple hyph... hypo...

— Hypothèse, acheva le sergent Secker.

— Oui, voilà. Mais en supposant qu'elle ait été tuée d'une autre manière, je maintiens tout de même que, si elle est entrée dans l'eau sans que personne ne l'entende, c'est qu'elle y a été descendue à l'aide de son écharpe ou d'une corde.

— Un instant, dit le sergent. Et si elle n'était pas tombée à l'eau ?

— Mais, enfin, elle a disparu, non ? Comment expliquez-vous cela ? Elle ne s'est tout de même pas envolée, et elle ne pouvait pas se cacher sur le bateau, où tout le monde la recherchait. Il n'y a qu'un seul endroit où elle aurait pu se réfugier, c'est dans le coffre de Davy Jones[1].

— Ce n'est pas impossible, acquiesça Secker, mais quand ?

---

1. Expression anglaise désignant le fond de la mer. *(N.d.T.)*

— Ne faites donc pas l'idiot.

— Excusez-moi. Voici ce que j'avais en tête : on a pu la tuer, cacher son corps quelques heures, et la jeter à la mer d'un endroit où l'on ne pouvait pas entendre la chute. Ou bien, elle s'est cachée pour une raison quelconque, et on l'a tuée plus tard.

— Et tant qu'on y est, la lune est un gruyère géant, affirma Cannon, acerbe. C'est pourtant clair; suivez-moi bien. Vous avez ici la jeune Fraser, appuyée sur la rampe du garde-corps, près de deux canots de sauvetage. Derrière elle, la cabine du télégraphiste et celles des officiers. Ces dernières sont fermées. À la proue du bateau, une échelle permet de monter sur la passerelle et une autre de descendre sur le pont promenade. À la poupe, la vieille institutrice est allongée dans un transatlantique qui bouche une partie du chemin, alors que l'échelle placée à l'avant est bloquée par Candida Noring, qui cherche son amie. Vous voyez bien que vos arguments ne tiennent pas debout.

— Supposez pourtant, insista le sergent, qu'un homme se soit caché derrière les canots. Il a pu tuer la jeune fille, la cacher sous la bâche qui recouvre les embarcations et l'emmener ensuite, pendant que les deux femmes entament les recherches... Supposez encore qu'elle se soit cachée dans un de ces canots pour rencontrer un homme, et qu'il l'ait tuée à cet endroit...

— C'est impossible. Quand ils se sont aperçus de la disparition de la jeune fille, ils ont sans doute inspecté tous les canots de sauvetage.

— Oui, en effet... mais seulement le lendemain après-midi. Ils étaient persuadés qu'elle était passée par-dessus bord.

— Ce que je ne comprends pas... commença Cannon.

On frappa à la porte.

— C'est une dame qui veut vous voir, annonça le planton. Elle est déjà venue. Une certaine Withers.

— Encore elle ! s'écria Cannon. Notre fin limier

ricain. Enfin qui sait, elle a parfois de bonnes idées... Restez, Secker.

Le sergent n'avait nullement l'intention de partir, à moins d'être mis à la porte. Quelques minutes plus tard, Miss Withers réalisa son vieux rêve en entrant dans un bureau de Scotland Yard.

Cannon se leva et lui offrit poliment une chaise.

— Je suis très occupé, dit-il. C'est pourquoi je vous ai fait venir ici plutôt que dans la salle de réception. Alors, qu'y a-t-il ?

— Tout d'abord, commença Miss Withers, je voulais vous demander si vous aviez du nouveau dans l'affaire Fraser-Noel-Todd. Si cette affaire n'est pas encore enterrée, je voudrais me permettre de vous faire une suggestion.

— Nous n'avons pas abandonné nos recherches, répondit l'inspecteur. D'ailleurs, vous devriez savoir que dans toute l'année 1932 nous n'avons eu en Angleterre et dans le pays de Galles qu'un seul crime non résolu.

— Vous en aurez sans doute deux ou trois cette année, peut-être davantage. Vous savez qu'on a volé une grande quantité de cyanure au docteur Waite.

L'inspecteur sortit son carnet.

— Si vous désirez ajouter quelque chose à votre déposition, j'en prendrai note avec plaisir.

— Je voudrais juste vous poser une question. Pouvez-vous téléphoner à la police de Buffalo pour savoir si Rosemary Fraser était bonne nageuse ?

L'inspecteur ne put s'empêcher de rire.

— Vous pensez qu'elle a pu faire plus de mille kilomètres à la nage ?

— Il y a des bateaux de pêche qui naviguent dans le Gulf Stream, plus loin que les îles Sorlingues, dit le sergent. À supposer...

— Nous n'avons vu aucun bateau avant d'avoir dépassé Land's End, déclara Miss Withers. Non, je n'insinue pas que Rosemary ait pu nager jusqu'à la côte. Cependant, si elle s'était trouvée à Londres cette semaine, les recherches en seraient fort simplifiées.

— Ici, à Scotland Yard, nous ne croyons pas aux revenants, dit Cannon, et je ne répondrai pas à votre question. Nous avons reçu un rapport détaillé sur Rosemary Fraser : son signalement, ses habitudes et son passé. D'après ce rapport, ce n'était pas une grande sportive.

— Mais elle passait tous ses étés à Bar Harbor, dans le Maine, ajouta le sergent. C'est une de vos grandes plages américaines, je crois ? Elle devait beaucoup nager là-bas.

Miss Withers le remercia.

— Bon, je vous laisse travailler, messieurs. S'il me vient d'autres idées, ou si je constate d'autres crimes...

— La boucle semble être bouclée, dit Cannon, à nouveau aimable. Les gens mêlés à cette affaire se sont éparpillés, mais nous surveillons leurs allées et venues...

— Je ne suis pas sûre que nous soyons au bout de nos peines, au contraire, dit Miss Withers. Et de plus, comment pouvez-vous savoir exactement quels sont les passagers ou les membres de l'équipage impliqués dans cette affaire ?

— C'est facile, chère madame. Si vous possédiez quelques notions de criminologie, vous sauriez que les expéditeurs de lettres anonymes s'en adressent toujours une. Ils s'imaginent qu'ainsi ils échapperont aux soupçons. Par conséquent, l'expéditeur de ces lettres en a reçu une et a dû faire beaucoup de tapage à son sujet.

Miss Withers le savait aussi bien que lui.

— Je ne crois pas que vous vous soyez mêlé des affaires de la famille Hammond ? Ils ont eux aussi reçu une lettre adressée à eux deux. Vous le savez sans doute.

Cannon consulta quelques notes dans le tiroir de son bureau.

— L'enfant a été envoyé dans une école en Cornouailles. Mrs. Hammond est à Paris, en dehors de notre juridiction, mais aussi hors d'atteinte du meurtrier.

— Mais Tom Hammond est ici, à Londres, et d'après mes renseignements en train de s'enivrer jusqu'à ce que mort s'ensuive. Dans son état, il ferait une proie facile. Souvenez-vous qu'Andy Todd était ivre mort lorsqu'il est tombé dans la cage d'un ascenseur... dont les barreaux étaient trop rapprochés pour permettre de passer la main et d'atteindre la poignée.

— Alors ? demanda Cannon, que tout cela commençait à agacer.

— Je crois qu'on devrait avertir Hammond pour qu'il suive l'exemple des autres et quitte Londres au plus vite. On pourrait au moins lui conseiller de se tenir sur ses gardes.

— Je vous remercie d'être venue, dit l'inspecteur Cannon en se levant. Je vais réfléchir à vos suggestions.

— Je sais ce que vous avez l'intention de faire, répliqua sèchement Miss Withers. Vous allez attendre que toutes les personnes du groupe aient été tuées, sauf une, que vous arrêterez. Et vous aurez la conviction de ne pas pouvoir vous tromper.

Elle sortit de la pièce, et le sergent regarda son chef.

— Tout compte fait, ce n'est pas une mauvaise idée, dit-il.

— Je déteste les détectives amateurs, répliqua Cannon. Les gens qui veulent devenir détectives doivent d'abord faire leur apprentissage comme îlotiers.

Le sergent Secker ne put réprimer un sourire en s'imaginant Miss Withers coiffée du casque des agents de police.

— Je ne parlais pas de sa suggestion d'arrêter le dernier survivant du groupe. Mais elle m'a tout de même donné une idée. Hammond a été désigné comme victime — du moins il a reçu une lettre de menaces. Si on le rencontre, ivre, dans la ville, il se trouvera à la merci du tueur...

Cannon l'interrompit.

— Nous ne pouvons pas le mettre sous protection contre son gré.

— Je sais. Vous n'êtes pas forcé de le prévenir. Laissez-le faire et n'effrayez pas le meurtrier. Mais tendez un piège...

— Quoi ?

— Un piège — avec Hammond pour appât.

Le sergent exposa son plan, et l'inspecteur principal Cannon, en homme sensé, l'approuva.

De retour dans sa chambre à l'hôtel *Alexandria*, Miss Hildegarde Withers écrivait une lettre. Elle réfléchit un moment sur la façon dont elle allait libeller l'adresse. Elle ne pouvait commencer par « Chère Honorable Emily ». Finalement, elle envoya chercher un exemplaire du DeBrett's, le bottin mondain anglais, et découvrit que le nom de son amie n'était pas Reverson mais Pendavid : « L'Honorable Emily Pendavid, seule survivante et héritière du comte de Trevanna. »

Chère Miss Pendavid,

J'ai beaucoup réfléchi à tous les événements de la semaine dernière, et je suis de plus en plus convaincue que nous ne sommes pas au bout de la tragédie. Scotland Yard semble totalement désemparé. J'estime de mon devoir de vous engager à prendre les plus grandes précautions pour votre sécurité. Rappelez-vous qu'en dehors de moi, vous et votre neveu êtes les seules personnes de la table du docteur à n'avoir pas été menacées. Dites à vos domestiques de se tenir sur leurs gardes et veillez à ce que portes et fenêtres soient bien fermées la nuit. Méfiez-vous de tout et de chacun, particulièrement de ce que l'on vous envoie par la poste. Et si vous recevez une de ces horribles lettres, écrivez-moi sans omettre d'informer Scotland Yard.

Elle signa « Hildegarde Martha Withers » d'une large écriture ronde et plaça le message dans une grande enveloppe grise carrée, sur laquelle elle écrivit : « À l'Honorable Emily Pendavid, château de Dinsul, Cornouailles. »

Sa lettre expédiée, Miss Withers reprit ses investigations. Deux jours durant, elle partagea son temps entre la lecture des journaux, la salle de lecture du British Museum et une enquête discrète au sujet de la mystérieuse Mrs. Charles — sans rien découvrir de plus que la police. L'énigmatique jeune femme — si c'était bien une femme — avait loué plusieurs chambres dans des hôtels très modestes du quartier de Charing Cross, près de l'*Alexandria*. Elle portait un manteau de petit-gris dont elle relevait le col. C'étaient là tous les renseignements qu'elle avait pu obtenir, si ce n'est qu'une femme de chambre — contre un généreux pourboire — lui avait déclaré que Mrs. Charles avait fumé un cigare dans sa chambre. De plus, cette personne avait des habitudes bizarres, passant toutes ses nuits dehors et ne réintégrant sa chambre que lorsqu'il faisait grand jour.

Miss Withers essaya plusieurs fois de téléphoner au sergent Secker pour lui demander ce qu'on avait fait du journal et des objets personnels de Rosemary Fraser. Après bien des difficultés, elle parvint à l'avoir au bout du fil.

— On les a envoyés à ses parents aux États-Unis, lui répondit-il.

— Ah, très bien, dit Miss Withers, un peu déappointée.

Elle raccrocha. Bien qu'elle ait fait de son mieux, elle avait l'impression d'avoir perdu la piste. Elle se mit à errer dans les vieilles rues de Londres, dévisageant les passants et examinant les vitrines comme si elle devait y trouver la clé de l'énigme. Miss Withers, qui avait des habitudes régulières, se levait en général très tôt. Mais elle comprit qu'elle devrait casser son rythme pour se faire une idée fidèle de l'atmosphère de la ville.

Un soir — le quatrième depuis le départ de l'Honorable Emily et de sa suite pour la Cornouailles —, elle marchait sans but dans les rues de Soho, après avoir fait du lèche-vitrines dans Oxford Street, et revenait tranquillement à son hôtel par un raccourci. Soudain, elle aperçut Tom Hammond sur le trottoir d'en face. Il marchait à grandes enjambées vers le nord.

Miss Withers se dissimula prestement sous un porche, et il passa sans la voir.

« Je me demande bien où il va », se dit Miss Withers. Chez elle, une question débouchait toujours sur des mesures concrètes pour la résoudre. Sous l'empire de la curiosité, elle suivit Hammond à bonne distance, prête à disparaître s'il se retournait. Mais il ne semblait pas disposé à s'arrêter. Il n'était pas encore onze heures du soir, et il y avait toujours beaucoup de monde dans les rues.

Il prit Oxford Street et poussa les portes battantes du *King's Arms*. Miss Withers se posta au coin de la rue, d'où elle pouvait surveiller les deux issues de l'établissement. Bien qu'elle fût appuyée contre la vitrine d'un bijoutier, elle espérait qu'on ne la prendrait pas pour un malfaiteur.

Elle regarda sa montre — il était onze heures moins quatre. Son attente ne fut pas longue, car presque aussitôt Hammond réapparut, marchant un peu moins droit mais l'air tout aussi résolu. Il fut aussitôt suivi par les autres clients du pub, car du côté sud d'Oxford Street, onze heures est l'heure de fermeture légale. Arrivé à l'angle de Tottenham Court Road, il reprit la direction du nord. Miss Withers, qui avait assez lu les journaux pour savoir que cette partie de Londres était considérée comme le quartier le plus malfamé, serra fort son parapluie et marcha d'un pas décidé. On n'apercevait aucun policier, mais de temps en temps un autobus la croisait. Les jeunes gens marchaient en groupes de deux ou trois et portaient généralement autour du cou des foulards blancs et sales qui tenaient lieu de cravate, de chemise « et probablement de maillot », pensa Miss Withers avec effroi. Heureusement, ils ne parurent pas la remarquer.

Hammond tourna au coin d'une petite rue. Elle le suivit, de plus en plus essoufflée.

Il frappa à la porte d'une maison. On lui ouvrit presque aussitôt et il pénétra dans un vestibule sombre. Miss Withers attendit de nouveau, mais cette fois cela dura plus d'une demi-heure. Quand Tom Hammond réapparut, il titubait légèrement; son chapeau tombait trop en arrière et ses jambes semblaient le trahir de temps en temps. Miss Withers devina qu'il sortait d'un cabaret clandestin comme on en trouvait beaucoup dans son pays. « Le monde est petit », se dit-elle.

Tom Hammond reprit sa route vers le nord, avançant rapidement dans les ruelles des environs du Middlesex Hospital. Il suivit un passage étroit qui débouchait sur une place beaucoup mieux éclairée. Mais au lieu de continuer, il s'arrêta et consulta un papier.

À cet endroit, Miss Withers se figea sous l'effet de la stupéfaction. Elle constata qu'elle n'était pas seule à suivre Hammond, car un individu à la démarche assurée, portant des vêtements fripés, un foulard et une casquette rabattue sur les yeux, s'était arrêté en même temps qu'elle pour rester à une certaine distance de ce dernier. Celui-ci avait trouvé ce qu'il cherchait sur son papier et il sonna à la porte d'une maison. Quand on lui ouvrit, Miss Withers aperçut une vive lumière à l'intérieur. La porte se referma aussitôt derrière lui.

Miss Withers ne distinguait pas bien l'inconnu qui

attendait Tom Hammond, mais elle savait qu'il était un peu en avant d'elle, caché dans la pénombre.

Elle demeura là un moment, intriguée, puis elle prit la décision de partir. Hammond avait avancé constamment vers le nord. Il y avait de grandes chances pour qu'il poursuive sa promenade dans les quartiers où les policiers étaient rares, et où il serait donc plus facile d'obtenir des boissons dont la vente était interdite à cette heure.

Elle revint en hâte sur ses pas, prit une rue transversale à droite et décrivit un cercle complet qui la ramena à Fitzroy Square, à l'autre bout du passage. Un peu plus loin, un homme essayait de remettre le moteur de sa moto en marche et derrière lui un taxi solitaire faisait très lentement le tour de la place.

Elle resta dans l'ombre, à un endroit d'où elle pouvait voir le passage qu'emprunteraient sans doute Tom Hammond et le personnage inquiétant qui le suivait de façon si furtive. Il était évidemment à craindre que le mystérieux individu ne choisisse cet endroit pour frapper sa proie. Mais elle écarta cette possibilité. Elle avait déduit de ses observations sur cette série particulière de crimes que le meurtrier ne se confrontait jamais directement à ses victimes. En outre, Tom Hammond pouvait fort bien entendre le bruit des pas derrière lui et opposer une forte résistance. La situation en fait ne collait en rien au reste de l'affaire Fraser-Noel-Todd, comme la désignait Miss Withers. « Si un homme peut se faire passer pour une femme en se dissimulant dans un manteau de fourrure, une femme peut tout aussi bien passer pour un homme en mettant des vieux vêtements et un chapeau », se dit-elle.

Elle attendit, impatiente, dans la froide nuit londonienne, serrant son parapluie et regrettant vivement que l'inspecteur Piper ne soit à ses côtés à fumer son cigare — ou de ne pas avoir choisi le jardinage plutôt que l'investigation comme passe-temps. Au bout d'un moment, elle aperçut le signal qu'elle attendait : un rayon de lumière dans le passage sombre tandis qu'une porte s'ouvrait, livrant passage à Tom Hammond. Il semblait tout à fait ivre à présent, mais s'avança vers l'endroit où elle l'avait guetté. Miss Withers descendit quelques marches d'un escalier qui menait au sous-sol d'une maison et le regarda venir au milieu de la place bien éclairée, marchant d'un pas rapide comme s'il avait voulu laisser ses tourments derrière lui.

Dès qu'il fut passé, elle sortit de sa cachette et attendit. S'était-elle trompée ? Non, car des pas légers s'approchaient. Elle aperçut une fraction de seconde l'individu à l'allure plutôt jeune qui dissimulait ses traits sous sa casquette, et passa à l'action. Elle leva son parapluie et en assena un coup violent sur la tête de l'inconnu juste au moment où il débouchait du passage. En même temps, elle se mit à crier de toutes ses forces :

— Au secours ! Police ! Au secours !

La casquette avait dû amortir le coup, car l'homme ne tomba pas tout de suite. Il tourna vers elle un visage surpris. Les cris de l'institutrice redoublèrent :

— Au secours ! À l'assassin !

Elle entendit des gens s'approcher en courant et cessa de frapper sa victime. Elle passa ses bras autour de l'homme en le serrant avec force.

— N'essayez pas de vous sauver, l'avertit-elle.

Celui-ci ne tenta rien.

Au grand amusement et à la grande satisfaction de Miss Withers, l'homme qui essayait de réparer sa voiture n'était autre que l'inspecteur principal Cannon, et, quand le taxi s'approcha, elle vit qu'il contenait trois agents en uniforme.

— Je l'ai eu ! annonça-t-elle à Cannon dès qu'il fut près d'elle.

Tom Hammond était revenu sur ses pas et observait la scène sans comprendre. L'inconnu s'affaissa dans les bras de Miss Withers, et elle le laissa glisser sur le bord du trottoir. Cannon se pencha vers lui.

— Ça, c'est sûr! commenta-t-il d'un ton bizarre.

Le blessé ne répondit pas.

— Je l'ai vu suivre Tom Hammond jusqu'ici, dit Miss Withers, et j'ai préféré prendre les devants.

— C'est du bon travail, dit l'inspecteur principal, qui semblait particulièrement prévenant avec le prisonnier. Nous aussi, nous attendions que le criminel frappe.

Cannon fit signe à l'un des agents.

— Allez chercher de l'eau.

Puis il regarda Miss Withers :

— Cependant, je crois bien que nous avons tort tous les deux.

— Tort? Comment ça? Puisque je vous dis que cet homme suivait Tom Hammond...

— Je sais, dit Cannon, l'air ennuyé.

Il prit l'eau que l'agent était allé chercher dans une maison proche et aspergea le visage de l'homme. Puis il arracha le foulard blanc et la casquette, et Miss Withers reconnut la figure paisible et pâle du sergent John Secker. Sur son front poussait une bosse aussi grosse qu'un œuf.

Secker ouvrit les yeux avec peine. Il regarda Cannon, puis Miss Withers et son parapluie au manche recourbé.

— Vous n'y êtes pas allée de main morte, dit-il. Je vous ai repérée il y a une heure, mais je n'ai pas pris la peine de vous prévenir. Je croyais que vous vous lasseriez.

— Mon Dieu! dit Miss Withers. Pardonnez-moi, je vous en prie. Je ne voulais pas...

— Je sais, dit le sergent. Vous avez la meilleure des excuses. Mais j'ai quand même très mal. J'aimerais bien boire quelque chose.

Tom Hammond lui tendit une petite flasque.

— C'est prohibé, mais je n'en suis pas mort.

— Merci, mon vieux. Ça ne va pas vous priver?

Hammond secoua la tête. Il était blême et paraissait presque sobre.

— Je n'imaginais pas que j'étais en train de me ridiculiser. J'aurais mieux fait de continuer le régime sec pendant quelque temps.

— Attendez, dit d'une voix faible le sergent, repoussant, malgré ses difficultés à se relever, l'aide que ses camarades lui offraient. L'idée est bonne. Ne voulez-vous pas continuer... je veux dire, ne voulez-vous pas jouer à l'homme ivre et nous laisser faire semblant de nous promener en attendant le meurtrier ?

Tom Hammond était complètement dégrisé maintenant.

— Non, dit-il. *Nein, no, nix, niet.* Pour qui me prenez-vous ? Le seul plaisir qui me reste, c'est de faire une bombe à tout casser, et vous voulez me le gâcher ?

Il refusa l'offre que lui faisait Cannon de le ramener en voiture chez lui, et partit, en compagnie de deux agents, à la recherche d'un taxi.

Miss Withers tendit la main au sergent.

— Excusez-moi. Si j'avais su que c'était vous je ne serais pas intervenue.

— Il n'y a pas de mal, répondit Secker en frottant sa bosse, « je la prendrai avec l'alcool dans lequel elle a été envoyée », comme disait le vicaire à la vieille dame qui lui avait offert des pêches au cognac pour Noël.

Miss Withers fut ramenée chez elle dans le taxi de la police, bien qu'elle ne l'ait pas mérité.

— C'est tout pour aujourd'hui, dit-elle. Et c'est toujours Mr. ou Mrs. X qui mène la danse...

— Je compte justement lui enseigner quelques pas, grommela Cannon.

On la déposa devant la porte de l'*Alexandria*, et le taxi continua sa course. Elle était très fatiguée en rentrant à l'hôtel. Elle sentait qu'elle venait de détruire le sentiment de camaraderie que Cannon et le sergent commençaient à nourrir à son égard. Mais elle oublia tout en arrivant à la réception, où le gardien de nuit lui tendit un télégramme. Il venait de Penzance et portait la signature d'Emily Pendavid.

VIENS DE RECEVOIR LETTRE MENACES DE LONDRES. VENEZ IMMÉDIATEMENT. REMBOURSERAI DÉPENSES MODÉRÉES. TÉLÉGRAPHIEZ URGENCE DÉCISION.

Miss Withers ne pensa même pas à sourire du mot « modérées ». Elle se retourna vers l'employé.

— Avez-vous un indicateur pour le réseau de l'Ouest ? Je dois partir dans la matinée, ou avant...

— Oh ! Madame veut faire une excursion sur la Riviera de Cornouailles. C'est le jardin de l'Angleterre.

Mais Miss Withers pensa qu'il poussait dans ce jardin une fleur qu'il fallait à tout prix cueillir — une mandragore empoisonnée ou une morelle noire. C'est là qu'avait germé la graine du crime... et la plante menaçait de fleurir.

« Départ Paddington à 5 heures, arrivée Penzance à 12 h 45 », indiquait l'horaire.

— Fort bien, dit Miss Withers, je prends ce train-là. De toute façon il ne se passe rien à Londres.

Au moment où la lune se couchait, Miss Withers quitta la capitale par le rapide de l'Ouest. La même nuit, le corps de Rosemary Fraser flottait sur la Tamise, ramené par la marée.

CHAPITRE XII

À *marée basse*

Ce jour-là, le temps était gris et triste, les nuages planaient bas dans le ciel et cachaient le soleil. Miss Hildegarde Withers, qui avait très peu dormi dans le train qui l'amenait à la borne occidentale de l'Angleterre, était seule sur un vieux quai de pierre, peu avant une heure de l'après-midi.
— L'eau descend très vite, lui avait dit le chauffeur de taxi. D'ici une demi-heure vous pourrez gagner l'île à pied.
La demi-heure écoulée, de grosses vagues arrivaient encore de Mount's Bay et inondaient la chaussée. De l'endroit où elle se tenait, la forteresse de Dinsul ressemblait à un château imaginaire et sinistre, et lui rappelait le chef-d'œuvre inoubliable d'Arnold Böcklin qu'elle avait vu au Metropolitan à New York : *L'Île des morts*. De grandes falaises de granit s'élevaient de la mer jusqu'au ciel couvert...
Elle pensa qu'il devait être possible de communiquer avec Dinsul, par le téléphone ou tout autre moyen. Elle aurait pu envoyer un message pour annoncer son arrivée, et quelqu'un serait venu la chercher. Mais elle préférait se présenter sur les lieux sans être annoncée ni accompagnée, pour se faire par elle-même ses premières impressions.
Enfin, les eaux se retirèrent, et elle s'avança avec cir-

conspection sur le passage encore humide, munie de sa petite valise. Le trajet n'était pas aussi long qu'elle l'avait cru et en quelques minutes elle était arrivée de l'autre côté (se sentant un peu comme les enfants d'Israël au passage de la mer Rouge) et montait les interminables marches taillées dans le roc, qui conduisaient à la grande porte du château de Dinsul.

Comme il n'y avait ni sonnette ni marteau, elle cogna avec le manche de son parapluie jusqu'à ce que Treves, le majordome rougeaud, apparaisse.

— Ce n'est pas jour de visite, madame. Seulement les lundis, mercredis et samedis...

Il s'apprêtait à fermer la porte, mais Miss Withers la bloqua du pied.

— Je me fiche du jour que nous sommes. Dites à votre maîtresse que Miss Withers est ici.

Il repartit en bafouillant des excuses, et elle entra dans le vestibule. Dès qu'elle fut dans le château, elle eut un frisson — non parce que l'endroit, comme toutes les maisons anglaises, était plus froid qu'un tombeau, mais parce qu'il s'en dégageait une atmosphère lourde des événements anciens et depuis longtemps oubliés.

La réception chaleureuse de l'Honorable Emily lui fit oublier sa première impression.

— C'est très gentil d'être venue. Et stupide de ma part de vous avoir demandé... je veux dire, de croire votre venue nécessaire — vous comprenez? Je ne suis pas d'un tempérament nerveux, mais quand j'ai reçu cette lettre j'ai eu la chair de poule.

— Ah! oui, le fameux message. J'aimerais bien le voir.

— Je regrette, mais je l'ai envoyé à Scotland Yard quand je vous ai télégraphié. Il n'y avait rien de particulier, ce n'était qu'une lettre encadrée de noir. Elle est arrivée hier après-midi par le dernier courrier et portait le cachet de la poste de Londres... Elle contenait des mots très méchants au sujet de mon rire horrible et de la façon dont je pourrais rire en enfer... enfin vous imaginez.

— Oui, hélas, dit d'un air triste Miss Withers. Mais laissez-moi réfléchir... c'était hier samedi, si je ne me trompe pas, le 7 octobre. Vous n'avez probablement pas remarqué la date du cachet de la poste ?

— Je l'ai notée très attentivement, au contraire. La lettre a été expédiée deux jours après notre départ — le 5, pour être précise. Je ne sais pas si ça change grand-chose.

Miss Withers pensait que oui, mais se contenta de hocher la tête.

— Elle a donc dû arriver à peu près en même temps que la mienne.

— La vôtre est arrivée au courrier du matin, et la lettre de menaces dans l'après-midi. Mais n'en parlons plus pour le moment. Nous allons déjeuner dans une demi-heure. En attendant, Treves va vous montrer votre chambre.

Miss Withers remarqua que son hôtesse était vêtue d'un déshabillé qu'elle semblait avoir enfilé à la hâte.

— Ne vous occupez pas de moi. Pendant que votre domestique montera mes bagages, je vais faire une petite promenade et respirer l'air de votre charmant domaine. Prenez tout votre temps pour vous habiller. Nous causerons de tout cela après le déjeuner.

— Parfait. Faites comme chez vous, ma chère. Cette maison est vieille et ne possède pas tout le confort, mais je l'aime beaucoup. Dinsul appartient à ma famille depuis une éternité.

Elle disparut. Miss Withers tendit sa valise à Treves et parcourut d'un pas lent le grand couloir. Chaque pièce était garnie de meubles de chêne anciens et décorée de portraits de famille qui paraissaient indignés de la présence de l'institutrice américaine. « Ce n'est rien, se dit celle-ci après avoir jeté un coup d'œil à droite à gauche. J'ai autant d'ancêtres que n'importe qui, et je parierais qu'ils étaient plus respectables que tous ces imbéciles titrés. »

Elle passa près des fenêtres, qui donnaient toutes sur la mer. En se penchant, elle pouvait apercevoir en contrebas les falaises presque perpendiculaires et quelques arbres qui, grâce aux températures clémentes, étaient encore chargés de feuilles vertes et semblaient se raccrocher à la pente.

À l'extrémité du couloir, elle entra par une porte à deux battants dans une vaste salle, qu'elle supposa destinée aux banquets. Une table de réfectoire, longue d'une dizaine de mètres, en occupait le centre. La salle se terminait à une extrémité par un petit balcon surélevé — probablement destiné aux musiciens — et sur ses murs dames et seigneurs à cheval chassaient le daim, le sanglier, le cerf, le renard, le lièvre, le blaireau et toutes sortes d'animaux, dans la plus grande confusion. Au-dessus de la fresque, une modeste pancarte « Prière de ne pas inscrire vos initiales sur le mur » plongea l'institutrice dans la perplexité. Tout à coup, elle sursauta en entendant une voix jeune s'écrier derrière elle :

— Magnifique, non ?

C'était Leslie Reverson, en tenue de golf.

— Ma tante m'a dit que vous étiez ici. Puis-je vous accompagner pour faire le tour de la maison ?

— Oui, dit-elle. Cette vieille demeure est charmante.

— Vous trouvez ? Je la trouve triste. Je tremble parfois à l'idée de passer ici le reste de ma vie. Mais vous connaissez ma tante. Le côté gothique lui plaît beaucoup. Et même si je ne suis un Pendavid que par ma mère, je suis le seul héritier.

Ils revinrent sur leurs pas en bavardant et arrivèrent à un vaste escalier de pierre. Au bout de quelques marches, Leslie s'arrêta devant une fenêtre.

— Le siège de saint Augustin, dit-il en désignant quelque chose à l'extérieur, un peu plus en hauteur. D'après la légende, le jeune homme ou la jeune fille qui s'y assoit le premier portera la culotte lorsqu'ils seront mariés.

Miss Withers regarda au-dehors et vit une niche dans une falaise de granite au bout d'un sentier étroit et escarpé.

— Ce serait mérité, dit-elle, à condition de survivre.

Leslie s'esclaffa.

— Vous avez raison. Ça donne le vertige, non ? C'est pourquoi nous disons aux touristes que le fameux siège est une excavation dans la digue. Ils se précipitent pour s'y asseoir et s'en vont aussi heureux que s'ils avaient trouvé le vrai.

— Les touristes ?

— Vous ne saviez pas ? C'est le seul moyen d'entretenir cet endroit. Trois jours par semaine nous tenons « porte ouverte », et nous nous retirons dans une partie isolée du château tandis que le public peut circuler partout — moyennant deux shillings et demi par personne.

Leslie poursuivit la visite.

— Bien entendu, on a fait de nombreux travaux. Nous arrivons maintenant à ce que l'on appelait la chapelle dans l'ancien château. Après l'extinction de la dynastie des rois de Cornouailles, le domaine avait été transformé en monastère. Voici quelques années ma tante a fait transformer la chapelle pour en faire ses propres appartements, mais elle n'a pas réussi à les rendre habitables.

Miss Withers partageait son point de vue, mais pour d'autres raisons. Cette masse de pierre n'était pas habitable parce que trop de générations y avaient vécu.

Leslie la conduisit dans un petit couloir latéral.

— C'est ici l'entrée de nos appartements et des chambres d'amis, dit-il. Voici la porte du boudoir de ma tante et celle de ma chambre. J'ai découvert cette petite chambre — dit-il en désignant une porte située du côté opposé — quand j'ai quitté l'école. J'avais alors l'esprit romanesque ; je croyais aux aventures extraordinaires, aux trésors cachés, etc. En marchant d'un bout à l'autre du couloir, je me suis aperçu un jour qu'il mesurait au moins trois mètres de plus que les chambres auxquelles il menait. Des ouvriers ont percé le mur et découvert une chambre secrète. Le *Times* en a donné à l'époque une description complète — c'est la seule fois où mon nom a été mentionné dans les journaux.

Miss Withers confessa qu'elle n'avait pas lu cette histoire. Leslie parut déçu.

— Oui, c'est sûr, aux États-Unis... Mais pendant quelque temps cette découverte a fait fureur et elle nous amène encore des touristes. Dans la chambre, les ouvriers ont trouvé un squelette revêtu d'une armure et de dentelle d'or. On raconte que vers le XIIe siècle, John de Pomeroy, un baron de la région, s'est emparé du château pendant l'absence de Richard Cœur de Lion. Quand le roi est revenu en Angleterre, Pomeroy a compris qu'il allait être pendu pour haute trahison. On suppose qu'il s'est ouvert les veines. Cette histoire doit être vraie, car son armure et différents ornements portaient le blason des Pomeroy. Les ossements ont été décemment enterrés près du rivage; mais le plus drôle c'est que ma tante avait dormi presque toute sa vie à côté d'un squelette emmuré.

— J'imagine sans peine quelle a été son émotion au moment de cette découverte, dit Miss Withers.

— Elle en fut enchantée.

— Enchantée?

— Bien sûr. Il était difficile de trouver un endroit où installer une salle de bains dans un château dont les murs ont près de deux mètres d'épaisseur. Cette pièce était tout indiquée.

Il ouvrit la porte et Miss Withers vit une salle de bains presque moderne, avec un chauffe-eau au gaz près de la baignoire.

— Vous savez que ma tante adore prendre des bains.

201

À ce moment, une porte s'ouvrit et l'Honorable Emily apparut, vêtue d'un joli tailleur en tweed.

— Leslie, vous devriez cesser votre discussion sur mes habitudes personnelles et emmener Miss Withers déjeuner. Treves est certainement occupé à la cuisine, vous pourriez alors aussi frapper à la porte de Candida.

Candida parut surprise et soulagée en voyant la nouvelle invitée.

Ils descendirent tous ensemble et, au lieu d'aller se perdre dans l'immense salle à manger, déjeunèrent dans une petite pièce qui s'ouvrait sur un balcon donnant sur la mer.

Toutes les appréhensions de Miss Withers quant au cérémonial furent vite dissipées. C'était Treves qui faisait office de maître d'hôtel.

— Nous n'avons que Treves et sa femme pour faire la cuisine, expliqua Miss Pendavid. Une fois par semaine, des femmes viennent du village faire le nettoyage et nous nous en sortons comme ça. Même s'il est difficile d'entretenir une aussi grande maison. Ce qui nous permet de garder Dinsul, c'est que nous n'avons presque pas d'impôts fonciers à payer. Mais en revanche, nous avons à régler d'énormes droits de succession. Le jour où Leslie héritera de ce château, je ne veux pas qu'il soit obligé de le vendre pour acquitter les frais de notaire, comme c'est le cas pour beaucoup de vieilles demeures de notre pays.

— Voyons, ma tante ! protesta Leslie, gêné.

— Il faut penser à l'avenir, mon petit. Un de ces jours mon cœur, déjà faible, s'arrêtera complètement de battre. Je suis prévenue depuis longtemps. Dinsul appartient aux Pendavid ; je vous le laisse, mais je veux ajouter une nouvelle clause dans mon testament : vous ne pourrez hériter du domaine que si vous y résidez neuf mois par an.

La conversation devenait morbide, et pour changer de

sujet Miss Withers demanda à Candida comment s'était terminée la partie de golf.

— Je crois que j'ai eu de la chance, répondit la jeune fille.

— Elle m'a battu par 76 points à 89, ajouta fièrement Leslie, et pourtant le parcours de Penzance n'est pas facile, au contraire.

Candida le regardait d'un air maternel.

— C'est à cause de votre poignet, vous êtes trop nerveux.

La discussion s'interrompit tandis que Miss Withers entamait un excellent pâté composé de viande, d'oignons, de pommes, de pommes de terre et de divers autres ingrédients qu'elle ne chercha pas à reconnaître. Ce fut Candida qui rompit le silence.

— Vous n'êtes pas venue ici en touriste. Mieux vaut rompre la glace tout de suite. Croyez-vous que la police ait trouvé quelque explication à ce qui s'est passé sur le bateau et à Londres ?

— Je ne crois pas, répondit Miss Withers. Ils essaient de procéder par élimination.

— Et vous, demanda Leslie, vous approchez du but ?

— J'ai acquis une certitude. Malgré tout le mystère qui baigne cette affaire, je crois que le cycle est maintenant complet...

Candida l'interrompit.

— Mais Rosemary ?...

— Rosemary Fraser n'a pas été assassinée.

Candida manqua s'étrangler et, sous la table, Leslie lui prit la main — elle était glacée et il se mit à la lui frotter.

— Les mains froides et le cœur chaud, murmura-t-il.

Candida rit. Au même moment, Treves vint annoncer que Mr. Starling demandait Miss Pendavid au téléphone.

— Le petit Hammond a dû mettre le feu à Tenton Hall, dit cette dernière en se levant pour aller répondre.

Mais il n'était rien arrivé d'aussi grave, et Starling parlait de sa voix habituelle.

— Excusez-moi de vous déranger, chère madame, mais j'ai dans ma bibliothèque un monsieur qui prétend être Mr. Hammond. Il est très énervé et a l'air un peu... dans les vignes du Seigneur, si vous me passez l'expression. Il prétend qu'il est le père de l'élève que vous m'avez amené mardi dernier et insiste pour l'emmener. Je ne sais pas quoi faire.

— Hum, moi non plus, Starling. Qu'en pensez-vous ?

— Si je pouvais lui rendre l'enfant, j'en serais ravi, mais c'est sa mère qui me l'a confié par votre intermédiaire. Je crois comprendre que les parents sont séparés, et bien sûr j'hésite.

— Je vous suggère de continuer à hésiter. Dites à ce monsieur de revenir demain et prévenez la mère.

— Merci, madame. Je crois qu'elle est à Paris. Je vais faire mon possible pour la joindre.

Il raccrocha et Emily revint auprès de ses hôtes.

— Je me demande ce que ça signifie, conclut-elle, après leur avoir relaté la conversation téléphonique.

Miss Withers se leva.

— Je crois savoir. Il va certainement se fâcher. Où est cette école ?

— À quelques kilomètres de St. Ives — environ dix kilomètres de Penzance. Mais que... ?

— Je veux y aller, et je pars sur-le-champ. J'ai comme une intuition.

Emily Pendavid retourna vers le téléphone.

— C'est marée basse. Je vais téléphoner à mon chauffeur et lui dire de venir en limousine. C'est une chance que nous ayons un câble téléphonique sous l'eau pour nous relier à la côte.

— Vous vous êtes pourtant assez fâchée quand j'ai insisté pour que vous le fassiez poser, dit Leslie. Ma tante, vous vous adoucissez malgré vous. Un de ces quatre, vous allez me laisser installer un poste de radio.

— Jamais! protesta l'Honorable Emily. Maintenant mes enfants, dit-elle en s'adressant à son neveu et à Candida, amusez-vous un peu pendant que j'essaie de régler quelques-unes des affaires qui se sont accumulées pendant notre voyage aux États-Unis.

Elle suivit Miss Withers dans le couloir.

— Ils forment un joli couple, n'est-ce pas? dit-elle en voyant que l'institutrice se retournait pour regarder les deux jeunes gens. Je sais bien qu'elle est un peu plus âgée que lui, mais mon neveu a besoin d'une femme énergique.

Miss Withers lui rappela que Napoléon était plus jeune que Joséphine.

— Et pourtant, je ne crois pas que Napoléon ait eu besoin d'une femme plus énergique que lui.

Une heure plus tard, elle était avec Mr. Starling à Tenton Hall. Il parcourut la lettre que Miss Pendavid lui faisait remettre.

— Alors, vous désirez voir Gerald Hammond? Vous êtes une parente, sans doute?

— C'est cela, dit Miss Withers. Une sorte de tante.

— Très bien.

Il pressa un bouton et dit au jeune homme qui entra :

— Faites venir Hammond, je vous prie.

Mr. Starling se leva.

— Je vous laisse mon bureau pour une demi-heure, Miss. Et... si vous avez besoin d'aide, vous n'avez qu'à crier fort.

Quelques minutes plus tard, le terrible Gerald arriva et la porte se referma derrière lui.

— Vous êtes une menteuse! s'écria le gros garçon joufflu. Vous n'êtes pas ma tante. J'en ai même pas, d'abord.

— Eh bien, je vais être ta tante jusqu'à ce que tu en aies une.

205

Gerald fut surpris par le ton ferme de Miss Withers et resta un moment interdit. La vieille demoiselle s'approcha du bureau du directeur et s'empara d'une badine légère qui était accrochée au-dessus.

— Hé! cria Gerald.

Il recula jusqu'à la porte, mais Miss Withers fut plus rapide que lui. Elle tourna la clé dans la serrure et saisit le petit Hammond par la peau du cou. Elle le conduisit à une chaise, près de la fenêtre.

— Assieds-toi là, ordonna-t-elle. Et maintenant nous allons bavarder gentiment tous les deux.

Gerald restait circonspect.

— Je veux pas bavarder avec vous... je veux pas...

— Assez! fit Miss Withers. Tu vois cette badine, Gerald? Tu sais à quoi elle sert?

Gerald ne le savait que trop. Il en avait déjà senti deux fois les effets depuis son arrivée à l'école — un jour pour avoir dit des gros mots et une autre fois pour avoir appris une chanson paillarde à un élève plus jeune que lui.

— Oui, dit-il d'un air renfrogné.

— Alors je pense que nous allons pouvoir nous entendre. Tu viens de me traiter de menteuse, ce dont je ne te tiendrai pas rigueur. Je ne suis pas ta tante, c'est exact. Mais quelqu'un d'autre a dit un mensonge — un mensonge qui a fait beaucoup de mal.

Elle tournait la badine dans sa main.

— Gerald, je veux que tu sois franc avec moi. Quel mensonge as-tu raconté au sujet de ton père?

— Je n'ai pas menti... et si vous me donnez des coups je vous en rendrai davantage.

— J'ai déjà battu des garçons plus grands que toi. Et plus tard ils m'en ont remerciée.

Gerald avait l'air un peu sceptique.

— Alors, es-tu décidé à me répondre?

— Je n'ai pas dit...

La badine atteignit Gerald aux chevilles et il poussa un cri perçant. Mais Miss Withers ne s'émut point.

— Si tu cries, Mr. Starling va venir, et comme il est plus fort que moi je lui donnerai la badine.

Gerald s'arrêta de crier.

— Maintenant réponds-moi, dit l'institutrice. Et peut-être qu'on te pardonnera.

Gerald devint tout rouge. Il commença à bégayer, puis tout d'un coup un torrent de paroles s'échappa de sa bouche. Oui, il avait raconté un mensonge, mais c'était bien fait pour son père. Il l'avait battu avec sa pantoufle pour avoir taillé les pieds du piano.

— Alors... j'ai dit à maman que c'était papa qui fricotait sur le pont avec Miss Fraser. Je lui ai dit que je m'étais sauvé de la cabine où elle m'avait enfermé, et qu'en jouant avec Virgil j'avais vu papa et Miss Fraser se cacher dans le coffre à couvertures...

— Ah! Et ce n'était pas vrai?

— Non... Mais papa a été puni de m'avoir battu. Maman était très en colère.

— En a-t-elle fait part à ton père?

— Oh, non! Elle ne lui a pas parlé pendant plusieurs jours.

— Et tu ne lui as pas avoué la vérité?

— J'aurais encore été battu.

Miss Withers regarda par la fenêtre. Un paisible paysage de collines vertes et de petits cottages de pierre grise couverts de vigne vierge s'offrit à ses yeux. L'institutrice pinça les lèvres.

— Gerald, quel est l'homme qui se cachait dans le coffre à couvertures?

— Je ne sais pas son nom. C'est celui qui vendait des boissons, des cigarettes et des bonbons au bar. Et puis, il y a un autre homme qui m'a promis un dollar si je surprenais Miss Fraser. Alors quand je les ai vus dans le coffre, je suis descendu le lui dire, et il m'a donné le dollar. Je l'ai dépensé aussitôt.

— Pour toi tout seul, naturellement.

— J'ai dû donner dix cents à Virgil parce que c'est lui qui avait la lampe électrique.

Miss Withers le fixait du regard.

— Mon petit ami, quand tu seras grand tu seras probablement un bandit.

— Je ne veux pas être un bandit... je veux être un gangster.

Miss Withers demeurait songeuse. Beaucoup de choses semblaient élucidées par cette entrevue forcée.

Gerald se leva en hâte.

— Attends un peu, mon petit. T'es-tu rendu compte que tu avais peut-être brisé la vie de tes parents par ce vilain mensonge ? Ton père va revenir demain. Veux-tu lui avouer la vérité ?

— Non, dit Gerald. Il me battrait.

— Et il n'aurait pas tort. Mais s'il ne le fait pas...

Dans les dix minutes qui suivirent, Miss Withers eut le bas de son manteau déchiré ; un méchant gamin reçut quelques coups violents sur la partie de son anatomie en général réservée à ce genre de correction, et poussa d'horribles gémissements.

Miss Withers remit la badine à sa place et ouvrit la porte. Elle se retrouva nez à nez avec Starling qui paraissait étonné.

— Vraiment, dit-il, je ne croyais pas...

— Je n'approuve pas les châtiments corporels, d'habitude. Mais il y a des moments...

Gerald se tenait derrière elle, tout tremblant.

— Hammond, allez au dortoir, dit Starling.

— Oui, monsieur.

Le directeur regarda l'enfant s'éloigner, tout surpris.

— Savez-vous que c'est la première fois que Hammond m'appelle « monsieur » sans que j'aie à le rappeler à l'ordre par deux fois au moins ?

— Je viens de lui administrer un traitement efficace, répondit Miss Withers. Il faudra le renouveler par petites doses en cas de nécessité... Je suis convaincue que ce serait une grosse erreur que de vous retirer cet enfant. Il faut absolument que vous le gardiez, malgré les protestations de son père.

— J'en avais l'intention, dit Starling. Mais le père a été assez... désagréable. J'ai été obligé de lui dire que Miss Emily Pendavid m'avait demandé de ne pas céder à son désir. Cela a paru détourner sa colère.

Miss Withers quitta Tenton Hall et rentra par les petites routes de Cornouailles, sans prêter attention à la belle campagne qu'elle traversait. De vieux remparts de pierre datant de l'invasion normande passèrent inaperçus.

Comme elle arrivait près de la côte qui conduisait à la petite ville de Penzance, Miss Withers aperçut un nuage de fumée blanche qui s'élevait vers le ciel. Il était cinq heures de l'après-midi.

— C'est l'express de Londres, dit le chauffeur d'un ton fier.

Ils durent traverser la ville derrière un camion de légumes qui s'obstinait à bloquer la route malgré les nombreux coups de klaxon. Ils s'arrêtèrent devant la poste ; l'institutrice expédia un télégramme et ils repartirent. Miss Withers était impatiente de rentrer à Dinsul. Très impatiente, même — mais elle allait bientôt changer d'avis.

Enfin, ils sortirent de Penzance et passèrent devant les maisons de pêcheurs de Newlyn. Les rues étaient si étroites que la limousine frôlait presque les murs, et les tournants si brusques que l'on risquait d'écorner les maisons au passage.

Un homme qui passait près d'eux à bicyclette ne prit pas la précaution de se garer sous un porche malgré les avertissements du chauffeur. L'auto dut freiner brutalement, et la secousse projeta Miss Withers en avant. Le cycliste sauta de son engin juste au moment où celui-ci venait s'écraser sous les pneus de la limousine.

Miss Withers poussa un cri et, presque aussitôt, reconnut le sergent Secker, qui s'accrochait au marchepied.

Il la regarda, eut un sourire contraint et essuya la poussière qui lui recouvrait le front. Le sergent commençait à s'habituer à ce genre de situation.

— Il s'en est fallu de peu, avoua-t-il.

— Montez, montez, le pressa Miss Withers.

Le chauffeur examinait la bicyclette en miettes.

— Ce n'est rien, dit Secker. J'ai versé une caution de deux livres pour l'avoir; c'est plus qu'elle ne vaut.

Il se tourna vers Miss Withers.

— Je suis heureux de vous voir. Je cherchais justement un moyen de vous contacter sans que les autres le sachent.

— Comment avez-vous su que j'étais ici?

— Quand vous voulez échapper à Scotland Yard, n'appelez pas un taxi pour vous faire conduire à Paddington. Votre trace était aussi visible que celle d'un éléphant.

— Merci, répondit froidement Miss Withers. Et peut-on vous demander...

— Pourquoi je suis venu? Bien sûr. Il était plus facile pour moi de venir ici pour entendre vos déclarations et celles de quelques personnes mêlées à cette affaire que d'en charger la police locale ou de vous demander de rentrer à Londres. Il y a encore beaucoup de points obscurs dans cette affaire... J'ai toujours eu un doute, mais depuis ce matin, ce n'est plus possible.

Miss Withers eut soudain peur qu'il ne se soit emparé de son idée.

— Vous n'allez pas me dire...

— Je vais vous dire que nous avons découvert le meurtrier de Rosemary Fraser, de Peter Noel et d'Andy Todd. Devinez qui?

Le sergent rayonnait de joie.

— Non, je ne sais pas. Qui est-ce?

— Rosemary Fraser elle-même.
— Quoi ? Vous avez arrêté Rosemary Fraser ? Vous pensez que son suicide était simulé ?
— Pas simulé, dit le sergent, mais un rien prématuré. Ce matin à six heures, deux bateliers ont aperçu quelque chose de bizarre qui flottait sur la Tamise. Ils ont appelé la brigade fluviale : c'était le corps de Rosemary Fraser ; ou du moins j'ai eu la chance de pouvoir l'identifier dès que j'ai été informé de la découverte. Vous vous souvenez de sa grande écharpe bleue ? Il y en avait encore des lambeaux autour de son cou. Alors j'ai tout compris.

Miss Withers se sentait mal à l'aise.

— C'est très clair, poursuivit le sergent, à part quelques lacunes. Miss Fraser a décidé de mourir cette nuit-là sur le bateau. Mais elle ne veut pas disparaître sans revenir harceler ceux qui ont été si méchants avec elle — comme elle se l'imagine. Bien entendu, elle est hors d'elle. Alors elle écrit dans son journal tout ce qui lui passe par la tête, mais cela ne suffit pas à la satisfaire. Elle se cache dans un canot de sauvetage pendant que tout le monde la recherche, et elle s'échappe le lendemain — probablement en sortant du canot pour se glisser dans un autre déjà examiné. Cela peut sembler étrange, mais les passagers clandestins le font souvent.

— Hum, fit Miss Withers. Continuez...

— Quand le navire arrive sur la Tamise, Rosemary apprend que la police s'apprête à faire des recherches au sujet de sa disparition. Elle déteste Peter Noel, parce que c'est son aventure avec lui qui est la source de tous ses ennuis. Elle sait qu'on va le questionner et probablement le fouiller. Alors elle lui écrit un mot qu'elle lui glisse après l'avoir trempé dans le poison. Cela n'a pu se faire que très tard dans la nuit, car, d'après mes renseignements, le gardien fait des rondes très espacées et très régulières. Noel lui avait raconté quelques-unes de ses histoires à dormir debout, selon lesquelles il avalait les pièces compromettantes quand il faisait de l'espionnage, ou des aventures similaires. Bref, on l'arrête, et comme le papier qu'il a dans la poche pourrait l'incriminer ou tout au moins lui faire perdre sa veuve de Minneapolis, il l'avale, pensant jouer un tour à la police. Mais le cyanure dont le papier est imprégné l'empoisonne. Vous vous souvenez qu'on a découvert du papier dans son estomac ? Pendant ce temps, la jeune fille continue à se cacher. Elle se glisse à terre, probablement déguisée en marin. Le bateau reste au port pendant cinq jours. Elle n'a pas de vêtements, mais comme elle a de l'argent elle en achète.

— Ainsi qu'un autre manteau de petit-gris ? demanda Miss Withers. Continuez.

— Elle se cache dans des hôtels bon marché, et espionne les passagers du navire. Elle nourrit une haine terrible à l'égard du jeune Todd — c'est lui, en effet, qui a fait naître le scandale sur le navire. Vous vous rappelez la déception qu'il a éprouvée le soir où Candida Noring a décliné son invitation pour sortir avec Leslie Reverson ? Il avait un terrible complexe d'infériorité, c'est pourquoi le dédain de Rosemary l'a rendu si furieux. Mais il a payé cher son accès de colère. Rosemary a pénétré dans l'hôtel — c'était un endroit assez fréquenté pour qu'on ne la remarque pas. Elle a trouvé Todd dans sa chambre, ivre mort. Vous savez que les portes ne sont jamais fermées à clé. Bref, elle l'a attiré, le portant presque, jusqu'à l'ascenseur, a ouvert la porte en passant sa main fine à travers les barreaux, et l'a poussé à l'intérieur de la cage.

— Et ensuite elle a jeté les bouteilles. C'est pourquoi on a retrouvé du verre cassé près de son cadavre. Voilà qui est clair comme de l'eau de roche.

— Entre-temps, elle avait changé plusieurs fois d'hôtel, et envoyé ses lettres de menaces ridicules. Elle voulait épouvanter tous ceux qui mangeaient à sa table sur le bateau.

— Sauf moi, dit Miss Withers.

— Oui, sauf vous. Elle éprouvait une haine particulière envers sa compagne de voyage, Miss Noring, preuve qu'elle n'avait pas tous ses esprits. À moins que Candida ne l'ait réprimandée au sujet de l'affaire Noel. Quoi qu'il en soit, elle a envoyé une boîte de cigarettes à Candida, dans l'espoir qu'elle en fumerait une et s'empoisonnerait. Bien que notre laboratoire affirme que le cyanure ainsi absorbé n'est pas mortel. Une fois son plan exécuté, elle s'est jetée dans la Tamise.

— Vous vous fiez peut-être trop au simple fait qu'une victime de la Tamise avait encore autour du cou quelques lambeaux de soie bleue, non ?

Secker secoua la tête.

— Je ne suis tout de même pas stupide à ce point. Ce matin, j'ai télégraphié aux États-Unis une description complète, réalisée par notre expert, de la denture de la victime, et une demi-heure plus tard nous avons reçu une réponse de Buffalo. Le dentiste de la famille Fraser a affirmé que c'était bien celle de Rosemary.

Miss Withers fut comme traversée par une décharge électrique.

— Et quelle est la cause du décès, alors ?

— La noyade, bien sûr. Elle est restée longtemps dans l'eau, et Sir Leonard Tilton est en train de procéder à l'autopsie. De même que beaucoup de corps qui séjournent dans le fleuve, elle a été happée par l'hélice d'un steamer, et le corps était horriblement déchiqueté. Les vêtements étaient presque tous arrachés et...

— Que portait-elle, à part son écharpe ?

— Il ne restait pas grand-chose de la robe. Il semble que ce soit une robe de soie blanche. Elle portait une robe blanche la dernière fois que vous l'avez vue, n'est-ce pas ?

Miss Withers hocha la tête.

— Alors, qu'en pensez-vous ?

Elle hésita. Bien entendu, elle pensait beaucoup de choses.

— Jeune homme, je m'incline devant vous, Gunga Din[1]. Vous avez résolu l'affaire dont vous étiez chargé, ainsi que celles confiées à votre supérieur. Je me vois forcée de réviser mon opinion sur Scotland Yard. Et maintenant, qu'attendez-vous de moi?

Il faisait déjà sombre et très froid quand la limousine les déposa sur le quai.

— Je voudrais vous entendre si possible avec les autres occupants du château afin de combler quelques lacunes. Je sais qu'il y en a — et de grandes. Mais Rosemary était la seule personne qui ait un motif pour tuer Noel et Todd. Ne l'oubliez pas.

— Je suis d'accord avec vous sur ce point, et je vous félicite chaudement. À propos, que savez-vous du cigare que la mystérieuse Mrs. Charles fumait dans sa chambre, selon la bonne?

— J'ai cru tout d'abord que c'était un homme déguisé en femme. Puis je me suis souvenu que Rosemary Fraser appréciait les cigarettes au papier marron. Elle en avait toujours quelques-unes sur elle.

— En somme, vous avez assemblé toutes les pièces du puzzle.

— C'est heureux pour vous, répondit Secker en souriant. Vous connaissez l'existence de la lettre de menaces que Miss Pendavid a reçue?

— Oui.

— Nous avons examiné les empreintes digitales à Scotland Yard. Mais cette fois, nous avons obtenu des résultats.

C'était précisément ce que Miss Withers attendait.

— Lesquelles avez-vous découvertes? demanda-t-elle.

— Les vôtres! répondit le sergent d'un air moqueur.

— Les miennes? C'est impossible. D'ailleurs, comment connaissez-vous...

— Nous possédons un dossier sur chaque personne

---

1. Héros éponyme d'un poème de Rudyard Kipling. *(N.d.T.)*

mêlée à l'affaire. C'est une vieille ruse : nous leur donnons à lire leur déposition, et en même temps leurs empreintes sont imprimées sur le papier, spécialement préparé. C'est toujours...

Voyant que Miss Withers ne l'écoutait plus il s'arrêta. Elle savait que l'affaire touchait à sa fin. Elle tenait le dernier maillon de la chaîne — une chaîne qui semblait lui lier les mains.

— Bien sûr, poursuivit le sergent, Rosemary a dû se servir d'une enveloppe que vous aviez eue entre les mains pour envoyer son message.

Miss Withers fut parcourue par un léger frisson.

— Vous êtes descendu au *Queen's Hotel,* je suppose ? Le mieux est que vous y retourniez sans tarder ; je vous appellerai dès que j'aurai préparé les autres à cette entrevue. Il serait préférable qu'elle ait lieu demain...

Le sergent était déçu, mais elle parvint à le convaincre.

— Entre-temps, je vais réfléchir à toutes les zones d'ombre qui vous préoccupent, dit-elle.

— Mais vous êtes d'accord, n'est-ce pas ?

— Sur presque toute la ligne. En tout cas, vous m'avez coupé l'herbe sous le pied.

Miss Withers prit congé, et comme la marée avait monté et recouvrait maintenant la chaussée, elle fut forcée d'appeler le batelier pour regagner l'île. Durant la traversée, elle resta plongée dans ses pensées.

Ce soir-là, à Dinsul, le dîner fut assez gai malgré les préoccupations de Miss Withers. Elle ne fit aucune allusion à la visite que le sergent projetait, car elle avait grand besoin de temps pour réfléchir. Au moment où elle se levait de table, Treves annonça qu'un certain Mr. Gunga Din la demandait au téléphone.

Miss Withers saisit l'appareil.

— C'est moi qui devais vous appeler. Je vous trouve bien impatient, jeune homme.

— Impatient ? Écoutez, je viens de recevoir un message de Cannon. Vous m'avez dit que vous étiez d'accord avec ma façon de voir. Eh bien, nous sommes tous les deux dans l'erreur.

— Dans l'erreur? Il ne s'agissait pas du corps de Rosemary?

— Si, c'était bien elle, et elle était bien morte. D'après Sir Leonard, la mort est due à un coup sur la tête et remonte à une quinzaine de jours.

— Oh! fit Miss Withers, interdite.

— Rosemary Fraser n'a donc tué personne, et je me trouve ramené à mon point de départ.

Le jeune sergent était abattu. Il en oubliait de se comporter en policier.

— Je n'en suis pas aussi sûre que vous, répondit Miss Withers. Me permettez-vous une suggestion?

— Je vous en prie, allez-y.

— Télégraphiez à Londres en demandant un rapport complet sur le cadavre — insistez pour qu'on n'omette aucun détail. Ensuite, allez vous coucher et tâchez de bien dormir.

— Merci, se contenta de répondre le sergent Secker.

Après avoir passé à peu près une heure avec l'Honorable Emily dans le vaste salon plein de courants d'air, Miss Withers regagna sa chambre. En montant l'escalier, elle vit la fenêtre ouverte et entendit un bruit de voix à l'extérieur. Elle s'arrêta pour écouter et reconnut les voix de Candida et de Leslie.

À la seule lumière de la lune, les jeunes gens grimpaient par l'étroit sentier creusé dans le roc qui conduisait à la chaise du saint. Leslie marchait le premier.

— Faites demi-tour, c'est trop dangereux! dit-il.

Mais soudain Candida s'élança en avant et le dépassa en riant. Elle se pencha un moment au bord de la falaise, puis se recula en s'agrippant au rocher.

— Vous êtes battu, dit-elle. C'est moi qui porterai la culotte.

Leslie Reverson, saisi par ce qui venait d'arriver, perdit pied. Miss Withers voulut crier, sauter par la fenêtre et le rattraper, mais elle était paralysée, comme dans un cauchemar.

Leslie essaya de s'agripper au rocher, mais il n'était déjà plus sur le sentier. Au-dessous de lui, c'était le vide...

Candida, qui était presque arrivée à la chaise, se retourna juste à ce moment. Elle ne poussa ni cri, ni plainte. Elle le considéra avec effroi pendant quelques secondes, puis se précipita à son secours. Allongée à plat ventre au bord du rocher, elle saisit le poignet de Leslie et le ramena sur le sentier.

Aucun d'eux ne parla, mais Candida le prit dans ses bras avec tendresse. Ce fut une scène émouvante. Miss Withers, comprenant qu'elle n'avait pas le droit de regarder, s'éloigna de la fenêtre et gagna sa chambre. L'image de ce jeune couple enlacé était fixée en elle, et celle-ci devait demeurer encore longtemps dans sa mémoire.

CHAPITRE XIII

En plein crime

Perturbée par tous les événements de la journée, Miss Hildegarde Withers passa une mauvaise nuit. Après s'être endormie avec beaucoup de difficulté, elle se réveilla brusquement peu de temps après et crut apercevoir une espèce de fantôme blanc traverser sa chambre et disparaître dans le mur.

— Anges du ciel, protégez-nous! s'écria-t-elle. Ne me dites pas que c'est un revenant.

L'apparition se renouvela, et elle constata que ce qu'elle avait pris pour un spectre n'était que le reflet des deux puissants phares d'une automobile qui tournait sur la route, à Penzance.

Quoi qu'il en soit, elle se réveilla tout à fait. Dehors, la lune brillait. L'institutrice se leva, mit ses pantoufles et s'approcha de la fenêtre. Le clair de lune était assez vif pour lui permettre de voir l'heure à sa montre : à peine une heure du matin. Çà et là, une lumière brillait encore à la fenêtre de quelque maison de pêcheur.

Elle ouvrit sa fenêtre à guillotine et se pencha pour jouir de la fraîcheur de la nuit. Mais elle était troublée par la solution qu'elle devinait à cette énigme, et par la décision qu'elle devait prendre.

Après un examen de conscience approfondi, Miss Withers regagna son lit et demeura allongée sans dormir jusqu'au moment où les premières lueurs de l'aube apparurent.

Alors elle s'endormit, poussant de temps en temps quelques gémissements plaintifs. À huit heures précises, on tira violemment les rideaux, et Treves s'approcha d'elle avec une tasse de thé fumante.

— Bonjour, Miss. Il ne fait pas très beau ce matin mais il est possible que le temps s'éclaircisse. Dois-je vous préparer un bain ?

Elle n'avait pas l'habitude d'avoir des hommes dans sa chambre — même des majordomes ayant leur famille dans la maison. Mais avec Treves elle ne se sentait aucunement gênée.

— Comment voulez-vous vos œufs, madame ?
— À la coque, répondit-elle après un instant. Mais très cuits.
— Très bien, madame. Je vous apporterai votre plateau dans un quart d'heure.
— Ce n'est pas la peine. Je descendrai déjeuner avec les autres.
— Excusez-moi, mais en général Madame avertit ses hôtes que, trois jours par semaine, ce château est plutôt... un lieu public. Nous sommes aujourd'hui lundi, et des touristes peuvent venir à tout moment visiter le château. Ils n'ont pas le droit d'aller au premier, aussi Madame passe-t-elle la plus grande partie de la journée dans ses appartements. Le déjeuner et le dîner sont servis dans le salon, en toute simplicité. Je pense que vous préférerez prendre votre petit déjeuner ici.
— Bien entendu, à Rome faites comme les Romains. Si les autres...
— Monsieur Leslie et la jeune demoiselle ont pris chacun leur petit déjeuner au lit. Ils s'apprêtent à aller jouer au golf. J'ai commandé la voiture pour eux.
— Et votre maîtresse ?
— Madame a eu aussi son plateau, et je crois qu'en ce moment elle prend son bain.

Son insistance à savoir ce que faisaient tous les habitants de la maison ne semblait pas surprendre Treves. Elle se demanda s'il avait deviné sa mission.

— En même temps que mon plateau, je voudrais que vous m'apportiez les journaux du matin.

— Ils n'arrivent pas avant dix heures, madame. Ils viennent de Londres.

Treves partit et Miss Withers but sa tasse de thé. Puis elle enfila un peignoir et sortit dans le couloir.

La salle de bains se trouvait entre sa chambre et celle de Candida. Elle ouvrit la porte et vit la jeune femme verser des sels dans une baignoire pleine d'eau. En apercevant l'institutrice, Candida ramena d'un geste vif son peignoir autour d'elle.

— Excusez-moi, fit Miss Withers.

— Il n'y a pas de mal, dit Candida en souriant. J'avais pourtant cru fermer la porte à clé. Mais je n'en ai pas pour longtemps. Leslie m'attend pour aller au golf.

— Il est parfois bon de faire attendre un jeune homme, conseilla Miss Withers.

Elle rentra dans sa chambre en maugréant après les maisons dont l'unique salle de bains des invités est toujours occupée.

Son petit déjeuner l'attendait : un repas tout à fait insipide, composé de thé et de toasts froids, d'œufs à la coque complètement durs et d'une mince tranche de bacon — du moins cela y ressemblait.

Quand elle eut terminé, elle sortit de sa chambre, espérant que Candida aurait tenu parole et que la salle de bains serait libre. Elle essaya d'ouvrir la porte, mais cette fois-ci on l'avait fermée à clé, et elle entendit de l'eau couler à l'intérieur. Elle retourna dans sa chambre, et presque aussitôt Treves frappa pour reprendre le plateau.

Il l'emporta en le portant en équilibre sur la paume de sa main, et au moment où il arrivait au milieu de l'escalier, on entendit un cri terrible venant de la partie du château occupée par l'Honorable Emily. Treves laissa échapper le plateau, le rattrapa au vol et le posa sur une table du couloir. Puis il se précipita vers le salon de Miss Pendavid.

Il revint peu de temps après, Tobermory dans les bras, et aperçut Miss Withers à l'entrée de sa chambre.

— Madame va en faire une maladie! dit-il. C'est l'oiseau, le rouge-gorge américain que Madame a ramené avec elle.

— Que s'est-il passé?

— Le chat a démoli la cage et mangé l'oiseau. Il n'a rien laissé.

— Avez-vous prévenu votre maîtresse?

— Elle est dans son bain, madame. J'ai pensé qu'il valait mieux ne pas la déranger pour cela. Il m'a semblé plus sage de descendre Toby à la cuisine pour le moment.

Miss Withers ne comprenait pas.

— Comme punition?

— Non, madame. Mais si Madame trouve la cage par terre et rien d'autre, elle pensera peut-être qu'elle est tombée toute seule et que l'oiseau s'est envolé. Sinon, elle est capable de donner une correction au chat avec un journal plié, et cela porte malheur.

— Comment?

— Oui, madame. Dans ce pays, nous croyons que lorsqu'on punit un chat cela porte malheur à la maison. Les chiens n'ont pas droit à ces considérations, mais les chats ont des amis puissants.

Touchée par cette découverte du folklore de Cornouailles, Miss Withers résolut d'aider à la protection de Tobermory.

— Laissez-le dans ma chambre, dit-elle. Je jurerai à sa maîtresse qu'il est resté ici toute la matinée.

Elle resta seule avec le chat, qui procéda à un examen approfondi des lieux et vint s'installer sur le lit en la fixant des yeux. L'institutrice le caressa et ôta une ou

221

deux plumes de sa moustache. Tobermory commença à ronronner...

Mais Miss Withers n'avait pas l'intention de rester toute la journée en peignoir. Elle tourna la poignée de la porte de la salle de bains, un peu brutalement cette fois, et la clé tomba. Elle s'enferma et entendit le pas rapide de quelqu'un qui passait près de la porte — probablement Candida se dépêchant d'aller au golf.

Après avoir suspendu la serviette mouillée et le gant laissés par Candida au bord de la baignoire, elle prit son bain, mais elle n'éprouvait pas autant de plaisir que l'Honorable Emily à tremper dans l'eau chaude. Elle en sortit vite et posa les pieds sur un tapis de bain doux et sec, puis sécha son grand corps maigre en se frottant avec énergie.

De retour dans sa chambre, elle s'habilla en vitesse sous l'œil attentif de Tobermory. Tout à coup, le chat se leva, s'étira et sauta à terre. Il s'approcha de la porte et se mit à miauler.

— Chut ! dit Miss Withers.

— Miaou ! cria Tobermory.

Mais il ne voulait pas sortir, car lorsqu'elle ouvrit la porte il ne bougea pas.

Cinq minutes plus tard, Treves frappa. Il portait une soucoupe de lait.

— C'est l'heure où Tobermory prend son petit déjeuner chaque matin, et les animaux ont toujours soif quand ils ont mangé de la viande.

Tobermory miaula de nouveau, puis but son lait à grandes lampées.

— Il ne restait du rouge-gorge que quelques plumes, dit Treves.

Le serviteur remporta la soucoupe vide tandis que Tobermory reprenait place sur le lit et se remettait à ronronner.

Miss Withers n'avait pas le temps de le caresser. Il serait bientôt neuf heures et elle avait beaucoup à faire.

Déjà le premier groupe de touristes arrivait dans le grand hall quand elle descendit pour téléphoner. Tous s'arrêtèrent pour la regarder.

Miss Withers les avait à peine remarqués. Elle commençait à nourrir de nombreux doutes — mais pour l'instant une question primordiale les dominait. Quinze jours plus tôt, Rosemary Fraser était au milieu de l'Atlantique. Si elle était morte à ce moment-là, comment son corps avait-il pu resurgir la veille dans la Tamise ?

Elle savait bien que les courants de l'Océan peuvent accomplir des choses incroyables. Mais ils n'avaient pas pu transporter un cadavre sur une distance de quelque mille cinq cents kilomètres et le déposer à l'endroit précis où on le recherchait — juste en face de Scotland Yard.

Cependant, Rosemary Fraser n'avait pas pu mourir à Londres quinze jours auparavant.

Obsédée par cet unique problème, Miss Withers était pour un temps sourde à toutes les impressions que son esprit des plus aigus était d'ordinaire disposé à recevoir. Quelque part au fond de son cerveau, une petite lumière rouge clignotait, mais elle n'y prêtait pas attention.

Elle appela le *Queen's Hotel* de Penzance, et entendit bientôt la voix du sergent.

— J'ai des renseignements pour vous, annonça le jeune homme, ou tout du moins des informations que vous pourrez utiliser mieux que moi. Puis-je venir au château ?

Miss Withers était sur le point de répondre « oui », quand la porte de la petite pièce où elle était assise s'ouvrit soudain.

— ... Et vous avez ici un spécimen des temps anciens, admirablement conservé, récitait le guide.

Son bras montrait la cheminée derrière elle, mais tous les visiteurs regardaient Miss Withers et quelques-uns ricanèrent.

223

— C'est moi qui vais passer vous voir, dit Miss Withers. Ce château est aussi discret qu'un étalage de grand magasin.

Elle sortit en hâte. Une demi-heure plus tard, après un trajet en barque et en bus, elle était assise dans le salon de l'hôtel, sous les inévitables palmiers en pot, et écoutait le jeune Secker.

— Nous avons donc la description complète du cadavre. Sexe : féminin ; âge : environ vingt ans ; cheveux noirs, mains fines, ossature délicate ; portant un escarpin blanc à un pied, des bas de soie blancs, du linge français de belle qualité, des lambeaux d'une robe de soie blanche, et une écharpe bleu nuit autour du cou. L'écharpe était très déchirée et avait de toute évidence été en contact avec l'hélice d'un bateau, car elle portait des traces de rouille et de peinture. Profondes blessures sur la face et le corps, quelques-unes ayant été causées avant, d'autres après la mort. Décès dû à une des graves blessures infligées à la tête par un instrument coupant.

— Arrêtez ! dit Miss Withers. Avec ça, j'ai de quoi réfléchir plusieurs jours. Maintenant il faut que je rentre. Je veux avoir une conversation avec mon hôtesse.

Le jeune homme protesta avec vigueur.

— Je sais que vous avez flairé quelque chose. Vous ne voulez pas me mettre au courant ?

— Non... je ne sais rien.

Miss Withers mentait. Elle se sentait oppressée.

— Il faut que je parte. Je vous appellerai plus tard.

— Attendez ! s'exclama le sergent. Ne pouvez-vous pas me dire quelque chose... ? Cannon n'a jamais été très convaincu par ma théorie quant aux crimes dont on a accusé Rosemary. Voulez-vous bien...

Elle secoua la tête et s'éloigna, suivie des yeux par le jeune homme.

Miss Withers attendit un moment sur l'esplanade, mais aucun autobus n'apparaissait. Au bout d'un moment, elle reprit sa marche. Quelques minutes plus tard elle arriva à Newlyn, et dans la rue principale elle vit un écriteau : « Refuge de marins — salon de lecture, de repos et de détente. »

Elle n'était pas marin — ou du moins elle naviguait sur des mers étranges — mais sur une impulsion elle pénétra dans ce confortable petit salon de lecture d'un pas ferme et d'un air de défi. De vieux messieurs au visage rouge et marqué par le vent du large la considérèrent avec curiosité ; un chien se mit à grogner, mais elle s'avança vers la bibliothèque et choisit, sur la maigre liste des livres, un titre plein de promesses : *La Profession de marin*, par un certain capitaine Felix Riesenberg.

Debout, et sans se soucier des regards méfiants des habitués, elle feuilleta l'épais volume, étudiant diagramme après diagramme. Finalement, elle trouva ce qu'elle cherchait, et remit le volume en place. Elle observa la cheminée. C'était bien cela !

Sur le manteau se trouvaient plusieurs modèles de bateaux à voiles, et un steamer découpé dans du bois tendre. Elle étudia le dernier quelques secondes, et hocha la tête. Alors elle sortit en vitesse, et le refuge retrouva sa paix immémoriale.

Il n'y avait toujours pas d'autobus en vue pour l'emmener, le long de la plage, au village et à Dinsul. Elle commença à marcher, et avant qu'elle ait atteint le premier virage elle fut rejointe par la limousine.

— Montez ! cria Leslie Reverson.

Miss Withers hésita, mais, ne voulant pas se montrer impolie, elle obéit. La voiture redémarra si rapidement qu'elle tomba presque entre les jeunes gens. Au milieu des sacs de golf, elle trouva une place pour ses pieds.

— Comment s'est passée la partie ? demanda-t-elle.

— Admirable, dit Leslie. J'ai battu Candy par 88 à 94.

— Je n'étais pas en forme, répliqua Candida. Comment jouer alors que vous insistez pour... vous savez bien.

— Ce n'est pas un secret, dit Leslie.

Il était bouillonnant, plein de fougue.

— Je lui demande de fixer la date de notre mariage. Ma tante sera d'accord. Je suis sûr qu'elle nous pardonnera si nous allons à la mairie remplir les formalités. Mais Candy ne veut dire ni oui ni non... Je ne dois pas savoir m'y prendre. J'ai envie de solliciter de l'aide.

Il interpella gaiement Miss Withers.

— Vous, demandez-lui donc pourquoi.

— Inutile. Je connais la réponse.

— Comment ? Pourquoi ? demanda Leslie en se penchant d'un air curieux.

Miss Withers eut un drôle de sourire et se tourna vers Candida.

— Puis-je lui dire ?

— Je suppose...

Candida s'interrompit, l'air inquiet.

— Dois-je lui dire la vraie raison ? reprit Miss Withers d'un ton calme.

Candida ne répondit rien. La voiture approchait de la chaussée balayée par la marée. Alors la jeune fille secoua lentement la tête. Elle tâta la poche de son manteau.

— Oh, mon Dieu ! dit-elle. Arrêtez la voiture, Leslie, j'ai laissé mon poudrier sur le terrain de golf. Je m'en suis servie lorsque nous nous sommes assis sur le banc. Vous vous souvenez ? Quand vous... je veux dire quand nous nous sommes reposés. Cela vous ennuie-t-il beaucoup ?...

— Mais non ! Je vais vous déposer au château et je retournerai le chercher.

— Ce n'est pas la peine, j'aime autant faire le chemin à pied.

La vieille Buick emmena Leslie, et Miss Withers et Candida s'engagèrent sur l'étroit chemin noir qui surplombait la mer. Elles marchèrent un moment en silence.

— Depuis combien de temps le savez-vous ? demanda enfin Candida.

— Depuis que je suis arrivée de Londres... Alors, qu'allons-nous faire ?

Candida semblait très embarrassée.

— Il faut que nous ayons une petite conversation, dit Miss Withers. Le problème n'est pas simple.

— Simple ! s'écria Candida.

Elles arrivèrent bientôt au château. Treves vint leur ouvrir.

— J'espère qu'il n'y a plus de touristes, dit Miss Withers.

— Non, madame. Les derniers viennent de partir. Mais nous avons eu des déboires avec eux. Un des visiteurs voulait à tout prix visiter la partie supérieure du château, ce qui est strictement défendu. Et il s'est fâché quand on a voulu l'empêcher de monter.

Tout en parlant, Treves se massait le bas du visage ; Miss Withers remarqua qu'il était légèrement enflé.

— On l'a... expédié rapidement. Ah ! madame, ces Américains...

— N'était-ce pas un homme jeune, avec une moustache ? demanda Miss Withers.

— Oui, dit Treves, vous l'avez probablement rencontré sur la chaussée.

Mais Miss Withers gravissait déjà l'escalier avec Candida. En arrivant à sa chambre, elle se félicita de ne pas avoir croisé l'Honorable Emily, dont la présence eût été inutile dans la conversation qui les attendait.

Miss Withers ferma sa porte à clé et Candida s'effondra sur le lit. L'institutrice prit une chaise et Tobermory, tout câlin, vint se frotter à ses chevilles.

— J'écoute vos suggestions, dit Miss Withers.

Mais il n'y en eut aucune. Candida aurait pu en faire mais ne le voulait pas, et Tobermory aurait bien voulu mais ne le pouvait pas.

Finalement l'institutrice dévoila ses pensées. Les

deux femmes causèrent longtemps, longtemps... À une heure, Treves frappa à la porte.

— Le déjeuner sera servi dans vingt minutes dans le salon de Madame.

— Nous y serons... Oh, Treves, voulez-vous faire venir la limousine en temps voulu pour être à la gare avant le train de quatre heures et demie pour Londres ?

— Bien sûr, madame. Voulez-vous que je vous aide à emballer vos affaires ?

— C'est moi qui prends le train, dit Candida. Je vous remercie ; je ferai mes valises moi-même.

Treves partit téléphoner.

— Ne vous tourmentez pas, dit Miss Withers à Candida. Je ne dévoilerai pas ce que vous m'avez confié, à moins que ce ne soit une question de vie ou de mort pour quelqu'un. À présent, allons nous préparer pour le déjeuner. Tout va s'arranger.

Candida s'arrêta sur le seuil de la porte.

— Mais la police ? Si elle me soupçonnait ?

Miss Withers sourit légèrement.

— Ça n'arrivera pas. Les policiers sont tous les mêmes. Ils ne voient pas ce qui crève les yeux.

L'institutrice alla se débarbouiller dans la salle de bains. Malgré l'excellent système de chauffe-eau de Dinsul, que Miss Pendavid vantait tant, l'eau était à peine tiède. Puis Miss Withers décida de rendre visite à la propriétaire des lieux. Au moment où elle allait atteindre les appartements de cette dernière, Treves l'appela et lui dit qu'un monsieur la demandait au rez-de-chaussée.

Miss Withers s'empressa de descendre et trouva le sergent John Secker au salon. Il avait l'air préoccupé.

— Excusez-moi de vous déranger, dit-il.

— Qu'y a-t-il ?

Il sortit de sa poche une petite feuille de papier.

— Tout est fini, et j'ai complètement manqué mon coup. Je viens de recevoir ce câble de l'inspecteur Cannon. Il l'a envoyé hier soir, mais un groom stupide l'a poussé sous ma porte et sous mon tapis. Je viens de le trouver.

Le message, assez court, disait ceci :

Tenez Noring sous surveillance jusqu'à mon arrivée avec mandat d'arrêt. Si elle essaie de fuir arrêtez-la pour meurtres de Peter Noel et Andy Todd.

Miss Withers fut bouleversée.

— Mais c'est impossible ! Comment Candida a-t-elle pu faire avaler un poison à Noel ? Comment a-t-elle pu forcer Todd à sauter dans la cage d'ascenseur ? Même en supposant qu'elle ait pris le risque de mourir avec une cigarette au cyanure à la bouche, voulez-vous répondre à cette question : si Candida est venue ici avec Emily Pendavid — et nous savons que c'est exact —, comment a-t-elle pu expédier de Londres, deux jours plus tard, une lettre bordée de noir ?

— Je n'en sais fichtre rien. Je pense moi-même que Cannon est fou. Mais je ne suis que la cinquième roue...

— Ah, cette police ! s'exclama Miss Withers.

— Je dois exécuter les ordres. Nous n'avons pas besoin d'attendre un mandat d'arrêt, mais nous préférons le faire au cas où, pendant le procès, l'avocat de la défense nous accuserait d'avoir abusé de nos droits. En attendant, il faut que je surveille Miss Noring.

— Vous devriez d'abord trouver un prétexte à vos allées et venues autour du château. Venez... nous allons passer chez Miss Pendavid.

Quelques instants plus tard, Leslie rentra. Il jeta deux sacs de golf près de la porte et fut présenté à l'enquêteur.

— Quel travail ! dit-il à Miss Withers. J'ai parcouru tout le terrain sans pouvoir mettre la main sur le poudrier de Candy. Je crois que je serai obligé de lui en acheter un autre.

Il était beaucoup plus préoccupé par la perte du poudrier que par la venue du détective.

Treves se trouvait près d'eux et semblait plutôt mal à l'aise. Miss Withers lui demanda si le déjeuner était prêt.

— Oui, j'ai tout apporté dans le salon de Madame. Mais... je ne sais pas ce que je dois en faire... Ça ne lui est encore jamais arrivé.

— Qu'est-ce qui n'est encore jamais arrivé ? Et à qui ?

— À Madame. Elle aime bien lire et somnoler dans son bain, mais elle n'y est jamais restée toute une matinée. L'eau coule dans la baignoire, et elle ne répond pas quand je frappe... Les portes de la salle de bains sont fermées à clé.

— Venez, ordonna Miss Withers.

Elle se dirigea vers la salle de bains, suivie de Treves et de Secker. Le jeune sergent essaya à quatre reprises d'enfoncer la porte de la chambre où John de Pomeroy avait laissé couler son sang des siècles auparavant. Mais la porte résista. Miss Withers poussa Secker de côté et regarda par le trou de la serrure.

— C'est verrouillé de l'intérieur, annonça-t-elle.

Elle alla à l'autre porte, en passant par le couloir.

— Cette porte est toujours fermée à clé, prévint Treves.

Mais Miss Withers introduisit une épingle à cheveux dans la serrure. Au bout d'un moment, elle se redressa et tourna la poignée. La porte s'ouvrit, et leurs regards convergèrent sur la femme qui était dans la baignoire.

L'eau coulait toujours du robinet d'eau chaude — mais c'était de l'eau froide. L'Honorable Emily, baignant dans l'eau savonneuse, était étendue dans la grande baignoire ancienne, les genoux repliés et la tête sous l'eau. Le sergent s'agenouilla près d'elle :

— Elle est encore chaude ! cria-t-il. Il y a une chance...

Jetant sur le corps un peignoir de bain qui se trouvait à sa portée, il emporta Miss Pendavid dans sa chambre. Il la déposa sur son lit et commença la respiration artificielle. Miss Withers observait, le visage figé. Ses yeux avaient perdu leur beau bleu et n'étaient plus que deux sombres cavités.

Au bout d'un long moment, le sergent s'arrêta, hors d'haleine.

— C'est fichu, dit-il sur un ton d'excuse.

Miss Withers le considéra avec inquiétude.

— Êtes-vous sûr qu'elle est morte ?

— Certain. Il n'y a sans doute pas longtemps, mais le médecin légiste pourra le préciser mieux que moi. Où est le téléphone ? Je vais avertir tout de suite... Non, il vaut mieux que vous vous en chargiez. D'après la consigne, le policier doit rester près du corps.

Miss Withers hocha la tête mais ne bougea pas.

— Vous pensez réellement qu'il s'agit d'un crime ?

— Le corps ne porte aucune trace de coups, et je ne détecte aucune odeur d'amande amère sur ses lèvres, mais ce n'est pas à nous de le déterminer.

Miss Withers se pencha pour contempler le visage d'un calme absolu de la morte. Au cours des deux dernières semaines, elle avait fini par éprouver une grande sympathie et beaucoup de respect pour cette femme vive et affable qui reposait maintenant, victime du destin.

— Nous le saurons, dit-elle, nous le saurons bientôt.

CHAPITRE XIV

Les réticences de Tobermory

Miss Withers croisa Leslie Reverson en haut de l'escalier.

— Que se passe-t-il donc ? Le vieux Treves vient de passer près de moi, il avait le visage décomposé.

Miss Withers le mit au courant du malheur. Le jeune homme pâlit.

— Mais non, cela n'a pas pu arriver à ma tante...

— C'est pourtant arrivé, répondit Miss Withers. Il faut maintenant que je prévienne la police. Où est Candida ?

— Candy ? Dans sa chambre. Elle m'a dit qu'elle faisait ses bagages. Mais je voulais vous demander pourquoi...

— Oh, pas maintenant ! Allez chercher Candida et conduisez-la au salon. On a quelques questions à lui poser...

— Mais je ne comprends pas !...

Miss Withers ne jugeait pas nécessaire qu'il comprenne. Elle descendit les escaliers quatre à quatre.

Elle obtint tout de suite la communication, mais, quand elle arriva dans le salon, elle trouva Candida assise dans un grand fauteuil. Leslic était près d'elle et s'efforçait de l'égayer. Presque aussitôt, un bruit de tonnerre résonna à la porte principale du château.

— La police! cria Leslie d'une voix étranglée. Je vais...

Miss Withers le repoussa vers son siège.

— Si ce sont les policiers, je veux leur parler, dit-elle. Mais à moins que les autorités locales ne soient rapides comme l'éclair, je ne vois pas...

Treves, encore blême, était déjà à la porte. Il ne vit aucun détachement de police, cependant dans le hall il croisa Loulou Hammond qui arrivait, l'air furieux. Elle avait acheté à Paris un nouveau chapeau qui lui allait à ravir, mais elle était folle de rage.

— Vous! s'écria-t-elle en apercevant Miss Withers. Espèce de brute!

Elle entra dans le salon et s'arrêta net en voyant que Miss Withers n'était pas seule.

— Bonjour, dit l'institutrice d'un ton posé. Je crois que nous nous connaissons tous, ici.

— Je m'en moque, répliqua Loulou en sortant un télégramme de son sac. Je voudrais une explication à ce sujet.

Miss Withers prit le morceau de papier — bien qu'elle connût par cœur le message qu'il contenait.

— Signé par moi, observa-t-elle.

Elle le lut à haute voix :

— *« Gerald sérieusement blessé. Venez au plus vite. »*

» En réalité, seule sa sensibilité a été blessée, dit-elle en souriant. Mais j'avais d'excellentes intentions.

— Des intentions? Savez-vous que j'ai dû laisser tout ce que je faisais à Paris pour traverser la Manche en avion ce matin à six heures? Et à mon arrivée, j'ai appris que le seul moyen de parvenir jusqu'ici était de prendre un autre avion jusqu'à St. Ives. Cela m'a coûté une petite fortune, et j'ai trouvé Gerald en excellente santé. Le directeur de l'école m'a dit que je pourrais vous trouver ici. Que signifie cette plaisanterie? N'en a-t-on pas commis assez sur le bateau?

Loulou s'arrêta pour reprendre son souffle. À ce moment précis, quatre hommes, dont deux en uniforme bleu, traversèrent le hall.

— Où est le cadavre ? demanda celui qui marchait en avant, un personnage un peu bourru vêtu d'un pardessus raglan fort usé.

Le sergent Secker apparut en haut de l'escalier et leur fit signe.

— Par ici, messieurs.

Les hommes montèrent d'un pas lourd.

— Le cadavre, murmura Loulou Hammond. Il a bien dit « le cadavre » ?

Miss Withers lui fournit quelques brèves explications.

— Croyez-moi, je n'avais pas l'intention de vous faire venir ici dans de telles circonstances. Mais je voulais vous apprendre quelque chose que je ne pouvais vous faire savoir par télégramme.

— Ce n'est rien. Mais qu'est-il arrivé à l'Honorable Emily ? Est-ce un nouveau... ?

— C'est ce que nous attendons de savoir.

Loulou se tourna vers Leslie Reverson.

— C'est votre maison, n'est-ce pas ? Alors, je vous prie de me pardonner d'arriver à un tel moment.

Leslie murmura vaguement qu'il était enchanté. Mais Loulou poursuivit :

— Je serai au *Queen's Hotel* à Penzance, jusqu'à demain matin.

Puis, s'adressant à Miss Withers :

— Au cas où vous voudriez me donner quelque explication au sujet de... cette supercherie. Je suppose que Tom vous a parlé. Mais inutile d'essayer d'arranger les choses. D'ailleurs, vous pouvez le lui dire de ma part.

— Votre mari n'a rien à voir avec tout cela, commença Miss Withers.

Mais Loulou était déjà près de la porte, pressée de quitter les lieux avant qu'autre chose n'arrive. À la place de Treves, un jeune agent d'un mètre quatre-vingts bloquait l'issue, les bras croisés.

— Je regrette, madame, mais il faut que vous attendiez.

— Mais je viens d'arriver, protesta Loulou, je n'habite pas ici !

— Alors vous ne devriez pas regretter de devoir attendre. C'est le plus célèbre lieu d'excursion de Cornouailles, et il vaut la peine qu'on s'y arrête.

Loulou ne trouva rien à répondre. Elle rentra dans le salon et s'affala sur une chaise. Il y eut un interminable silence, car Candida et Leslie n'avaient rien à se dire pour le moment.

— Si personne ne parle avant que l'horloge ne sonne, je vais hurler et me rouler par terre, se promit Candida entre ses dents.

Mais au moment où l'horloge ancestrale, sous l'escalier, se préparait à sonner la demie de deux heures, on entendit un pas pesant descendre les marches. C'était un des policiers.

— Le brigadier-chef voudrait vous parler, dit-il à Leslie.

L'agent parlait avec respect. Il savait fort bien qu'il s'adressait au nouveau seigneur du domaine, et que Dinsul, avec tous ses parapets, ses meubles de chêne foncé, ses tapisseries, sa herse, ses mouettes et ses touristes, appartenait à ce jeune homme craintif.

En lançant un dernier regard abattu à Candida, Leslie Reverson sortit du salon et gravit l'escalier en compagnie de l'agent de police. Quand il revint dix minutes plus tard, il paraissait déchargé d'un poids énorme qui pesait sur ses épaules. Candida fut appelée à son tour, et revint elle aussi l'air beaucoup plus insouciant.

— À vous, madame, dit le sergent.

Miss Withers manqua lui marcher sur le talon en montant. Elle se préparait à revoir le pauvre visage de cire qui reposait sur le lit, mais elle fut introduite dans le salon particulier de Miss Pendavid. L'homme au pardessus raglan était assis au bureau; il avait devant lui un cahier grand ouvert. Le sergent Secker se tenait debout à côté de lui.

— Voilà la dame dont je vous ai parlé, dit-il, Miss Withers... Brigadier-chef Polfran, de la police du comté.

Elle s'empressa de poser des questions, mais sa tentative d'obtenir des informations fut vite réprimée. L'homme assis au bureau s'exprimait par phrases courtes. Il cherchait uniquement à savoir ce qui s'était passé le matin même. Comme elle terminait son histoire des portes fermées à clé et de la découverte du corps dans la baignoire, la porte du salon s'ouvrit et un homme entra. À son haut-de-forme et son air grave, ce ne pouvait être qu'un médecin de province.

— Alors, docteur?

— Je savais que cela devait arriver. Outre ma fonction de légiste, j'ai eu pendant une vingtaine d'années une clientèle privée et j'ai soigné très souvent Miss Pendavid. Elle avait une valvule du cœur qui ne fonctionnait pas bien. Il y a quelques mois, je lui ai prescrit des sels à respirer et lui ai recommandé de ne pas conduire, ni de nager, ni de faire aucun mouvement susceptible de provoquer une crise. Elle a dû avoir une attaque en se plongeant dans une baignoire pleine, et s'est noyée.

Le brigadier se pencha vers le docteur.

— Il est possible que cette femme ait été sujette à des problèmes cardiaques, mais elle craignait aussi pour sa vie. J'ai été informé récemment qu'elle avait reçu une lettre de menaces, et le sergent Secker, de Scotland Yard, est venu ici conduire une enquête. Il est de la plus haute importance de nous assurer que ce décès n'a rien de suspect.

Le docteur paraissait ennuyé.

— Bien entendu, je suis prudent. Je sais reconnaître

la mort par noyade. D'ailleurs, n'était-elle pas enfermée à clé dans la salle de bains ?

Polfran reconnut que c'était exact. Il se tourna vers Secker. Miss Withers, qui se tenait à l'écart, nota une rivalité à peine voilée entre les représentants des forces urbaines et rurales.

— En définitive, sergent, êtes-vous convaincu que cette affaire n'a aucun rapport avec celle qui vous a amené ici ?

— Je pourrais vous répondre avec plus de certitude si je connaissais l'heure exacte de la mort.

— C'est assez facile, déclara le docteur. Il n'y a pas plus de trois heures en tout cas.

Miss Withers respira.

— En êtes-vous sûr ? demanda Secker.

— Tout à fait. Un cadavre se refroidit à raison de deux degrés à l'heure, environ. C'est ainsi que nous pouvons déterminer l'heure du décès. Le corps marquait un peu plus de 30 degrés quand je suis arrivé ici, ce qui fixe le moment du décès à... — le docteur consulta une vieille montre en or — entre onze heures et quart et onze heures et demie.

— Parfait, dit le brigadier. Vous avez entendu le jeune Reverson certifier qu'il était parti à neuf heures avec la demoiselle pour jouer au golf, et qu'il était rentré un peu avant une heure. La jeune fille a affirmé la même chose. Et cette dame — il montra Miss Withers — l'a confirmé dans sa déposition. Le majordome aussi. Reverson était la seule personne susceptible de tirer profit de la mort de sa tante. De toute façon, il devait hériter du tout dans quelques années. Bien entendu, nous allons vérifier les faits avec les propriétaires du golf mais je doute que cela change grand-chose.

Le sergent partageait son avis.

— Miss Pendavid elle-même aurait sans doute préféré retarder cet événement, affirma le docteur, sarcastique.

Mais personne n'eut envie de rire à cette remarque.

— Parfait, dit de nouveau le brigadier. Il y aura certainement une enquête judiciaire. Mais je ne peux pas demander d'autopsie, à moins que le jeune Reverson, qui est le plus proche parent, n'en exprime le désir.

— Ça m'étonnerait, commenta Miss Withers, à voix basse.

En regagnant sa chambre, elle se sentit soulagée. C'était une coïncidence, mais il s'en produit toujours dans la vie. Pendant quelque temps, elle avait craint que sa façon de prendre à la légère les choses les plus sérieuses eût pour résultat une erreur redoutable, mais au contraire tout était pour le mieux. La fin justifiait les moyens. Il restait à satisfaire l'inspecteur principal Cannon, mais elle pourrait lui signaler certains faits qu'il semblait ignorer. Elle alla prendre son sac, en vérifia le contenu et se hâta de redescendre.

Si un état de tension régnait dans le salon quand Miss Withers était montée à l'étage, cette tension était cent fois plus forte à son retour, car deux nouveaux personnages venaient d'apparaître sur la scène.

L'inspecteur principal Cannon passa près d'elle en coup de vent et se dirigea vers l'escalier. Elle aurait voulu l'arrêter, mais il lui jeta un brutal bonjour et monta les marches quatre à quatre. Miss Withers ne comptait pas le voir avant l'arrivée du train de cinq heures. « Scotland Yard dispose donc d'avions, se dit-elle. De toute façon, ce sera bientôt fini, maintenant. »

En entrant au salon, elle vit Tom Hammond qui se tenait près de la porte, tout raide.

— Ce directeur d'école au visage de glace m'a dit que tu étais venue ici, expliquait-il à sa femme.

La réunion n'était pas animée. Loulou lui tourna le dos et regarda Miss Withers, attristée.

— Et vous prétendez que Tom n'a rien fait pour ménager cette entrevue ?

Miss Withers haussa les épaules.

— Je comprendrais que vous accusiez Mr. Cannon. Il semble qu'il ait accompagné votre mari à Dinsul.

— Nous nous sommes rencontrés sur la digue, dit-il... ou quel que soit le nom que vous donnez au chemin qui mène à cc décor de cinéma. Je ne comprends rien à cette maison. Ce matin, lorsque je suis arrivé, ils m'ont mis à la porte. Cet après-midi on refuse de m'en laisser sortir.

Miss Withers se rappela ce que Treves lui avait raconté à son retour. Ainsi l'homme qui s'était battu avec lui ce matin-là était bien Tom Hammond. Elle ne voyait qu'une raison à sa venue. Elle ne cherchait pas à en apprendre davantage, car son esprit était trop préoccupé. Elle était impatiente de savoir ce qui se passait à l'étage au-dessus.

Leslie se redressa lorsqu'il se rendit compte qu'il était l'hôte de la maison.

— Nous pourrions prendre le thé, en attendant, proposa-t-il.

Il sonna la cloche, mais n'obtint aucune réponse. Le fidèle Treves semblait s'être volatilisé. D'ailleurs, personne ne désirait de thé. Il y eut un long silence, meublé par le seul tic-tac de la grande horloge. Elle sonna trois coups, suivis d'un nouveau silence.

— Si nous nous posions des devinettes? proposa Loulou Hammond. Y a-t-il quelqu'un qui connaisse un jeu de société amusant?

— Je propose celui de « La Vérité et ses conséquences », répliqua méchamment Miss Withers.

À ce moment le brigadier réapparut.

— Miss Noring, dit-il, l'inspecteur principal voudrait vous parler.

— Ça y est! soupira Miss Withers.

Elle se leva, puis se rassit. Candida sortit de la pièce, assez nerveuse, et monta l'escalier. On ne la vit pas revenir.

— Excusez-moi, dit Miss Withers, qui ne pouvait pas rester là plus longtemps en spectatrice.

Les trois personnes qui restaient l'excusèrent volontiers — en réalité, elles se sentirent beaucoup plus à l'aise en la voyant sortir. Tom Hammond regarda sa femme; Loulou fit mine de lire un livre qu'elle avait pris sur la table, traitant des ruines préromaines en Cornouailles, mais, comme elle le tenait à l'envers, cela n'avait aucune importance. Leslie Reverson souhaitait les voir tous partir — tous sauf Candida.

Miss Withers croisa le sergent Secker dans le couloir de l'étage.

— Où sont Cannon et la jeune fille ? L'a-t-il arrêtée ?

— Non, dit le sergent. Vous savez...

À cet instant, l'inspecteur Cannon arriva dans le couloir. Il sortait de la chambre de Candida. Miss Withers l'arrêta au passage.

— Avant de mettre cette jeune fille en état d'arrestation, commença-t-elle, écoutez-moi. Ne comprenez-vous pas...

Cannon sourit d'un air las.

— Encore vous ? Après tout, autant que vous sachiez. J'ai passé l'après-midi d'hier à essayer d'obtenir du bureau du procureur un mandat d'arrêt contre Miss Noring. Dans une affaire internationale comme celle-là, il est indispensable que j'obtienne leur appui. Or, ce matin ils m'ont tous laissé tomber. Pas de preuves suffisantes, d'après ces idiots. J'avais pourtant un dossier solide contre elle.

— Un dossier ! Et la justice dans tout ça ?

— Je laisse ce soin aux tribunaux.

— Mais si vous n'êtes pas venu ici pour l'arrêter... ?

— Je suis venu en finir avec toute cette histoire. Le bureau du procureur m'a désarmé en me refusant un mandat d'arrêt, malgré les preuves dont je dispose. Mais nous avons d'autres atouts. Je suis venu informer Candida que Scotland Yard sait tout ce qu'elle fait et que dans cinq jours notre service de l'immigration annulera son visa. Elle devra quitter l'Angleterre.

On sentait qu'il aurait aimé voir Miss Withers dans la même situation.

— Cela va probablement lui briser le cœur.

— En tout cas, cela brisera certainement le mien. Mais que puis-je faire? J'ai les mains liées... Pensez-vous qu'elle soit impliquée dans le décès de Miss Pendavid? J'ai examiné cette possibilité avec beaucoup de sérieux.

— Non. À moins qu'elle ait pu se trouver en deux endroits à la fois. Il vous sera très facile de vérifier les déclarations de Reverson et de Candida en vous rendant au terrain de golf.

— J'y suis déjà allé, intervint le sergent Secker. Ils sont arrivés avant neuf heures et sont restés jusqu'à midi.

— Cela me suffit, dit Cannon. On ne trompe pas un médecin légiste. Or, cet homme jure que Miss Pendavid est morte entre onze heures et quart et onze heures et demie... dans une salle de bains fermée à clé.

L'inspecteur enfila son imperméable.

— Au revoir, madame. Le sergent et moi, nous reprendrons bientôt nos occupations quotidiennes à Londres.

— Vous emmenez Candida avec vous?

— Elle n'est pas en état d'arrestation. D'ailleurs je n'ai que deux places dans ma voiture. Elle est en train de plier bagages et m'a dit que, de toute façon, elle devait partir cet après-midi. Nous allons évidemment nous assurer qu'elle prend bien le prochain bateau pour l'Amérique.

— Ainsi se termine le mystère du vol de cyanure, murmura Miss Withers. En résumé, votre affaire est close, même si vous n'avez rien de tangible. Je suppose que Candida Noring a reconnu les meurtres quand elle a su que vous ne veniez pas l'arrêter?

L'institutrice le regarda d'un air narquois.

— Elle n'est pas si bête, dit Cannon. Elle aurait signé son arrêt de mort, en avouant. Mais elle s'est contentée d'écouter ce que je lui disais et m'a promis de quitter le pays.

— Je ne peux pas le lui reprocher, dit l'institutrice.

Elle serra la main aux détectives.

— J'ai été très heureuse de voir Scotland Yard en action. À la prochaine fois...

L'inspecteur Cannon manqua répondre « Dieu m'en préserve », mais il s'arrêta juste à temps.

— Au plaisir, madame. Bien sûr, nous ne partirons pas avant d'être certains que la demoiselle a pris le train de Londres. Et j'espère qu'il n'y aura plus de « suicides » mystérieux dans cette affaire. N'est-ce pas, sergent ?

Secker semblait avoir quelque chose derrière la tête. Il salua Miss Withers d'un air aimable et lui souhaita bon voyage.

— Mais je ne pars pas encore ! protesta l'institutrice.

— C'est pour quand vous partirez.

Elle le quitta. Tout semblait fini. Pourtant son esprit n'avait pas encore retrouvé toute sa tranquillité.

Elle rentra dans sa chambre et commença à emballer ses affaires. Leslie ne devait pas avoir besoin de son aide, et sa tante encore moins. Tobermory se leva de son oreiller et s'étira, une patte après l'autre. L'après-midi avait été long et ennuyeux pour le gros chat au pelage argenté. Il cligna des yeux et miaula de faim.

— Petit monstre insatiable et idiot, grommela Miss Withers. Tu as encore faim, après ton festin de ce matin !

Malgré les plumes que Miss Withers lui avait ôtées de la gueule, Tobermory avait des crampes d'estomac. Il miaula, puis s'étendit à nouveau, d'un air aussi majestueux que ces antiques félins sacrés en Perse et vénérés en Égypte. Tobermory entama sa toilette avec une suprême indifférence à l'égard de Miss Withers et de toutes les choses de la vie, à l'exception de sa propre personne.

L'institutrice le caressa à rebrousse-poil.

— Si tu pouvais parler... dit-elle.

Tout à coup, elle s'arrêta et appuya si fort sur le dos de Tobermory qu'il s'échappa d'un bond, sauta sur le plancher et fit le tour de la chambre d'un air furieux.

Une lueur traversa l'esprit de Miss Withers.

— Et moi qui te traite d'idiot! Mais tu étais le seul à savoir.

Tobermory la fixa de ses yeux d'ambre...

L'inspecteur principal Cannon descendait l'escalier d'un pas tranquille en compagnie du brigadier-chef Polfran, de deux agents et du sergent Secker. Le médecin était parti depuis longtemps. Leur conversation — tout amicale, bien que prudente — fut soudain interrompue par l'institutrice, qui passa près d'eux en trombe avec l'air d'avoir vu un fantôme.

— Candida! Elle n'est pas dans sa chambre, gémit-elle avant de disparaître au bas de l'escalier.

Les policiers se regardèrent. Polfran décrivit un cercle avec son index autour de sa grande oreille.

— Complètement détraquée, dit-il.

Mais Miss Withers n'était pas du tout détraquée. Jamais encore dans les quarante et quelques années de son existence elle n'avait été aussi maîtresse de ses facultés. En arrivant à la porte, elle vit l'agent aux pommettes proéminentes qui gardait l'entrée et se dirigea vers le salon. Elle y trouva Candida avec deux grosses valises posées près d'elle. Elle était en train de faire ses adieux à un Leslie Reverson abasourdi. Tom Hammond et sa femme observaient, de l'autre côté de la pièce, attendant qu'on veuille bien les laisser partir.

— Il faut, il faut absolument... disait Candida. Ç'a été merveilleux, mais je dois partir...

— Non, vous ne devez pas! cria une voix rude du nouveau continent. Attendez! Arrêtez-la, quelqu'un!

Les personnes qui se trouvaient au salon restèrent immobiles, comme figées sur place. Miss Withers ne semblait pas se rendre compte qu'on la prenait pour une folle. Elle continua de crier :

— Elle a tué votre tante! Ne la laissez pas partir!

Leslie Reverson la regardait sans comprendre. Candida sourit, mais ne bougea pas. Tom Hammond prit Miss Withers par le bras.

— Vous êtes fatiguée, mademoiselle. Toutes ces histoires vous ont trop tourmentée.

Elle le repoussa.

— Imbéciles! cria-t-elle. Vous ne voyez donc pas? Regardez-la. Regardez ses yeux.

Les yeux de Candida étaient en effet assez étranges. Ils semblaient ternes et contrastaient avec son visage de marbre.

— Elle a noyé Miss Pendavid dans sa baignoire. Elle est folle... Je vous en prie, ne la laissez pas partir.

— Calmez-vous! cria Tom Hammond. Vous ne pouvez pas...

Il s'interrompit en voyant Candida. Ses lèvres tremblaient et dévoilaient des dents luisantes.

Au bout de quelques secondes d'un horrible silence, Candida saisit ses valises et en lança une à travers la pièce, atteignant Miss Withers et Tom Hammond qui s'écroulèrent, puis elle s'enfuit en courant.

— Qu'est-ce qui se passe? cria Cannon depuis l'escalier. J'aimerais bien...

Personne ne sut ce qu'il désirait, car au même moment une valise le frappa en plein visage.

Candida se rua vers la porte. Le planton la regarda d'un air stupide :

— Restez ici!

Il ne put en dire davantage. La jeune fille, dans sa fureur, venait de prendre une crosse dans le sac de golf qui se trouvait dans le hall. Elle le frappa juste au-dessous de l'oreille. Il s'affaissa d'un coup et le dallage résonna sous le poids de son corps.

La voie était libre pour la jeune fille qui se tenait sur le seuil de la porte, mais elle s'arrêta. Sans hésiter, elle saisit la chaîne rouillée de la herse et la tira de toutes ses forces. Il y eut un grincement sinistre, et la grille massive s'abattit. Candida s'était déjà précipitée au-dehors.

— Arrêtez-la! criait Miss Withers.

Personne ne pouvait l'arrêter, aucun des policiers n'était armé.

— Arrêtez-la! La limousine attend, elle va s'échapper.

Candida descendait toujours, en courant de toutes ses forces. Soudain, elle s'arrêta. La limousine attendait comme elle en avait reçu l'ordre. Mais elle attendait à l'entrée de la digue, sur la terre ferme. Et sur plusieurs centaines de mètres, les flots recouvraient la jetée. Depuis midi, la marée montait et encerclait maintenant l'ancienne forteresse de Dinsul.

C'était la fin pour Candida Noring. Elle s'accroupit au bord de l'océan implacable, le maudissant, jusqu'à ce que les hommes réussissent à s'échapper du château en passant sous la herse qu'ils avaient soulevée avec peine, et viennent s'emparer d'elle.

CHAPITRE XV

L'heureux dénouement

— Vous avez beaucoup de choses à nous expliquer, dit l'inspecteur Cannon d'un ton aimable en regardant Miss Withers, qui lui faisait face de l'autre côté de la table de la majestueuse salle à manger de Dinsul.
— Vous en savez plus que je ne croyais, avoua Miss Withers. Je crains que toutes les histoires de Sherlock Holmes que j'ai lues pendant des années ne m'aient donné une idée fausse de Scotland Yard. Vous n'avez rien d'un Lestrade.
— Merci, dit l'inspecteur principal. Alors?
— Quand j'ai appris que vous veniez arrêter Candida Noring, je me suis sentie très mal. À propos, comment en êtes-vous arrivé à la soupçonner?
— Les secrets de police et tout le reste. J'avais acquis la certitude qu'il y avait une main de femme dans toute cette affaire. Le poison, les subterfuges et le reste : tout cela ne pouvait provenir que d'un cerveau féminin. Dès que j'ai su que Rosemary Fraser était morte depuis plus de deux semaines, je l'ai éliminée. En quittant le pays, Mrs. Hammond s'est éliminée d'elle-même. Elle ne pouvait avoir expédié de Londres aucune lettre de menaces, puisqu'elle était à Paris. Restaient Candida et Miss Pendavid, et j'étais à peu près persuadé que l'Honorable Emily était en dehors de tout ça. D'ailleurs, quand j'ai pu vérifier la déposition faite par Candida

Noring sur le bateau, j'ai décelé une ou deux contradictions. Elle a juré que Noel était responsable du décès de son amie Rosemary, qui lui avait paraît-il confié tout ce qui s'était passé dans le coffre à couvertures. En revanche, quand on s'était aperçu de la disparition de Rosemary, elle avait parlé de suicide au capitaine. J'avais donc pensé qu'elle avait appris quelque chose entre-temps, et qu'elle avait changé d'avis.

Miss Withers l'interrompit.

— Le journal de Rosemary, dit-elle. Mais continuez.

— Il n'y a pas grand-chose d'autre, dit Cannon, sinon que j'ai soupçonné Candida d'être la mystérieuse Mrs. Charles qui passait d'hôtel bon marché en pension de famille encore plus modeste, et qui avait fumé un cigare dans sa chambre. Vous vous souvenez ? Le sergent en a conclu qu'il s'agissait des cigarettes marron portoricaines que les jeunes filles fumaient sur le bateau. D'après cette indication, Secker s'est persuadé que Rosemary était vivante. Lorsque nous avons reçu le rapport d'autopsie indiquant que c'était impossible, j'en ai conclu que la fumeuse de cigarettes marron était Candida. Enfin, les preuves étaient maigres, et je n'ai pas été surpris quand le procureur m'a refusé un mandat d'arrêt. Mais pour en revenir à vous, pourquoi avez-vous été si fâchée en apprenant que j'avais l'intention de venir arrêter Candida ?

— Parce que je croyais à une injustice. N'en sachant pas autant que vous, j'espérais encore pouvoir vous présenter les faits de telle manière que vous ne puissiez pas procéder à l'arrestation.

— Comment ? Mais pourquoi, au nom du...

— Je me trompais de bout en bout. Je croyais pouvoir être à la fois juge et jury. Voyez-vous, j'avais entrepris ce voyage pour oublier une affaire à laquelle j'avais été mêlée en Californie. J'avais fait jeter en prison un jeune couple qui avait tué pour de l'argent. Mais j'avoue que j'ai passé une mauvaise nuit lorsque j'ai appris qu'ils finiraient sur la potence à la prison de San Quentin dès le lendemain matin.

Cannon connaissait cette impression.

— Mais je n'ai jamais laissé fuir un meurtrier parce que je ne supportais pas l'idée qu'il allait être pendu.

— Attendez un peu! protesta vivement Miss Withers. Je savais que Candida avait tué Peter Noel et Andy Todd — deux personnages dont le monde pouvait aisément se passer. Elle avait en quelque sorte une excuse, bien que tirée par les cheveux, pour les tuer, et je croyais qu'elle s'arrêterait là. Dans mon esprit, les lettres de menaces n'avaient pour but que d'effrayer ceux dont la moquerie avait conduit Rosemary Fraser au suicide.

— Au suicide? intervint Cannon. Je n'en suis pas convaincu. J'ai l'impression que Candida a manigancé tout cela enfin de s'emparer de celui qui avait tué son amie — une vengeance personnelle, en somme.

— Je vous en prie! dit Miss Withers. Laissez-moi terminer. J'ai encore à travailler ce soir, à moins que vous ne décidiez de m'arrêter comme complice après coup. Je vais commencer par le commencement. À bord de l'*American Diplomat* Candida et Rosemary Fraser, qui est placée depuis son enfance sous la surveillance de la première, commencent sur ce bateau une croisière autour du monde. Rosemary est une jeune fille à fleur de peau, et un peu évaporée. Comme elle trouve Andy Todd un peu trop familier, elle le rudoie un jour dans le bar du paquebot. Elle refuse le verre qu'il lui offre, sous prétexte qu'elle n'aime pas sa voix ou son accent. Et lui n'était pas du genre à oublier un tel affront. Alors quand le petit Hammond lui a raconté qu'elle était plus aimable avec d'autres et qu'elle avait flirté avec le beau garçon du bar, Todd a ruminé une vengeance cruelle. Il a presque manqué son but, le coffre à couvertures étant vide lorsqu'il y a emmené les autres. Mais à la vue des poils de sa fourrure, il a eu la certitude que Rosemary était venue là. Et il a attendu — une vraie teigne, ce Todd. Rien à voir avec les boursiers de la fondation Cecil Rhodes que l'Amérique envoie à Oxford, ni avec les autres étudiants de sa propre université.

» Rosemary était honteuse à la pensée de son acte — ou de celui qu'on lui attribuait. C'est pourquoi elle s'est cachée dans sa cabine jusqu'au dîner du capitaine. Ce dîner était un grand événement ; la mer étant étale, l'absence de Rosemary — d'après Candida — serait considérée comme une preuve de sa culpabilité. Elle est donc descendue pour le dîner, et Todd, encore vexé par son refus de danser ou de boire avec lui, avait manigancé un coup. Il s'est arrangé avec le garçon qui les servait pour apporter une modification au cadeau placé près d'elle, et y a introduit une clé portant l'inscription « coffre à couvertures ». Cette manœuvre devait montrer à la jeune fille que son péché — si c'en était un — était connu de quelqu'un. Jusque-là elle avait pu se croire tirée d'affaire.

» Dans sa fébrilité, elle a lu le papier à haute voix. Même Todd n'en avait pas espéré tant. Alors, à la table, tout le monde s'est mis à rire, sauf Candida, qui connaissait les tourments de son amie, et moi, qui ignorais tout du scandale. Quand Rosemary a vu que tout le monde se moquait d'elle, elle est retournée à sa cabine.

» Elle a pris son journal intime et y a déversé toute sa rancœur. Elle a écrit des choses horribles, haineuses, et beaucoup parlé de la mort — parce qu'elle y pensait. Malgré tout, elle ne se sentait pas soulagée, et elle ne parvenait pas à pleurer. Elle était trop jeune pour savoir que les petits scandales qui font le quotidien d'un paquebot n'ont plus aucune importance quand le navire entre au port. Elle craignait que le colonel Wright, qui était en relations d'affaires avec son père, ne mette sa famille au courant. Après avoir repoussé son journal et rejeté les paroles réconfortantes de Candida, elle est montée sur le pont. Je suppose qu'elle ne m'a pas vue ou m'a crue endormie, puisque j'étais étendue sur un transat. Quoi qu'il en soit, elle s'est jetée à la mer.

— Vous êtes folle, dit Cannon. Je vous ai suivie jusque-là, mais elle n'a pas pu sauter au milieu de l'Atlantique et arriver dans la Tamise deux semaines plus tard.

— Cela semble impossible, mais c'est pourtant ce qu'elle a fait. Et c'est ce qui a semé la confusion dans toute cette affaire. C'est une ironie du sort. Elle s'est jetée par-dessus bord — et comme elle passait tous ses étés à la mer, elle savait fort bien plonger. Elle a pénétré dans l'eau sans le moindre bruit, puis s'est enfoncée profondément sous la surface...

— Quelle que soit la façon dont elle a plongé, elle n'a pas pu nager jusqu'à la Tamise, objecta Cannon.

— Attendez, ordonna Miss Withers. Je vais vous convaincre. Cela me paraissait impossible aussi — jusqu'à ce que je me souvienne de son écharpe bleue. Donc, elle a coulé et a été happée par les puissantes hélices du bateau. C'est ce qui l'a tuée ; elle ne s'est pas noyée. Ce matin, j'ai passé un long moment à lire la description du mécanisme d'un bateau. Les hélices brassent une quantité d'eau formidable. L'écharpe s'est trouvée entraînée par le tourbillon et est venue se prendre autour du gouvernail. Rosemary a dû rester accrochée au bateau jusqu'à son arrivée à Londres, ou même après.

» C'est ainsi que l'écharpe a été déchirée. Le corps est resté sous l'eau jusqu'à ce que la décomposition naturelle le ramène à la surface.

Miss Withers vit que Cannon fronçait les sourcils.

— Fort bien — alors dites-moi comment elle est arrivée là ! Il y avait en effet des traces de peinture et de rouille sur les lambeaux d'écharpe. Cependant...

— Ils n'y auraient pas été si l'écharpe ne s'était pas prise dans quelque partie du bateau... J'ai appris que des cas semblables ont été répertoriés. Il y a quelques années, en Méditerranée, un marin français est tombé à l'eau et a été retrouvé le lendemain, accroché au gouvernail, parce que le bateau ne répondait pas à la barre. Si l'*American Diplomat* n'avait pas été actionné par un système de direction automatique, je suis sûre que le barreur affirmerait qu'il avait été très difficile de manœuvrer pendant le reste du voyage.

— Ingénieux, admit Cannon. Il semblerait que vous ayez raison, Mais...

— Il n'y a pas de mais... Ceux qui se suicident laissent toujours une trace de leurs intentions : dans le cas de Rosemary, c'était son journal. Candida Noring l'a découvert le soir même ; c'est ainsi qu'elle a appris toute l'histoire. Elle a arraché les feuillets du journal...

— Elle ne les avait pas sur elle au moment du débarquement. Nous avons passé tous ses bagages au peigne fin.

— C'est possible, mais vous n'avez pas fouillé le courrier avec autant de minutie. Ni le fond de son poudrier — je vous en parlerai tout à l'heure. Il y avait une boîte aux lettres dans le salon de lecture du bateau. Candida, qui avait arraché les pages du journal de Rosemary, les a mises dans une ou plusieurs enveloppes qu'elle a adressées soit à elle-même, soit au bureau de l'American Express à Londres. C'est là qu'elle a trouvé les enveloppes peu après le débarquement. C'est simple comme bonjour.

» Le matin qui a suivi la disparition de Rosemary, j'ai vu Noel jeter quelques petits bouts de papier à la mer. Il a prétendu qu'il s'agissait de vieilles cartes à jouer. J'ai ramassé un de ces morceaux sur lequel figuraient les lettres « osem », qui faisaient partie de la signature de Rosemary. Elle n'avait certainement pas signé ce qu'elle avait écrit dans son journal, mais elle avait fort bien pu envoyer à Noel un mot rédigé sur le même papier. Peut-être que ses récits d'aventures l'avaient séduite et qu'elle l'aimait pour de bon. "Elle l'aimait pour les dangers qu'il avait rencontrés", comme dirait Shakespeare, ou pour toute autre raison. En tout cas, elle lui a écrit.

» Pendant ce temps, Candida bouillait. Elle pensait que son amie avait été tuée — ou poussée au suicide. Le lendemain, quand elle est sortie de la salle de bains, je lui ai conseillé d'aller voir le docteur pour qu'il lui donne un somnifère. Bien sûr, quand elle est arrivée dans son cabinet, le docteur n'y était pas — il passait la plus grande partie de son temps à bavarder avec les passagers —, et en voyant l'armoire à pharmacie, qui n'était pas fermée à clé, elle eut une mauvaise inspiration. Elle voulait tuer Peter Noel en s'y prenant de telle façon que personne ne pût jamais s'en apercevoir : ainsi Rosemary serait vengée de son séducteur. Candida possédait des notions de chimie suffisantes pour connaître la signification des symboles, elle n'a eu aucune peine à découvrir un flacon de cyanure de potassium.

— Savez-vous où elle a caché le poison ?

— Évidemment. Vous vous souvenez du poudrier verni qu'elle avait reçu, comme souvenir du dîner du capitaine ? J'ai revu cette boîte sur sa table de toilette, à l'hôtel, et j'ai été étonnée qu'elle ait conservé un souvenir aussi banal. Le cyanure devait être dissimulé au fond de la boîte, et sans doute recouvert de poudre.

Cannon se leva :

— Ainsi, nous avons éclairci toute l'affaire. Si nous arrivions maintenant à mettre la main sur...

— Asseyez-vous, dit Miss Withers. Vous ne trouverez pas ce que vous cherchez. J'ai fouillé sa chambre moi-même. Elle l'a détruit à Londres ou a utilisé le reste dans les cigarettes. Mais elle avait l'esprit vif et plus d'une corde à son arc. J'ai cherché dans sa cabine pendant qu'elle prenait son bain, mais elle avait déjà fait disparaître les pages du journal — sauf un feuillet qu'elle doit avoir emporté avec elle et qu'elle voulait utiliser. Dès qu'elle a appris qu'on allait procéder à une enquête sur la disparition de Rosemary, elle a élaboré un plan diabolique. Noel lui en avait déjà donné l'idée. Mrs. Hammond m'a raconté comment, au cours d'une partie de cartes en Alaska, il avait avalé une carte supplémentaire et gagné la partie. Les renseignements qu'elle vous a fournis sur Peter Noel étaient si précis que vous étiez convaincus de la culpabilité du barman et vouliez l'arrêter. Quelques instants plus tôt, elle avait glissé un morceau de papier dans sa poche, sur lequel figuraient quelques mots de la main de Rosemary, qui, sans aucun doute, incriminaient le jeune homme. Il lui était bien entendu impossible de se débarrasser de ce papier en présence des passagers, réunis à ce moment-là au salon. Tant qu'il n'était pas en état d'arrestation, ce papier ne le gênait pas. Mais si cette histoire venait à être découverte, il risquait de perdre sa place sur le bateau et, probablement, la riche veuve qu'il convoitait à Minneapolis.

» Si le coup échouait, Candida ne perdait rien. Mais il a réussi... Noel s'est rappelé son histoire et a avalé le papier compromettant au moment où vous êtes venu l'arrêter. Il est mort, car le papier avait été plongé dans une solution de cyanure. C'était adroit, n'est-ce pas ?

— Diabolique, vous l'avez dit vous-même ! Mais quel motif avait-elle ? D'ordinaire, une jeune fille ne tue pas pour venger une amie, même s'il s'agit d'une amie de longue date. À moins qu'il y ait eu entre elles...

L'inspecteur hésitait.

— Inutile de faire dans la psychologie, l'interrompit Miss Withers. Les criminels sont toujours des névrosés, mais je pense que dans le cas présent nous pouvons écarter une telle éventualité. À mon avis, Candida éprouvait pour Rosemary une très grand sentiment maternel et protecteur. Cette tendance de son caractère s'est révélée plus tard, quand elle a adopté l'inoffensif Leslie Reverson.

» En arrivant à l'hôtel, Candida a trouvé le courrier qu'elle s'était adressé et qui contenait les pages du journal. Elle a commencé à préparer les lettres de menaces, reproduisant çà et là des pages du journal et les combinant pour intensifier leur signification. Puis elle les a collées sur du papier noir.

» Quand je suis entrée dans sa chambre, j'ai failli la surprendre. Mais elle avait à côté d'elle la lettre qu'elle se destinait comme le font tous les auteurs de menaces. En tout cas, cela constituait un indice, car si les lettres avaient vraiment été écrites par Rosemary, Candida était la seule personne qui n'aurait pas dû en recevoir.

» Elle a envoyé sur-le-champ une lettre à Andy Todd, peut-être en la glissant sous sa porte. Elle s'imaginait que l'envoi, à chacun, de messages écrits par Rosemary dans la dernière heure de son existence constituait une juste sentence. Elle traça les cadres sur les enveloppes et imita l'écriture de Rosemary pour compliquer la tâche aux graphologues.

» Ce soir-là, Andy Todd, qui regrettait ses actes, et Leslie Reverson, attiré par la nouvelle personnalité de Candida, tirèrent à pile ou face pour savoir qui sortirait avec elle. C'est Leslie qui l'a emporté, mais j'ai vu Candida murmurer quelque chose à Todd, et j'en ai déduit plus tard que ce devait être la promesse de l'attendre à son retour. J'ai été surprise de le voir apaisé à ce point. Quand, quelques heures plus tard, il est monté dans la chambre de Candida, au cinquième étage, il était assez ivre. Être admis, au milieu de la nuit, dans la chambre d'une jeune fille l'a peut-être rendu d'humeur amoureuse. Ce qui a pu faciliter la tâche à Candida. En tout cas, elle l'a tué.

— Comment l'a-t-elle tué? protesta Cannon. Ce n'est qu'une jeune femme...

— Oui, mais une femme forte, sportive, et animée par un dessein macabre. Et Todd était une proie facile ce soir-là. Il avait encore trois bouteilles de whisky quand je suis passée dans sa chambre, et on n'en a retrouvé qu'une seule, vide. Il avait dû emporter les autres dans la chambre de Candida, qui l'a encouragé à boire. Tout cela n'a pas été aussi difficile qu'il y paraît aujourd'hui — elle lui a fait croire qu'elle entendait des gémissements au fond de la cage d'ascenseur. Ils sont allés voir ensemble ce qui se passait, et elle a passé sa main à travers les barreaux et ouvert le loquet, puis a précipité Todd dans le vide. Ensuite elle a jeté les bouteilles et a refermé la porte.

— Du cinquième étage ? C'est pour ça que le cadavre était si disloqué. Mais ce que vous venez de me dévoiler à l'instant ne peut provenir de simples suppositions. Comment avez-vous appris cette histoire de gémissements ?

Miss Withers se rendit compte qu'elle en avait trop dit.

— Je ne l'ai pas deviné, en effet, c'est Candida qui me l'a avoué. Elle a même ajouté que, comme la chute de Todd n'avait été suivie d'aucun cri, elle était descendue et avait ouvert la porte de l'ascenseur du troisième. Elle portait des gants et voulait faire croire qu'il était tombé de l'étage où se trouvait sa chambre. À cette heure-là, l'hôtel était aussi calme qu'un tombeau.

— Elle vous a avoué ça ?

Cannon s'était redressé.

— C'est un peu...

— Cela n'a plus d'importance à présent. Je vais tout vous raconter, mais laissez-moi procéder à ma façon.

» Candida a ensuite choisi de s'en prendre à elle-même. Elle craignait d'être soupçonnée par la police, ou peut-être même par moi. Elle a donc acheté les cigarettes, en se faisant passer pour la mystérieuse Mrs. Charles...

— Attendez, dit Cannon. Et le manteau de fourrure ? Elle n'en avait pas.

— Elle a pu en acheter un. Du reste, elle mentait en

255

affirmant que Rosemary avait emporté tout leur argent avec elle. Les gens qui se donnent la mort n'ont plus besoin de rien. Ce qui est certain, c'est que Candida avait de l'argent, et qu'elle s'en est servie pour acheter une fourrure. Elle voulait faire croire à la police que Rosemary était toujours vivante, et essayait de se faire passer pour elle afin de la venger. Si seulement les affaires de Rosemary n'avaient pas été renvoyées aux États-Unis...

— Nom de Dieu !... Mais on ne les a pas expédiées là-bas ! Ça me revient, maintenant, les affaires de Rosemary ont été renvoyées à son amie Candida Noring — conformément aux instructions envoyées par ses parents. C'est Candida, paraît-il, qui devait se charger de les leur faire parvenir.

— Quel dommage que vous ne m'en ayez pas parlé ! Cela aurait simplifié bien des choses. Avec les vêtements de Rosemary, elle s'est fabriqué une nouvelle identité, s'est fait appeler Mrs. Charles, et a préparé ses lettres de menaces dans des chambres d'hôtel bon marché. Je présume qu'elle a laissé ses papiers dans une de ces chambres, le jour où elle a quitté Londres pour venir ici.

» Candida a porté elle-même la boîte de cigarettes à l'hôtel, a trouvé les fleurs que Leslie lui avait achetées et a glissé la carte du jeune homme dans la boîte d'ébène. À ce moment, elle ne devait pas encore éprouver de sentiments pour lui. Elle m'a offert une des cigarettes empoisonnées, espérant peut-être que je la prendrais et serais ainsi écartée de son chemin. J'ai refusé, et peu de temps après mon départ de sa chambre, on l'a trouvée assise devant le feu, avec une cigarette truquée...

— Il y a là quelque chose que je ne m'explique pas. Comment savait-elle que vous alliez revenir ?

— Elle n'en savait rien, bien sûr. Je suis revenue au plus vite quand je me suis rappelée que Leslie n'avait emprunté que dix shillings à sa tante, quand nous étions au salon de thé, et les cigarettes coûtaient beaucoup plus. Les fleurs avaient probablement été jetées dans les toilettes. Candida ne comptait pas sur mon retour — elle devait avoir l'intention de simuler un malaise au moment où la femme de chambre arriverait avec une bouillotte, pour préparer le lit. Ou alors elle a vraiment perdu connaissance à cause de la fumée, mais je mettrais ma main à couper qu'elle n'a jamais tiré sur sa cigarette.

» En tout cas, son stratagème a fonctionné à merveille. Elle était certaine que personne ne la soupçonnerait, et moi-même je ne me suis doutée de rien. Mais vous, vous avez soupçonné quelque chose, puisque vous avez ajourné l'enquête.

Cannon approuva d'un signe de tête.

— Continuez. Vous avez vécu cette affaire de bien plus près que moi.

— C'est alors que Candida a envoyé un message aux Hammond, et j'ai perdu beaucoup de temps à essayer de mettre la main dessus. Mais les Hammond étaient hors d'atteinte, et la lettre ne m'a pas appris grand-chose. J'étais plutôt embarrassée. Les Hammond se sont séparés, ou plutôt j'ai appris qu'ils étaient séparés...

— Et, à propos de ce couple ? Tom Hammond travaillait pour une entreprise de produits chimiques à New York, et pendant quelque temps je me suis demandé...

— Sa femme a eu la même idée. Mais Hammond n'était que directeur de la publicité dans une compagnie d'extincteurs. Son seul tort dans cette affaire a été de courir après sa femme après qu'elle l'eut quitté. Mais j'y reviendrai tout à l'heure. C'est environ à ce moment que Candida Noring a pris Leslie Reverson sous son aile. Pendant le trajet de Londres à Penzance, elle a glissé une lettre de menaces dans son pardessus, mais elle n'a jamais été plus loin.

» Restée à Londres, j'ai perdu mon temps à soupçonner Loulou Hammond et à surveiller son mari, dans l'espoir de la prendre la main dans le sac. Comme vous le savez, mes tentatives se sont soldées par un échec.

— Le sergent Secker aussi le sait, à son grand dam.

— Les affaires sont les affaires, répliqua Miss Withers d'un ton sec. En tout cas, le télégramme de Cornouailles me demandant de venir m'est parvenu juste à temps. J'étais certaine que rien ne se passerait à Londres pendant ce temps-là. J'avais réfléchi au sujet du message reçu par l'Honorable Emily, lequel portait le cachet de Londres et devait m'induire en erreur, et décidé de faire le contraire de ce que le meurtrier attendait de moi.

» Je suis donc arrivée ici hier. Le sergent m'a suivie de près et m'a donné une explication des meurtres avec laquelle je n'étais pas tout à fait d'accord. Il m'a appris, par exemple, qu'on avait trouvé mes empreintes digitales sur la lettre de menaces que Miss Pendavid avait transmise à Scotland Yard, et qui l'avait tant effrayée. Alors j'ai tout compris, ou ai cru comprendre. Le sergent était sûr que Rosemary s'était vengée elle-même des deux hommes qu'elle haïssait, avant de se jeter dans la Tamise. Je savais que cela ne pouvait être exact — car jamais Rosemary n'aurait envoyé de cigarettes empoisonnées à son amie Candida. Et Rosemary n'aurait pas pu davantage apposer mes empreintes digitales sur la lettre qu'elle avait adressée à Emily Pendavid.

» Non, le sergent se trompait, et la personne qui avait posté la dernière lettre l'avait fait non de Londres mais de Dinsul même ! Car l'enveloppe était tout bêtement celle de la lettre que j'avais envoyée à l'Honorable Emily, arrivée le matin même. L'adresse originale avait été effacée, puis réécrite, le tour de l'enveloppe noirci, et le message introduit. Bien sûr, la lettre était ouverte, mais Miss Pendavid n'y a pas prêté attention. Candida ignorait aussi que mes empreintes figuraient dessus.

» Pourquoi n'ai-je soupçonné ni l'Honorable Emily ni Leslie ? C'est très simple. Au dîner, je me suis hasardée à annoncer que Rosemary n'avait pas été tuée, car j'étais convaincue que Candida avait assassiné les personnes qu'elle soupçonnait du meurtre, mais qu'elle s'arrêterait là. J'espérais que la découverte du corps mettrait fin à toute l'affaire. Je n'ai pas été surprise quand le sergent m'a téléphoné pour me prévenir que Rosemary était morte depuis plus de deux semaines. Mais je n'étais pas sûre que Candida souhaitait seulement effrayer ceux qui avaient ri de Rosemary...

— Vous avez semé une sacrée pagaille. Vous vous êtes précipitée là où un tribunal aurait délibéré pendant des heures...

— Mais moi aussi j'ai réfléchi pendant des heures. Je n'ai pas dormi de la nuit. En montant me coucher, j'ai aperçu Candida et Leslie Reverson qui se dirigeaient vers la chaise du saint. J'ai vu Leslie glisser et manquer se tuer. Candida l'a sauvé, alors qu'elle aurait pu le laisser tomber en bas de la falaise — alors j'ai pensé qu'elle ne commettrait plus d'autre crime. Elle avait sauvé une vie — une vie qui valait plus que les deux qu'elle avait détruites. J'ai donc pris la décision de tout tirer au clair avec elle dans l'après-midi.

» Mais je ne pouvais pas supporter l'idée de la remettre à la police. J'étais encore hantée par la pensée du jeune couple que j'avais envoyé en prison dans l'affaire de Catalina.

Cannon comprit.

— Je lis parfois les journaux, dit-il. Alors comme ça, c'était vous ? Vous n'êtes donc pas qu'une enquiquineuse ?

— Je le crains. Mais terminons cette histoire, voulez-vous ? Ce matin, je n'ai pas eu l'occasion d'avoir une entrevue avec Candida. Elle était partie jouer au golf avec Leslie. Pendant qu'elle prenait son bain — du moins le croyais-je — le majordome et moi avons entendu des cris dans la chambre de Miss Pendavid. Le chat, Tobermory, avait démoli la cage du rouge-gorge — il guettait l'oiseau depuis des semaines.

» Je n'ai rien vu là d'anormal, et je n'ai attaché aucune importance au fait que, lorsque j'ai pu enfin pénétrer dans la salle de bains qu'avait occupée Candida, les serviettes et le drap de bain étaient mouillés, mais pas le tapis. J'ai passé la matinée à interroger le sergent et à lui expliquer comment le corps de Rosemary avait pu arriver jusqu'à la Tamise. En rentrant à Dinsul, j'ai croisé Leslie et Candida, qui m'ont fait monter dans la limousine, et j'ai appris avec horreur que le jeune homme voulait l'épouser. Là c'était trop ! Je savais qu'elle avait des sentiments pour lui, mais je ne pouvais pas la laisser s'en tirer à si bon compte. Au cours de la conversation, je lui ai fait comprendre que je savais quelque chose. Elle a renvoyé Leslie au terrain de golf, sous prétexte qu'elle y avait laissé son poudrier. Nous sommes allées dans sa chambre et je lui ai dit que je savais qu'elle avait tué Noel et Todd. Elle m'a affirmé qu'elle était guérie de sa folie. Les lettres de menaces qu'elle avait envoyées aux autres n'avaient pour but que de les effrayer. Me souvenant de la façon dont elle avait sauvé la vie de Leslie alors qu'elle venait de le condamner à mort, je l'ai crue — comme une vieille folle.

L'inspecteur Cannon n'était pas en désaccord avec ces derniers mots.

— Continuez, dit-il.

— Je lui ai fait promettre de quitter Dinsul cet après-midi, en s'excusant comme elle le pourrait auprès de Leslie et en m'assurant qu'elle ne ferait pas d'autre victime. Oh ! je sais bien ce que vous pensez. Mais je croyais que sa conscience la punirait bien assez. Elle avait déjà beaucoup souffert.

» C'est alors que le sergent Secker est arrivé et m'a appris que vous alliez venir l'arrêter. J'étais stupéfaite — pour la première fois je découvrais que vous n'étiez pas aveuglé par l'idée de la culpabilité de Rosemary. J'ai fait tout mon possible pour vous convaincre que Candida n'avait pas pu commettre les crimes dont vous l'accusiez. Puis nous avons découvert le cadavre de Miss Pendavid — que Candida avait tuée le matin même !

— Oh là ! pas si vite ! s'écria Cannon. Qu'avez-vous remarqué au sujet des portes de la salle de bains, qui étaient, paraît-il, verrouillées ?

— Une porte était verrouillée de l'intérieur : celle qui donne sur la chambre à coucher. L'autre était simplement fermée à clé et j'ai pu l'ouvrir en cinq minutes avec une épingle à cheveux. Je crois, d'ailleurs, que la clé de l'autre salle de bains — celle où Candida avait laissé des serviettes mouillées — pouvait aussi ouvrir cette porte.

» J'ai été assez bête pour ne pas remarquer ce qu'il y avait de suspect avec le tapis de bain et l'oiseau attaqué dans sa cage. Elle avait dû traverser le couloir, ouvrir la porte de la salle de bains d'Emily et la noyer avant qu'elle ait eu le temps de crier.

Cannon frappa sur la table.

— Les « Mariées de la baignoire » ! Ç'a été une de nos grosses affaires il y a quelques années. Un certain Smith a épousé deux ou trois femmes et les a tuées aussitôt : il entrait dans la salle de bains, leur mettait une main sous les genoux, l'autre à la gorge, et c'était fini. Si l'on soulève les genoux au moment où la tête s'enfonce sous l'eau, la victime suffoque et meurt en moins de deux. J'étais encore sergent à l'époque, et j'ai assisté à une expérience menée par l'inspecteur principal. Une jeune femme en maillot de bain jouait le rôle de la victime. On l'a mise dans une grande baignoire. C'était une simple expérience, mais il a fallu vingt minutes pour la ramener à la vie.

— Candida a dû lire cette histoire. En tout cas elle est sortie de la chambre, a fermé la porte à clé derrière elle, et est partie tranquillement jouer au golf. C'est peut-être par erreur qu'elle a laissé le robinet ouvert. L'eau a coulé toute la matinée sans que la baignoire déborde, grâce au trop-plein.

» Emily avait l'habitude de prendre son bain sans aide, et personne ne s'est inquiété de sa longue absence. Elle avait aussi l'habitude de rester dans sa chambre les jours de visite. Ce que Candida ignorait peut-être, c'est que l'eau chaude maintiendrait la température du corps, fournissant ainsi à la criminelle un merveilleux alibi. L'eau du chauffe-eau s'est refroidie un peu avant midi — elle était froide quand on a découvert le corps. C'est ce qui a trompé le médecin, mais une autopsie le fera probablement changer d'avis.

— Mais vous, qu'est-ce qui vous a fait changer d'avis? demanda Cannon.

Cette question gêna un peu Miss Withers.

— J'avais pensé, bien sûr, que la réaction qui s'était produite en Candida après avoir sauvé Leslie, qu'elle aimait beaucoup, l'avait incitée à frapper sa tante. Mais en me fiant au verdict du légiste, je me suis persuadée que Miss Pendavid était morte d'une crise cardiaque et que tout cela n'était qu'une regrettable coïncidence. Jusqu'à ce que le témoin...

— Le témoin du crime? Ne soyez pas...

— Mais non! Il y a bien eu un témoin. Un témoin qui savait, malgré l'épaisseur des murs, qu'Emily Pendavid était morte, et qui plus tard a attesté son étrange pouvoir en signalant la venue du majordome au moment même où il quittait la cuisine avec son lait, c'est-à-dire quelques instants avant son arrivée. Je veux parler du premier témoin à charge : Tobermory!

— Le chat? Mais comment diable pouvait-il savoir?

— Je vois que vous ne connaissez rien aux chats. Depuis des semaines, Tobermory attendait sa chance de s'emparer de l'oiseau. Tant que sa maîtresse était en vie, il savait que, s'il attaquait le rouge-gorge, on le corrigerait. Mais dès que son subconscient l'a averti de la disparition de l'autorité qu'il redoutait, il s'est élancé sur la cage. C'est ce qui me prouve que sa maîtresse est morte ce matin vers neuf heures — avant que Candida ne parte jouer au golf.

» Tout cela est limpide, pour ceux qui ont assez d'esprit pour comprendre. Ce serait vraiment une coïncidence extraordinaire si, après avoir attendu si longtemps, il avait choisi juste ce moment pour faire son coup. Cette idée ne m'est venue qu'en rentrant dans ma chambre. Je venais d'apprendre que Candida allait quitter Dinsul, avec votre permission. Elle devait avoir une peur bleue que je la dénonce. Si elle avait pu gagner Londres, ou même Penzance, elle aurait peut-être réussi à disparaître.

» C'est alors que je me suis décidée à agir, car ma conviction première qu'elle n'avait tué que deux personnes avait fait place à la certitude d'avoir affaire à une vraie criminelle. Elle avait frappé une femme innocente, aimable, qui ne faisait de tort à personne. J'étais venue ici pour protéger cette femme, et j'avais échoué, mais j'étais déterminée à ne pas faillir une seconde fois.

— Et... vous avez réussi, grâce à la marée, dit l'inspecteur au bout d'un moment. Je le comprends maintenant. Mais je n'ai pas encore la possibilité d'obtenir un mandat d'arrêt. Je ne peux pas citer un chat comme témoin.

Miss Withers sortit de son sac une feuille de papier couverte d'une fine écriture et signée par Candida. En hésitant, elle demanda à Cannon :

— Cela pourra peut-être vous servir ? Je l'ai forcée à écrire ce petit texte, pour que plus tard une innocente personne ne puisse être accusée de ses crimes. C'était le prix de mon silence.

L'inspecteur principal, de plus en plus émerveillé, lut une confession brutale des meurtres de Peter Noel et Andy Todd.

— Mon Dieu! s'écria-t-il. Cela va lui valoir la potence!

Miss Withers frémit.

— Je croyais que les confessions n'étaient pas recevables au tribunal.

Cannon rangea avec soin le papier dans son portefeuille.

— En Angleterre, si.

Miss Withers s'était levée.

— Et les Hammond? demanda Cannon.

— Eux? C'est très simple. L'enfant avait raconté à sa mère que c'était Tom Hammond qui se trouvait avec Rosemary dans le coffre à couvertures. L'imprudente jeune femme l'a cru : les gens sont toujours prêts à avaler les choses désagréables qu'on leur raconte. Elle a quitté son mari, après avoir jeté sa bague de fiançailles. Quand j'ai appris que l'enfant jouait avec cette bague, j'ai compris pourquoi les Hammond s'étaient séparés. C'était une affaire tout à fait personnelle et délicate. Mais la jeune femme ne soupçonnait pas son mari d'être l'auteur des crimes, sinon elle ne serait pas restée auprès de lui jusqu'à l'enquête judiciaire. Elle n'a jamais demandé aucune explication à Tom, et Gerald redoutait trop les punitions pour avouer son mensonge. Les affaires de ce ménage n'ont pas dû marcher très fort pendant un certain temps, en grande partie à cause de leur enfant, qui semble être particulièrement prédisposé au mal. Il a provoqué une rupture presque définitive entre ses parents.

— Presque? demanda Cannon.

— Il y a encore une chance, et je vais essayer d'arranger les choses...

Après une courte interruption, Miss Withers reprit :

— J'espère que vous n'en voudrez pas au sergent de m'avoir fait des confidences, ce qui était, je suppose, contraire au règlement. Il est encore jeune.

— Secker? En se confiant à vous, c'est certainement

ce qu'il a fait de mieux. Je sais à présent que j'aurais pu vous parler sans crainte. Quant au sergent, n'oubliez pas qu'il s'en est très bien tiré. Il était chargé d'éclaircir le mystère qui entourait la disparition de Rosemary Fraser. Il a accompli un beau travail en procédant à l'identification du cadavre. Nous n'attendons pas de miracles de Scotland Yard, mais je veillerai à ce qu'une couronne soit cousue au-dessus de ses chevrons dès qu'il rentrera à Londres. Et je le recommanderai aux examens du mois de mars, pour qu'il devienne inspecteur.

— Il ne rentre pas à Londres tout de suite ?

— Non. Dès qu'il sera de retour de Penzance, où il doit remettre Candida à la police, il restera quelques jours ici histoire de veiller à ce que tout se passe bien.

Miss Withers éprouva un soulagement en apprenant que Leslie n'allait pas se retrouver seul le jour même. Ce serait trop dur pour lui. Elle se leva et tendit la main à l'inspecteur :

— Nous nous sommes déjà dit au revoir il y a quelques heures.

L'inspecteur lui serra la main chaleureusement.

— Et si vous éprouvez un jour le désir de travailler à Londres, dit-il, rappelez-vous que ces derniers temps nous avons engagé plusieurs dames dans nos services.

— Je sais. Il s'agit de femmes policiers qui ont pour mission de donner des conseils aux jeunes filles désœuvrées. Très peu pour moi, merci. D'ailleurs j'ai encore une tâche à accomplir ici, si les Hammond ne sont pas partis.

Ce n'était pas le cas. Peut-être à cause de la marée qui recouvrait encore la chaussée, et parce qu'ils ne savaient pas comment appeler la barque. En tout cas, l'institutrice raconta tout à Loulou Hammond. La jeune femme était atterrée.

— Le monstre ! s'écria-t-elle.

Puis, se tournant vers son mari :

— Oh... Tom ! Comment ai-je pu le croire un seul instant ?

Elle tendit les bras vers lui, comme un personnage de roman victorien.

— Tom, pourras-tu me pardonner un jour ?

— Jamais de la vie ! s'écria Tom. J'ai vécu l'enfer, à cause de toi. Je n'ai pas du tout envie de te pardonner. Je veux bien te reprendre, mais je te promets que tu me le paieras. Si tu es aussi stupide qu'une oie...

— Tom ! s'écria Loulou d'une voix tremblante.

Il la prit dans ses bras.

— Oh ! pour l'amour du ciel... c'est bon, ma chérie, c'est bon.

Il y eut un long silence, pendant lequel le visage de Miss Withers rayonna.

— Je suppose que, maintenant, vous allez reprendre votre petit garçon et rentrer chez vous ?

— Je pense, répondit Loulou Hammond.

— Ce serait de la folie ! s'écria Miss Withers. Laissez-le donc où il est. Quelques années dans une école soumise à un règlement sévère lui feront sans doute le plus grand bien. Quant à vous deux — sa voix se fit plus douce —, pourquoi ne pas essayer encore ? Vous aurez peut-être plus de chance cette fois-ci. Tâchez d'avoir du bon sens au lieu de vous fier aux livres modernes sur la personnalité de l'enfant et le développement de son caractère. Compris ?

Elle fila vers la porte.

Tom et Loulou Hammond comprenaient, mais eurent vite fait d'oublier l'institutrice.

Miss Withers prit son sac et son parapluie et se prépara à partir. Elle rencontra Leslie Reverson dans le hall. Tobermory se frottait d'un air câlin contre les chevilles de son nouveau maître.

— C'est un coup très dur pour vous, lui dit l'institutrice. Mais il fallait s'y attendre. Pensez que vous allez pouvoir quitter Dinsul et vivre à Londres ou ailleurs maintenant, si vous le désirez.

Le visage de Leslie prit alors une expression plus grave; c'était toute son éducation qui refaisait surface.

— Merci, dit-il. Il s'est passé de vilaines choses, mais en tout cas, je resterai ici. C'était le vœu de ma tante, vous savez. La vie à Dinsul doit continuer...

Elle lui souhaita bonne chance et partit. Elle descendit les interminables escaliers et passa la herse. Une barque l'attendait, et les derniers rayons de soleil brillaient sur l'eau.

— Enfin, c'est fini, soupira-t-elle.

Pourtant, ça ne l'était pas complètement. Dans le soir tombant, juste devant les fenêtres ouvertes du salon de l'Honorable Emily, un gros rouge-gorge pessimiste était posé sur le rocher. Il avait perdu presque toutes les plumes de sa queue, mais n'avait aucune autre blessure. La chute de la cage avait ouvert la porte, et Tobermory l'avait manqué.

L'oiseau fit deux ou trois petits bonds. Pour la première fois depuis sa captivité, il se mit à chanter, d'une voix encore faible.

Une voix familière, mais étrange, lui répondit du haut des arbres tordus, au bord de la falaise : c'était son parent, un rouge-gorge anglais, à la poitrine un peu plus rouge et au plumage plus sombre.

Dicon fut un peu surpris. Il voleta sur le rocher et, par miracle, découvrit un ver qui se tordait sur quelques brins d'herbe sale. C'était un bon gros ver de terre, aussi succulent que tous ceux qu'il avait mangés de l'autre côté de l'Atlantique. Il changea d'avis sur sa terre d'accueil.

Dicon s'envola vers les arbres en continuant à chanter. Imitant la plupart de ses contemporains qui viennent à l'étranger pour la première fois, il s'exerçait à prendre l'accent anglais.

Dans le vieux château, un chat gris argenté observait,

derrière une étroite fenêtre, de ses yeux d'ambre implacables. Il n'avait réussi ni hier ni aujourd'hui, mais un jour il prendrait à ce rouge-gorge autre chose que ses plumes.

Et ça, Tobermory le savait bien.

Impression réalisée sur Presse Offset par

BRODARD & TAUPIN

GROUPE CPI

La Flèche (Sarthe), 21889
N° d'édition : 3555
Dépôt légal : janvier 2004

Imprimé en France